# 翻弄

## 闇刑事《デカ》

南 英男

Minami Hideo



文芸社文庫

目次

# 第一章　残酷な爆殺

## 1

爆発音が轟《とどろ》いた。

腸《はらわた》を揺《ゆ》さぶるような大音響だった。地響きもした。

新宿の超高層ホテルの広い地下駐車場だ。

思わず丹治拳《たんじけん》は、駐《と》めたばかりのパジェロから飛び出した。三月上旬のある晩だった。

素早く周囲を見回す。十五、六メートル離れたコンクリートの太い支柱の向こうに、赤いものが見えた。

炎だった。橙《だいだい》色に近い赤色だ。

白いアウディが燃えている。

噴《ふ》き上げる黒い油煙が凄《すさ》まじい。炎も勢いづいていた。とても近寄れない。

運転席に人の姿があった。

三十代後半の女だった。シートベルトを外すのに、手間取っている様子だ。すでに着衣《ちゃくい》は炎に包まれていた。

「早く車から出るんだ」

丹治は大声で言い、走路を疾駆《しっく》しはじめた。

前髪が逆立《さかだ》った。三十四歳の丹治は背が高く、筋肉質の体躯《たいく》だった。精悍《せいかん》な顔立ちも人の目を惹《ひ》く。

六、七メートル走ったとき、ふたたびアウディが爆《は》ぜた。

閃光《せんこう》が走り、駐車場全体が揺れた。地鳴りに似た不気味な音が伝わってきた。

丹治は爆風に煽《あお》られ、走れなくなった。

ちょうど立ち止まったときだった。アウディのボンネットが跳《は》ね上がり、フロントガラスが砕《くだ》けた。破片が礫《つぶて》のように飛散した。金属の欠片《かけら》も舞った。

車内で、女の切迫した悲鳴があがった。

断末魔の叫びに近かった。赤味を帯びたオレンジ色の炎は、車体を舐《な》め尽《つ》くしていた。タイヤも燃えはじめている。

駐車場の奥で、叫び声と泣き声がした。だが、誰《だれ》もアウディには近づこうとしない。早く女を外に引きずり出さなければ、黒焦《くろこ》げになってしまう。

丹治は急いで上着を脱いだ。

茶色のツイードジャケットだった。下はダークグリーンのスラックスだ。

上着を頭に被《かぶ》ったとき、燃えるアウディから女が飛び出してきた。

女は、まるで火の玉だった。頭のてっぺんからスカートまで完全に炎にくるまれていた。恐怖で、顔面が引き攣《つ》っている。

丹治は怒鳴《どな》った。

「転がれ！　転がるんだっ」

だが、聞こえなかったらしい。女は、よろよろと丹治に近づいてきた。足の運びが、ぎこちなかった。操《あやつ》り人形の動きを連想させた。

丹治はジャケットを右手に持つと、勢いよく薙《な》いだ。

風が湧《わ》き、炎は大きく躍《おど》り上がった。火を消すどころか、逆効果になりそうだ。

丹治は女に駆け寄った。熱気が顔面を撲《う》つ。丹治は女の足を払った。無意識の行動だった。

女が横倒れに転がった。

倒れた瞬間、巨大な炎は天井近くまで伸び上がった。猛々《たけだけ》しい炎だった。

女は何か喚《わめ》きながら、走路をのたうち回りはじめた。いかにも熱そうだ。目を覆《おお》いたくなるような光景だった。一瞬、たじろぎそうになった。

――何をしてるんだっ。

丹治は自分を叱《しか》りつけ、百八十二センチの長身を大きく屈《かが》めた。すぐにジャケットで炎を叩《たた》き消しはじめる。

はたくたびに、炎はいったん小さくなった。しかし、たちまち勢いを盛り返す。

丹治は焦《あせ》った。

女は自力では、もはや転がれなくなっていた。呻《うめ》き声が弱々しい。半《なか》ば意識を失いかけていた。

「おい、瞼《まぶた》を開けるんだ」

丹治は声をかけた。

女は答えなかった。肉と頭髪の焼ける臭《にお》いが鼻腔《びこう》を衝《つ》く。厭《いや》な臭いだった。

「誰か消火器を持ってきてくれ！」

丹治は上着を女の体に叩きつけながら、遠巻きにたたずんでいる人々に叫んだ。

幾人かが無言でうなずいた。しかし、誰も走りだそうとしない。足が竦《すく》んでしまって、動けないのだろう。

少し経つと、駐車場の係員が駆け寄ってきた。

六十歳前後の瘦《や》せた男だった。緑色の制服を着ている。男は、赤い化学消火器を抱えていた。顔面蒼白《そうはく》だった。

「少し離れてください」

初老の男は丹治に言うなり、消火器のホースを外した。

丹治は後ろに退《さ》がった。ほとんど同時に、ノズルから乳白色の噴霧《ふんむ》が迸《ほとばし》った。

燃えさかる炎は瞬《また》く間に鎮《しず》まった。

女は無数の白い泡に塗《まみ》れ、全身を小刻《こきざ》みに痙攣《けいれん》させていた。まるで死にかけた小動物のようだった。痛ましかった。

髪の毛と衣服はすっかり焼け焦げ、無残に収縮している。黒く萎《しぼ》んだブラジャーは、肌にへばりついて離れない。

顔面は赤黒く膨《ふく》れ上がっていた。首筋も火脹《ひぶく》れだらけだ。

脛《すね》から下は、あまり火傷《やけど》を負っていない。片方のパンプスは脱げ落ちていた。靴底は溶けかけている。

「救急車は？」

丹治は、六十年配の係員に訊《き》いた。

「同僚が連絡したはずです」

「この女性の身許《みもと》は？」

「わかりません」

男が首を振った。

そのとき、五十二、三歳の男が走り寄ってきた。駐車場の係員だろう。制服姿で、化学消火器を抱えていた。

「車の火は、どうした?」

初老の男が同僚に問いかけた。

「もう消しました。一一九番もしました」

「そうか」

「ひどいことをしますね。きっと誰かがアウディに時限爆破装置を仕掛けたにちがいない」

五十絡《がら》みの男が憤《いきどお》ろしげに言った。馬面《うまづら》で、長寿眉《まゆ》が上瞼《うわまぶた》に垂れ下がっている。

「あなた、爆発の瞬間を見たんですか?」

丹治は、顔の長い男に訊《き》いた。

「ええ、見ました。ここに倒れてる女性がエンジンをかけたとき、最初の爆発音がしたんですよ。かなり大きな音でした。すぐにダッシュボードの下から火が上がって、二度目の爆発で派手に……」

「タイマーやリード線の燃え滓《かす》は?」

「ありました」

「そうですか」

丹治は片膝《かたひざ》をついて、女に大声で呼びかけてみた。

しかし、女は瞼を開こうとしない。かすかな声で呻いたきりだった。

「わたし、外に出て、救急車を誘導しましょう」

初老の係員が空《から》になった消火器を同僚に渡し、スロープに向かって走りはじめた。

駆け方は意外に若々しかった。毎朝、ジョギングをしているのだろう。

もうひとりの係員が二つの消火器を走路の端《はし》に置き、呻く女に話しかけた。

「お客さん、しっかりして！　いま、救急車が来ますからね」

「痛い、痛いよ」

女が譫言《うわごと》のように呟《つぶや》き、苦しげに唸《うな》りはじめた。

丹治は上着の煤《すす》を手で払い落としてから、腕時計に視線を落とした。あと数分で、九時になる。

依頼人との約束は、ちょうど九時だった。

丹治は一〇〇三号室に宿泊している貴金属商を訪ね、成功報酬を受け取ることになっていた。

時間が気になったが、なんとなく立ち去りにくい雰囲気だった。全身に火傷を負った女が救急車に担《かつ》ぎ入れられるまで、この場に留《とど》まることにした。

三十四歳の丹治は一匹狼《おおかみ》の裏調査員である。刑事を装うことが多い。

代々木上原にある賃貸マンションの一室をオフィス兼自宅にしていた。秘書や助手は雇っていない。調査員といっても、不倫調査や身許調べをしているわけではなかった。もっぱら丹治は、表沙汰《おもてざた》にはできない揉《も》め事《ごと》を秘密裡に解決していた。

守備範囲は広かった。

失踪人《しっそうにん》捜しをはじめ、公金拐帯《かいたい》犯人の追跡、各種の脅迫者捜し、保険金詐取《さしゅ》屋や手形のパクリ屋狩りまで手がけていた。そんなことから、依頼人の多くは丹治のことを〝闇刑事《デカ》〟などと呼んでいた。

彼自身も別段、そう呼ばれることに抵抗はなかった。この稼業に身をやつして、はや丸三年が流れている。時には胡散《うさん》臭い目で見られることもあったが、自分の性《しょう》には合っていた。

丹治は、元プロの格闘家だ。

二十四歳でデビューし、一年後にはスター選手になっていた。丹治が編《あ》み出した〝稲妻ハイキック〟は、無敵の必殺技《わざ》だった。

丹治は三十歳まで、現役で闘える自信があった。

しかし、人生には思いがけない落とし穴が待ちうけていた。

二十七歳の秋に、キックボクシング界を去らなければならなくなった。馴染《なじ》みのクラブホステスに絡《から》んだチンピラたちを蹴《け》り倒し、警察沙汰になってしまったのだ。

職を失った丹治はロンドンに渡り、危機管理コンサルタント会社のアシスタント・

スタッフになった。

その会社のスタッフは、英米の特殊部隊の出身者ばかりだった。彼らはプロの犯罪防止人として、商社マンや政財界人の誘拐・暗殺を未然に防いでいる。人質の救出活動にも携《たずさ》わっていた。

丹治は正規スタッフの助手を務《つと》めながら、調査や犯罪対策のテクニックを四年あまり学んだ。その体験を活《い》かして、いまの仕事に就《つ》いたわけだ。

開業した年は、ひどい赤字だった。

だが、丹治は弱音を吐かなかった。潜在的な需要があることを確信していたからだ。そのことは二年目で証明された。

徐々に依頼件数が増え、充分に商売になるようになった。三年目には、かなりの信用も得られた。

主な顧客は大手商社や生保・損保会社だが、政治家、実業家、文化人、アスリート、芸能人などの個人客も少なくなかった。危険を伴《ともな》う仕事だけに、成功報酬は悪くない。一件で、数千万円になることもあった。

もっとも最近は不景気で、あまり好条件な依頼は舞い込まなくなった。長引く不況の影響が、いよいよ自分の身にも及んできたようだ。

つい半年ほど前まで、丹治はちょっとした贅沢《ぜいたく》を味わっていた。

カーマニアの彼は、ジャガー、ポルシェ、ルノー・アルピーヌの三台を所有していた。身につけるものも高級品が多かった。ギャンブルにも大金を注《つ》ぎ込んだ。女遊びも愉《たの》しんだ。うまいものも、たらふく喰《く》った。

しかし、そんな夢のような暮らしは長くはつづかなかった。

数カ月前に三台の外車を次々に手放し、いまは年式の旧《ふる》い中古のパジェロを転がしている。乗り心地は、あまりよくなかった。

走行距離は、すでに六万キロを超えている。真冬はエンジンのかかりが悪い。車内も汚れている。

もっと稼いで、まともな車に乗りたいものだ。

丹治は、焦げ臭い上着を黒のタートルネックセーターの上に羽織《はお》った。捩《よじ》れた襟《えり》を直していると、エレベーターホールの方から若い女が小走りにやってきた。

息を呑《の》むような美人だった。プロポーションも素晴らしい。

二十七、八歳だろうか。知的な容貌《ようぼう》ながら、どことなく官能的な匂《にお》いを漂わせている。好みのタイプだった。

女は、若草色のニットスーツをまとっていた。さりげなく首に巻いた山吹色《やまぶきいろ》のスカーフが粋だ。どこかで見かけた顔だった。

だが、丹治はとっさには思い出せなかった。女優か、テレビタレントだった気がする。

美しい女は張り詰めた表情をしていた。

丹治は、女を目で追いつづけた。彼女は、横たわった女のそばで足を止めた。

「森《もり》さん？　森さんなんでしょ？」

「そ、そうです。た、た、救《たす》けて」

火傷だらけの女が掠《かす》れた声で、呟くように言った。

ニットスーツの女が言葉にならない声を洩《も》らし、コンクリートの床にひざまずいた。

すぐに彼女は、寝そべった女の縮れた頭髪を撫《な》でた。

赤茶に変色した髪は、思いのほか脆《もろ》かった。ドライフラワーの花びらのように、ぱらぱらと崩れ落ちた。

「失礼ですが、あなたはニュースキャスターの諏訪麻沙美《すわあさみ》さんじゃありませんか？」

馬面の係員が遠慮がちに美しい女に訊《き》いた。女は首だけを捩《ねじ》った。

「ええ、諏訪です。彼女は、わたしのマネージャーなんです。いったい、なんでこんなことに？」

「何者かが、あなたの車に時限爆破装置を仕掛けたようです」

「ええっ。早く救急車を呼んでください」

「もうすぐ到着すると思います。ブースの電話で、一一九番しましたんで」

「そうですか。ありがとう。それにしても、残酷だわ。ひどすぎる」

諏訪麻沙美は怒りに声を震わせ、自分のマネージャーを抱き起こした。女マネージャーは首を後ろにのけ反《ぞ》らせ、ぐったりとしていた。

どっかで見たはずだ。目の前にいる美女は、人気ニュースキャスターではないか。

丹治は改めて麻沙美の横顔を眺めた。

テレビに映る顔よりも、はるかに美しい。項《うなじ》の白さが目を射《い》る。

麻沙美は、東都テレビの『ニュースオムニバス』のメインキャスターだった。

番組は月曜日から金曜日まで毎夜、放送されている。一時間番組だった。取り上げる特集がユニークで、視聴者の人気を集めていた。

丹治も、ちょくちょく『ニュースオムニバス』は観《み》ていた。

「こちらの方が最初にご自分の上着で火を消そうとしてくれたんですよ」

五十年配の係員が手で丹治を示しながら、麻沙美に小声で告げた。すると、麻沙美はすぐさま立ち上がった。

「ありがとうございました」

「当然のことをしたまでです」

「お名前と連絡先を教えていただけませんか。後日、改めてお礼に伺《うかが》いたいので」

「そんな必要はありませんよ」

「でも、お洋服も汚れてしまったようですから、このままでは……」

「本当にお気遣《きづか》いなく」

丹治は固辞した。

麻沙美が困惑顔になった。そのすぐ後《あと》、スロープのあたりからサイレンの音が響いてきた。ようやく救急車が到着したらしい。

急にサイレンが熄《や》み、ほどなく初老の係員がスロープを駆け降りてきた。その後から、救急車が地下駐車場に滑り込んでくる。

丹治たちは走路の端に移動した。

火達磨《ひだるま》になった女性マネージャーは、二人の救急隊員の手で担架《たんか》に載《の》せられた。美人キャスターは怪我人に付き添う気になったらしく、慌《あわ》ただしく車内に乗り込んだ。

救急車がけたたましく警笛を鳴らしながら、地下駐車場から出ていった。入れ違いに、数台のパトカーがスロープを下《くだ》ってきた。

「ちょっと先を急ぐんで、後はよろしく！」

丹治は二人の係員に言って、エレベーター乗り場に向かった。

エレベーターは四基あった。待たずに乗れた。十階まで昇《のぼ》る。

一〇〇三号室のドアをノックすると、四十二歳の依頼人が顔を出した。すぐに縁無《ふちな》し眼鏡《めがね》の奥の目が和《なご》んだ。

「どうも遅くなりまして」

「上着が真っ黒じゃないですか⁉　どうされたんです？」

「ここの地下駐車場で、ちょっとした騒ぎがあったんですよ」

丹治は手短に事情を話し、部屋のソファに腰かけた。ソファは二脚あった。

依頼人が向き合う位置に坐《すわ》って、にこやかに言った。

「あなたのおかげで、先方もこちらの提示した手切れ金で納得してくれました」

「それはよかった」

丹治はセブンスターに火を点《つ》けた。

依頼人は、長野市内にある貴金属店の二代目社長だった。二代目のせいか、あまり商売には身を入れていなかった。事業よりも、遊びに熱心なタイプだった。

依頼人は先月、運悪く妻に愛人の存在を知られてしまった。浮気癖《ぐせ》の直らない夫に愛想を尽かした妻は、夫に離婚を迫った。

やむなく依頼人は、三年半も世話をしてきた若い愛人と手を切る気になった。

ところが、相手の女が一億円の手切れ金を要求してきた。愛人の背後には、誰か荒っぽい男がついているようだった。依頼人は困り果て、知人を通じて丹治に相談を持ちかけてきたのである。ちょうど一週間前のことだ。

丹治は三十万円の着手金を手にすると、さっそく調査に取りかかった。

貴金属商の愛人を操《あやつ》っていたのは、彼女の遠縁に当たるブラックジャーナリストだった。その男は依頼人が要求を呑まない場合は、スキャンダルを公にすると脅《おど》していたらしい。

丹治はわずか一日で、脅迫者の弱みを摑《つか》んだ。

怪しげなタブロイド判新聞を発行している男は県会議員の不正を種《たね》にして、五百万円を強請《ゆす》り取っていた。その上、男は議員から借り受けたベンツＳＬ500を勝手に売り飛ばしていた。さらに男は執行猶予《ゆうよ》中の身だった。

丹治はそれらの弱みを逆にちらつかせて、相手方の要求を突《つ》っ撥《ぱ》ねたのである。

「結局、手切れ金は一千万円で済みましたよ」

「そうですか」

「これ、謝礼の二百万円です」

依頼人がアタッシェケースの中から、帯封の掛かった札束を二つ取り出した。

丹治はそれを無造作に受け取り、上着の内ポケットに突っ込んだ。大きな仕事ではなかったが、手間のかからないトラブルだった。

「領収書は結構です。それから、経費の内訳も必要ありません」

「そいつはありがたいな」

「丹治さん、これから赤坂に繰《く》り出しませんか」

「赤坂？」

「ええ。ピチピチの白人ホステスばかりを揃《そろ》えたクラブがあるんですよ。もちろん、店外デートにも応じてくれます」

「せっかくですが、今夜は先約がありまして」

「それは残念だな」

「またトラブルが起きたら、いつでも力になりますよ。きょうは、これで失礼します」

丹治は立ち上がって、軽く頭を下げた。依頼人に見送られ、部屋を出る。丹治は、その足でエレベーターホールに急いだ。

依頼人の誘いに、まるっきり心が動かなかったわけではない。白人の女は久しく抱いていなかった。

西洋女の大仰《おおぎょう》なリアクションも、それはそれで愉《たの》しい。丹治はギャンブルや酒と同様に、女も嫌いではなかった。ちょっといい女なら、必ず口説《くど》いてみたくなる性質《たち》だった。

しかし、今夜は都合《つごう》が悪い。目下、最大の関心を持っている高梨未樹《たかなしみき》と青山のバーで落ち合うことになっていた。

未樹は二十七歳ながら、抜群にスタイルがいい。胸と腰が豊かで、ウエストのくびれは深かった。砂時計のような体型だった。

整《ととの》った卵形のマスクは彫《ほ》りが深く、日本人離れしている。上背《うわぜい》もあった。百七十センチ近い。脚《あし》はすんなりと長かった。

一緒に街を歩いていると、たいてい何人かの人間が振り返る。それほど目立つ女だった。

未樹は元新劇女優で、現在はプロのダイバーである。

レジャー開発会社、海上保安庁、国土交通省などの依頼で、水路探査、深海の地盤調査などを請《う》け負《お》っていた。時には水死体の収容作業に駆り出されたり、沈没船の検証などもしている。

未樹は女ながらも、大変なギャンブル狂いだった。姐御肌《あねごはだ》で、実にきっぷがいい。頭の回転も速《はや》かった。

出会った場所は、中山競馬場だった。大負けして苛立《いらだ》っていた丹治に、さりげなく〝祝儀〟を振る舞ってくれたのだ。そのとき、未樹は大穴をみごとに当てて札束でハンドバッグを膨らませていた。

その日以来、親しくつき合っている。

丹治は未樹を恋人と思っているが、先方はべたついた男女関係をうっとうしがっていた。そういうドライな面も、未樹の魅力の一つだった。

丹治はエレベーターの函《ケージ》に乗り込んだ。

不倫カップルらしい男女が一組乗っていた。二十三、四歳の女は丹治と目が合うと、急に連れの中年男の腕から自分の手を離した。

そのカップルは三階で降りた。ラウンジバーで軽く飲み、これから部屋で肌を貪《むさぼ》り合うのだろう。

丹治は地下駐車場まで下《くだ》った。

ホールに降りると、警官たちの姿が目についた。焼け爛《ただ》れたアウディの周《まわ》りにはロープが張り巡《めぐ》らされ、紺の上っぱりを着た鑑識課員たちが気忙《きぜわ》しげに動き回っていた。

どうやら現場検証の最中らしい。私服の刑事も五、六人いた。

スロープに近い場所には、テレビ局や新聞社の連中が群がっている。初老の係員が記者たちの質問に答えていた。

関《かか》わり合うのは面倒だ。

丹治はうつむき加減で歩《ほ》を運び、パジェロのドア・ロックを解《と》いた。

そのとき、すぐそばで撮影用の白熱ライトが灯《とも》った。丹治は反射的に振り向いた。

眩《まばゆ》い光の中に、三十歳前後の男が立っていた。片手にマイク、もう一方の手にメモを持っている。放送記者だろう。

彼の正面には、ビデオカメラを担《かつ》いだ男とディレクターらしい髪の短い女がいた。

女が合図《キュー》を出した。

「こちら、現場です。諏訪麻沙美さんの車は焼け爛れ、無残な姿を晒《さら》しています。たったいま入った情報によりますと、諏訪キャスターのマネージャー森香苗《かなえ》さん、三十六歳は、救急病院に運ばれた直後に亡くなられました」

放送記者が間《ま》を取り、すぐに言い重ねた。

「警察は、犯人が諏訪キャスターの爆殺を狙《ねら》った犯行という見方を強めています。巻き添えで亡くなった森さんのご冥福《めいふく》を祈ります。続報が入りましたら、すぐにお伝えします」

放送記者が言葉を切り、女性ディレクターの顔を窺《うかが》った。

ディレクターが大きくうなずき、かたわらのカメラマンに短い指示を与えた。

撮影用のライトが消された。放送記者がほっとした顔で、背広のボタンを外した。

丹治は車に乗り込み、キーを差し込んだ。

死んだ女は行きずりの他人に過ぎなかったが、何か残念な気がした。救急車を待たずに、近くの病院に彼女を運んでやるべきだったか。胸のどこかが疼《うず》いた。

そうしていても間に合わなかっただろう。

丹治はイグニッションキーを勢いよく回した。

# 2

客は疎《まば》らだった。

カウンターには誰もいない。それほど大きな店ではなかった。

丹治はテーブル席を眺め回した。青山の裏通りにあるピアノバー『サニーサイド』だ。馴染《なじ》みの店だった。

未樹は奥の席にいた。

枯葉色のテーラードスーツが何ともシックだ。丹治に気づくと、未樹は軽く手を挙《あ》げた。薄暗がりの中で、白いしなやかな指が光った。

丹治は顔を綻《ほころ》ばせ、未樹の席に向かった。

煤《すす》だらけの上着は、もう着ていなかった。砂色のパーカを羽織っていた。

車の中で着替えたのだ。いつも丹治は後部座席に、予備のコートやパーカを積んでいた。防寒服は、張り込みの必需品の一つだった。

専属の若い男性ピアニストがジャズのスタンダードナンバーを控え目に弾いていた。流麗な旋律だった。曲名は思い出せなかった。

「だいぶ待った？」

丹治はフード付きのパーカを脱いで、テーブルについた。

未樹はジン・リッキーを飲んでいた。ライムの香りが仄《ほの》かに匂ってくる。

「十五分ぐらい前かな、来たのは」

「そう」

「成功報酬は、ちゃんと貰《もら》えたの？」

「ああ」

「それじゃ、何を奢《おご》ってもらおうかな」

未樹が言葉に節《ふし》をつけて言った。

「なんでも喰いたいもんを言ってくれ。キャビアでもフォアグラでも、なんでもいいぜ」

「今夜は、食事はいいわ」

「昼間、土左衛門の引き揚げをやらされたようだな」

「そうなのよ。辛《つら》い仕事だったわ。母子心中だったの」

「子供は、いくつぐらいだったんだ？」

「まだ乳児よ。女の子だったわ。母親がその子をおぶったまま、一昨日《おととい》の晩、多摩川の河口から身投げしたの」

「子供まで巻き添えにするのは、親のエゴイズムだな」

「その通りだけど、母親にしてみれば、わが子をこの世に遺《のこ》すことが不憫《ふびん》だったんでしょうね」

「母親の気持ちもわからなくはないが、なにも子供まで犠牲にすることはないんだ」

丹治は何か遣《や》りきれない気分に陥《おちい》った。話を打ち切り、パーカのアウトポケットから煙草とライターを掴《つか》み出した。

ちょうどそのとき、マスターが丹治にボトルとロックグラスを運んできた。キープしてあるバーボン・ウイスキーは、ブッカーズだった。

「マスター、景気はどう？」

「ご覧の通りですよ。いまどき繁盛《はんじょう》してるのは、居酒屋ぐらいでしょ？」

白髪の目立つマスターがぼやき、手早くバーボンのロックをこしらえた。

「それじゃ、ハイピッチで飲んで、少しは売上に協力しなくちゃな」

「ぜひ、そうしてください。で、オードブルは何になさいます？」

「任《まか》せるよ」

丹治は煙草に火を点けた。

マスターがわずかに腰を折り、ゆっくりと遠ざかっていった。ピアノは、ハービー・ハンコックの曲に変わっていた。ブルースがかったジャズだった。

「食事はノーサンキューなら、服か靴でも買ってやろう」

「どうせなら、競馬の軍資金を少し回してもらえない？　ギャンブルに回せるお金が不足気味なのよ」

「足長おじさんたちとは、ほんとに縁《えん》を切っちまったのか？」

「いまごろ、寝ぼけたことを言わないで。だから、広尾のマンションに住めなくなって、中目黒の安いマンションに引っ越したんじゃないの」

未樹が面倒臭そうに言い、ジン・リッキーを喉《のど》に流し込んだ。

丹治は微苦笑した。未樹は先々月まで、家賃百三十万円の超高級マンションで優雅に暮らしていた。十人近いリッチな中高年の男を手玉にとって、せっせと金品を貢《みつ》がせていたのである。

といっても、未樹は物欲や虚栄心が強いわけではない。悪女の要素を持つ彼女は、どこか鼻持ちならない成功者たちをゲームのように愚弄《ぐろう》していたのだ。

「厭味なリッチマンたちをコケにすることに飽《あ》きちまったんだな」

「別に飽きたんじゃないわ。彼らが、ちょっぴり気の毒になってきたのよ。だから、いじめるのをやめちゃったの」

「柄にもなく、殊勝《しゅしょう》なことを言うじゃないか。おまえさんらしくないな」

丹治は茶化して、ロックを半分ほど呷《あお》った。

一瞬、喉が灼《や》けた。その強烈な刺激が快《こころよ》かった。短くなった煙草の火を揉み消す。

「別段、いい子になりたくなったわけじゃないわ。おかしなことを言わないで。いまだって、わたしは……」

「そう、悪女に変わりはない。さんざん爺《じい》さま連中から銭《ぜに》を巻き上げといて、ベッドは拒みつづけてきたんだから。悪どい男《ジ》たらし《ゴレット》だったよな」

「また、その話なの。もういいんじゃない？　それより、どうなの？」

未樹が探《さぐ》るような目を向けてきた。

「どうって、何が？」

「あら、とぼけちゃって。競馬の軍資金のことよ。少し回してもらえる？」

「二、三十万でいいな」

「もうひと声！　ううん、ふた声ね」

「五十万以上は無理だな」

「出し惜しみするなんて、男が廃《すた》るわよ。なんなら、倍返しにしてあげてもいいわ」

「別に、セコい駆け引きをしてるんじゃないんだ。おれも未樹も、ここんとこ、ツキに見放されてる。だから、あまり熱くなるなってことさ」

「クールに勝負するわよ。それなら、何も問題ないでしょ？」

「しかしな」

「決断力のない奴は、男なんかやめちゃいなさい。女になるといいわ。わたしのおっけた。


ぱい、あげようか？」

「わかったよ。持ってけ、泥棒！」

丹治はパーカの内ポケットから百万円の札束を乱暴に引っ張り出し、未樹に投げつけた。

未樹が両手でキャッチし、にっと笑った。札束は、すぐに彼女のハンドバッグの中に仕舞《しま》われた。

――おれも甘いよな。

丹治は密かに自嘲《じちょう》した。なぜだか、いつも未樹の言いなりになってしまう自分が腹立たしかった。

それでいながら、未樹に頼られることを心のどこかで嬉《うれ》しがっている。それだけ、彼女の何かに魅《み》せられてしまったのだろう。いつの世も、男と女の関係は先に惚《ほ》れたほうの立場が弱いようだ。

「やっぱり、拳さんは男だったわ。必要なら、いつでも借用証書くわよ」

「役者め！　最初っから、書く気なんかないくせに」

「お見通しだったか」

未樹は悪びれずに言って、ジン・リッキーを飲み干した。白い喉がなまめかしかった。

丹治はオードブルを運んできたマスターに、ジン・リッキーのお代わりをした。三杯目だった。それは、すぐに届けられた。

「そういえば、新宿のグロリアホテルの地下駐車場で爆発騒ぎがあったんだ」

丹治は自分のグラスにバーボンを注《つ》ぎ足しながら、さきほどの出来事を語った。

「死んだ森さんとは面識があったの。あの彼女が亡くなったなんて、信じられないわ」

未樹が顔を曇らせた。

「どういう関係だったんだ？」

「知り合いの諏訪さんと一緒に一度、広尾のマンションに来たことがあるのよ」

「おまえさんは諏訪麻沙美とつき合いがあったのか」

「あら、拳さんに話したことなかったっけ？　諏訪さんとは劇団で一緒だったのよ。彼女のほうが、一年先に『文芸座』に入ったんだけどね。養成所時代からの知り合いよ」

「そうだったのか。世の中って、狭いな」

「ほんとね。諏訪さんは『文芸座』に二年弱しかいなかったの。急に退団して、ニューヨークの大学に留学しちゃったのよ」

「向こうでも、演劇の勉強を？」

丹治は問いかけながら、鮭《さけ》のマリネをフォークで掬《すく》い上げた。

「ううん、彼女は国際政治を専攻したの。わたしと同じで、女優としての才能に限界を感じたんだと思うわ」

「そうなんだろうか」

「諏訪さんは向こうの大学を卒業してから、ニューヨークのローカルテレビ局の報道部員になったの。その職歴が買われて、こっちでニュースキャスターになったってわけ」

「そうだったのか」

「諏訪さんは知的な美人というだけじゃなく、ニュースキャスターとしても有能だと思うわ。彼女はどんな権力にも平気で嚙《か》みつくし、思想的にも偏《かたよ》ったとこがないでしょ？」

　未樹が相槌《あいづち》を求めてきた。

「そうだな。実際、論評は鋭いし、ジャーナリスト魂《だましい》も持ってる。そのあたりが人気の秘密なんだろう」

「それにしても、たいしたものよね。番組開始以来、ずっと二十七、八パーセントの高視聴率を稼いでるんだから」

「あれだけ小気味よく社会批判してるんだから、敵も多そうだな」

「そうみたいよ。いつだったか、利権右翼のことを名指しで批判したら、その相手がのかもしれないな」

丹治は呟き、グラスを口に運んだ。

「先月からスタートした告発シリーズ、知ってるでしょ？」

「知ってるが、まだ観《み》たことないんだ」

「そう。かなり過激な番組よ。社会の暗部を鋭く抉《えぐ》ってるの。週一回の特集なんだけど、毎回、観応《ごた》えがあるわね」

「どんな内容のものを流してるんだ？」

「政財界の黒い人脈や金脈を暴《あば》いたり、話題の新興宗教団体の矛盾を衝《つ》いたりといった具合よ。タブーに近いテーマばかりをついてるから、いつか諏訪さんは命を狙われるかもしれないと心配してたの。これ以上、悪いことが起きなければいいんだけど」

未樹がローストビーフにフォークを伸ばした。食欲が湧いてきたらしい。

「諏訪麻沙美は最近、何かに怯《おび》えてなかったか？」

「二週間ぐらい前に会ったんだけど、別にそんな様子は窺《うかが》えなかったわ。拳さん、爆殺事件に興味を持ったの？　それとも、諏訪さん個人に関心を持ったのかな。彼女、いい女だもんね」

「番組で批判された奴が逆上して、諏訪麻沙美のアウディに時限爆破装置を仕掛けた拳銃《けんじゅう》弾を送りつけてきたなんて言ってたもの」

「おれは、未樹ひと筋さ」

「そういうことを軽く言う男に限って、浮気者なのよね」

「絡《から》むなって。彼女は未樹と同じぐらいの年齢《とし》なんだろ？」

「わたしより、三つ年上よ」

「というと、ちょうど三十か。若く見えるな」

「女は髪型や化粧で、二つ三つはごまかせるの」

「なんか言葉の裏に、ジェラシーみたいなもんを感じるな。嬉しいよ」

「うぬぼれないで。諏訪さんに興味があるんだったら、いつでも紹介してあげるわ」

「考えとこう」

丹治は軽口をたたき、またセブンスターをくわえた。

へビースモーカーだった。日に六、七十本は喫《す》っている。いつの間にか、ピアノ演奏は終わっていた。

ピアニストはカウンターの端で、マスターと談笑していた。

未樹がジン・リッキーを傾けてから、おやっ、という顔つきになった。丹治は煙草の灰を落とし、小さく振り返った。

店に入ってきたのは共通の友人だった。ギャンブル仲間の岩城《いわき》貴伸《たかのぶ》だ。

丹治は先に口を開いた。

「岩《いわ》、妙なとこで会うな」

「なんでえ、丹治の旦那《だんな》と未樹の姐御じゃねえか」

岩城が、がさつに言った。

居合わせた五、六人の客が一様に驚愕《きょうがく》の色を露《あらわ》にした。無理もない。岩城は元プロレスラーで、二メートルを超える巨漢だった。体重は百二十キロ近かった。

「下戸《げこ》のおまえが、なんでここに？」

「マリアにせがまれて、ちょっとね。あのばか、生意気に洒落《しゃれ》た店で酒を飲みたいなんて言い出しやがってさ」

岩城は内縁の妻の名を口にし、糸のような象目《ぞうめ》をさらに細めた。二十一歳のマリアは、フィリピン人ダンサーだ。

「で、マリアはどこにいるんだい？」

「いま来るよ。あいつ、歩くのが遅《おせ》えんだ。なにせ背丈《タッパ》がねえからさ」

そんな遣《や》り取りをしていると、当のマリアが店に飛び込んできた。

派手な身なりだった。装身具もけばけばしい。小柄ながら、均斉はとれている。ミニスカートから覗《のぞ》く太腿《ふともも》が肉感的だ。

先祖にスペイン人が混じっているとかで、平面的な顔ではなかった。割に彫りが深く、肌の色もそれほど悪くない。黒曜石を想《おも》わせる瞳《ひとみ》が実によく動く。

「ハーイ！」

マリアは丹治と未樹に気がつくと、陽気な挨拶《あいさつ》をした。

丹治は、岩城とマリアを自分たちのテーブルに呼び寄せた。マリアは、バーボン・ソーダをオーダーした。

コップ一杯のビールで呂律《ろれつ》が怪しくなる岩城は迷った末に、ジンジャーエールを頼んだ。オレンジジュースにしなかったのは、少しは見栄《みえ》を張りたかったからだろう。

「調子はどうだい？」

丹治は、四つ年下の大男に訊《き》いた。

「競馬《ウマ》はイマイチだね。でも、競艇《フネ》のほうじゃ、怖《こえ》えほどつきまくってるんだ」

「ほんとかよ？　おまえは負け惜しみの強い男だからな」

「嘘《うそ》じゃねえって」

「そうむきにになるなよ。カードや麻雀《マージャン》は？」

「両方とも、ちょっと低調だね」

「苦しくなっても、組《くみ》関係の賭場《とば》には行くなよ」

「わかってらあ。おれは、もう堅気《ネス》なんだ。そんなとこにゃ、行かねえ」

岩城が口を尖《とが》らせ、ジンジャーエールをまずそうに啜《すす》った。彼は二年近くの間、ある暴力団の世話になっていた。一応、客分扱いだったらしい。

その組織の親分は、興行師でもあった。いまでも、地方での歌謡ショーや演芸会を仕切っているという。

岩城は現役レスラーのころ、その親分に抱き込まれて、異種格闘技で八百長試合を演じた。わざと対戦相手のシュートボクサーに負けたのである。ギャンブルでこしらえた多額の負債を返済するためだった。

その八百長は発覚してしまい、岩城はプロレスリング界から追放される羽目になった。親分は責任を感じ、彼の生活の面倒を見る気になったのだろう。

しかし、どこか気のいい岩城は筋者《すじもの》にはなりきれなかった。組から遠ざかった彼は、各種の賭《か》けごとで生計を支《ささ》えていた。

「マリアのほうは、どうなの？」

未樹が岩城の内妻に声をかけた。マリアは歌舞伎町《かぶきちょう》のナイトクラブで踊っていた。

「踊りは、いつも楽しい。でも、チップが少なくなった。だから、ちょっと大変ね」

「いまは不況のどん底だから」

「店長、ストリップをやれって言うの。そしたら、ギャラをアップしてくれるって。けど、あたし、オーケーしなかった。あたし、ストリッパーじゃない。ちゃんとしたダンサーね」

「マリアのプライド、よくわかるわ。辛いだろうけど、頑張って！」

「あたし、いつも希望は持ってる。それだけが、あたしの財産ね」

マリアが明るく言って、片目をつぶった。

「その調子、その調子！　マリアが大変なときは、きっと岩さんが頑張ってくれるわよ」

「うちの旦那さん、お金儲《もう》け、とっても下手《へた》ね。いっつも財布は軽いの」

「余計なことを言うんじゃねえ」

岩城がきまり悪げに笑い、マリアの肩を小突いた。

小柄なマリアは、危《あや》うく椅子《いす》から転げ落ちそうになった。すかさず岩城が、マリアを抱きとめる。

「この人、嘘つきだけど、あたしには優しいの。だから、とっても好き。愛してるの」

「ゴマするんじゃねえや」

岩城が照れに照れ、上着のポケットからキャンディーを抓《つま》み出した。

元レスラーは大の甘党だった。外出するときは、いつも飴《あめ》やチョコレートをポケットに忍ばせている。そのせいか、虫歯だらけだった。

「ねえ、みんなでわたしの新居に遊びに来ない？」

未樹が誰にともなく誘った。

――なんで、つまらないことを言い出すんだよ。

丹治は、そう思った。思っただけで、口には出せなかった。

「確か岩さんもマリアも、まだ中目黒のマンションに来てなかったわよね？」

「ああ」

岩城が即座に答えた。

「それだったら、これからおいでよ」

「行ってみてえけど、後で旦那に何か厭味を言われそうだな。気が利《き》かねえ奴らだとかなんとかさ」

「拳さんにそんなこと言わせないわ。別にわたしは、彼の奥さんじゃないんだから」

「そうなんだけどさ」

「わたしが誰を部屋に招《よ》ぼうが、わたしの勝手よ。拳さん、そうでしょ？」

「そりゃ、まあな」

丹治は曖昧《あいまい》な返事をした。内心、面白くなかった。今夜はたっぷり時間をかけて、未樹と睦《むつ》み合うつもりでいたからだ。

「お酒もあるし、貰いもののチェリーパイがそっくり残ってるの」

「チェリーパイと聞いちゃ、訪問しねえわけにゃいかねえな」

「全部、食べてもいいわよ」

「行こう、姐御んとこに行こう！　マリア、文句ねえな？」

「あたしはいいけど、誰かさんが迷惑するよ」

「そんな奴、いるもんか。な、姐御！」

「いない、いない。拳さん、ここの勘定はよろしくね！」

未樹が澄ました顔で言い、先に腰を上げた。

岩城とマリアが釣られて立ち上がった。

変な男と会ってしまったものだ。

丹治は小さく舌打ちして、グラスの酒を一息に飲み干した。いつになくバーボンが苦く感じられた。

## 3

夜明けが近い。

カーテンの隙間《すきま》から、斑《まだら》に明け初《そ》めた空が見える。朝焼けの前兆だ。

丹治はカードを配りながら、左手首の腕時計に目をやった。間もなく午前五時になる。

未樹のマンションの居間だ。

割に広かった。優《ゆう》に十五畳はあるだろう。間取りは１ＬＤＫだった。

丹治たち四人はシャギーマットに直《じか》に坐り込み、三時間前からブラックジャックに興じていた。俗にドボンと呼ばれているゲームだ。いまは、丹治が〝親〟だった。

室内には、煙草の煙が澱《よど》んでいた。

岩城ひとりが負けている恰好《かっこう》だった。もはや手持ちのチップは数少ない。

丹治はカードを配り終えた。〝子〟の三人が、それぞれ二枚のトランプカードを手に取る。

岩城が手札《てふだ》を覗き込み、にんまりした。ポーカーフェイスをつくれない男だった。どうやら悪くないカードを得たようだ。

未樹もマリアも無表情だった。少なくとも、二人は岩城よりも冷静さを失っていない。

さて、このゲームはどうなるか。

丹治は自分のカードを見た。頬《ほお》が緩《ゆる》みそうになったが、表情は変えなかった。絵札が二枚だった。しかも、一枚はスペードのエースだ。

エースは、1もしくは11と数える。ほかの絵札は、すべて10だ。

ブラックジャックは、手札の合計数で競《きそ》い合う。

合計数が21になれば、最強となる。次いで、20、19、18の順だ。22以上になったら、失格になってしまう。

「きわどいとこだけど、貰っておくわ」

かたわらに坐った未樹が、追加札を要求した。

丹治は、裏返しにしたカードを滑らせた。そのカードを捲《めく》って、未樹が肩を落とした。24になっていた。失格だ。

「おれはステイだ」

岩城が自信ありげに言って、自分の手札を公開した。勝負に出たのだ。

カードは、ハートのクィーンとクローバーのジャックだった。併《あわ》せて20だ。

しんがりのマリアは、二枚のカードを引いた。しかし、惜《くや》しくも22になってしまった。彼女は自分の膝小僧を拳《こぶし》で打《う》ち据《す》えながら、しきりに悔しがった。

「悪いな。おれはトッピンだ」

丹治は手札を表にした。

岩城が悪態をついて、手許のチップに目を落とした。負けた分のチップはなかった。

「旦那、チップを回してくれや」

「もうやめとけ。おまえはツキに見放されてる。もう終わりにしよう」

丹治は提案した。

「そりゃ、ねえだろ。親が勝ち逃げなんて汚《きったね》えぞ」

「熱くなると、後で泣きをみるぜ」

「いや、まだ勝負はついちゃいねえ。ここで尻尾《しっぽ》丸めたら、ギャンブラーの恥だ」

「それじゃ、見せ金を拝ませてくれ。おまえにゃ、もう十二万ちょっと貸してあるんだ」

「おれが信用できねえってのかよっ」

岩城が息巻《いきま》いた。鼻息が鞴《ふいご》のように鳴った。

「いいから、黙って札入れを出せ」

「くそっ！　三万ちょっとしか持ってねえよ」

「やっぱりな」

「でも、勝負はこれからだ。おれ、いっつも後半に強《つえ》えんだ。旦那、早くカードを配ってくれや」

「どうしてもチップを回してほしけりゃ、マリアを担保に取らせてもらうぜ」

「正気かよ⁉」

「もちろんだ。おまえがマイナス分を現金《キャッシュ》で払えなきゃ、マリアの体で払ってもらう。岩、どうする？」

　丹治は濃い眉を眉間《みけん》に寄せ、岩城のムーンフェイスを見据えた。岩城がたじろぎ、視線を逸《そ》らした。

「拳さんの話、ジョークよね？」

マリアが不安顔で訊いた。

「いや、マジだよ」

「そ、そんな⁉」

「岩、どうするんだ？　はっきりしろ！」

「そんなこと、できるかよっ。負けた金は明日中に必ず払ってやらあ。マリア、帰るぞ！」

岩城がチップを床に叩きつけ、憤然《ふんぜん》と立ち上がった。

マリアも丹治を睨《にら》み、決然と腰を上げた。円《つぶ》らな瞳には、明らかに軽蔑《けいべつ》の色が宿っていた。

「チェリーパイ、うまかったよ」

岩城が強張《こわば》った顔で未樹に言うと、マリアの手首を摑んだ。

二人は荒々しく玄関に向かった。未樹が見送りに立った。彼女は、岩城たちに同情している様子だった。

丹治はカードを手早く片づけ、リビングソファに腰かけた。セブンスターをくわえかけたとき、未樹が居間に戻ってきた。顔つきが険《けわ》しい。

「拳さん、いったい何を考えてるのよっ。岩さんにあんなひどいことを言うなんて、信じられないわ」

「勝負の厳しさを教えてやったんだ」

「それにしたって、ひどすぎるわ。拳さんも帰ってちょうだい！」

「鈍いな」

丹治は薄く笑った。

「鈍いですって⁉」

「おれは、岩から金を取りたくなかったのさ。あのままゲームをつづけてたら、奴は確実に二、三十万は負けてた」

「偽善者！　きれいごとを言ってるけど、実のところは岩さんたち二人を早く追い出したかっただけなんでしょ」

「そんなことは……」

丹治は狼狽《ろうばい》した。図星《ずぼし》だった。長《なが》っ尻《ちり》の岩城たちを追っ払い、早く未樹と二人だけになりたかったのだ。

「やり方が陰険《いんけん》だわ。明日、岩さんたちに謝るのね」

「わかった。そうするよ。それより、早く……」

丹治は寝室を見ながら、ソファから勢いよく立ち上がった。

未樹は何も言わなかった。

丹治は未樹に歩み寄り、いきなり抱きしめた。すぐに唇を重ねる。

未樹は唇を引き結び、舌を迎えようとしない。かまわず丹治は、未樹の弾《はず》みのあるヒップを揉《も》んだ。

すると、未樹が小さく抗《あらが》った。丹治は顔を離して、低く言った。

「今夜は、そんな気分になれないってわけか？」

「女はね、男のようにすぐに気分を変えられないのっ」

「そうかい。なら、退散しよう」

丹治は未樹から離れ、玄関ホールに足を向けた。売り言葉に、買い言葉だった。いつも甘い顔ばかりはしていられない。

玄関ホールに達したとき、未樹が何か投げつけてきた。

背中に当たったのは、彼女が履《は》いていたスリッパだった。丹治はむかっ腹をたて、体ごと向き直った。

「おれは野良犬じゃねえぞ」

「ばか！　ちっとも女の気持ちがわかってないんだから」

「さっき、おれに帰れって言ったじゃないか」

「あれは、言葉の弾みってもんだわ」

「どうすりゃ、いいんだ？」

「鈍感なのは、どっちよ。キスなんかされたら、その気になるじゃないの。シャワー、浴びてくるわ」

　未樹は穏《おだ》やかに言い、浴室に足を向けた。

　――扱いにくい女に惚れちまったな。

　丹治は居間に戻り、その隣の寝室に入った。

　十二畳ほどの広さだ。ほぼ中央に、セミダブルのベッドが据《す》え置かれている。ナイトテーブルは小さい。片隅には、ドレッサーがある。クローゼット付きの寝室だった。

　丹治はナイトスタンドを灯《とも》し、ガス温風ヒーターのスイッチを入れた。設定温度は二十四度になっていた。

　じきに室内が暖かくなった。丹治は着ているものを手早く脱ぎ、全裸で浴室に向かった。欲望は、すぐにも膨れ上がりそうだった。

　浴室のドアはロックされていなかった。

　丹治は、いきなりドアを開けた。湯気に包まれた。

「こらっ」

　未樹が甘く睨《にら》みつけてきた。幼児を窘《たしな》める母親の目つきに似ていた。首から踝《くるぶし》まで白い泡に塗《まみ》れている。

　丹治は浴室に入り、ドアを閉《し》めた。

　そのとたん、下腹部に変化が生まれた。未樹の熟《う》れた裸身を目にしたからだろう。

「体、洗ってやるよ」

「遠慮しておくわ。どうせ何か悪さをする気なんでしょ？」

未樹が笑顔で言った。

むろん、本気で拒んでいるわけではない。丹治はにやついて、ボディーシャンプーのボトルを摑み上げた。シャンプー液をたっぷりと掌《てのひら》に落とし、未樹の起伏に富んだ体を洗いはじめる。泡塗れの肌は、実に滑らかだった。

もともと未樹は肌理《きめ》が濃《こま》やかだが、ボディーシャンプーのぬめりで、さらに肌触りが優しくなった。まるで絹を撫《な》でているような手触りだ。

「他人《ひと》に洗ってもらうのは、やっぱり気持ちがいいわ」

未樹が、うっとりとした声で言った。

丹治は無言で、砲弾のような乳房を撫でさするように洗った。淡紅色の乳首は、早くも硬く痼《しこ》っていた。未樹は喘《あえ》ぎ声を嚙み殺している。

丹治は胸の蕾《つぼみ》を抓《つま》んで、小さく揉んだ。

「やっぱり、いたずらしたわね」

未樹が伸び上がって、丹治の首に両腕を巻きつけてきた。

丹治は、未樹の腋《わき》の下をくすぐった。未樹が嬌声《きょうせい》を洩《も》らし、裸身をくねらせた。

腋毛は、きれいに処理されていた。

丹治は、右手を未樹の下腹に伸ばした。

逆三角形に繁った和毛《にこげ》を揉み込むように洗い、指先で合わせ目をまさぐった。膨みを増した花びらは、わずかに笑《え》み割れていた。その部分をソフトに洗い、後ろのすぼまりまで指を進める。

「そこはいいの。さっき自分でちゃんと洗ったから」

未樹が少し腰を引いた。

丹治は指の腹で、すぼまった部分を撫でた。

未樹が短い声をあげ、芥子色《からしいろ》のタイルにうずくまった。彼女はボディーシャンプー液を手で受けると、それを丹治のペニスに塗りつけた。

揉み込まれるたびに、昂《たか》まりの硬度が高まった。丹治は未樹を立ち上がらせた。

二人は互いの体を愛撫《あいぶ》し合いながら、何度も唇を重ねた。

フレンチキスを交わしてから、丹治は未樹の両手を壁タイルに預けさせた。尻《しり》を突き出させる。

「ここで?」

「ちょっと挨拶するだけだよ」

丹治は未樹のヒップを抱えた。泡に塗れた分身は、吸い込まれるように没した。

腰を躍動させながら、痼《しこ》った肉の芽を慈《いつく》しみはじめる。

未樹の息遣いが荒くなった。丹治は抽送を速めた。

「駄目よ。感じちゃうじゃないの」

「ここで軽く昇りつめてもいいいんだぜ」

「もったいないわ、そんなの」

未樹がシャワーヘッドを摑んだ。

丹治は結合を解《と》いた。未樹が体を反転させ、迸る湯を丹治の猛《たけ》った性器に当てた。

湯水の圧力がなんとも心地よい。意思とは関わりなく、昂まりが肥大していく。

二人は慌《あわ》ただしく体の泡を洗い落とすと、寝室に移った。

室内は、汗ばむほど暖かい。丹治と未樹は舌を吸い合いながら、ベッドに倒れ込んだ。二つの体が小さく弾んだ。

丹治は未樹を組み敷き、改めて舌と唇を貪った。未樹が積極的に応《こた》える。

舌を閃《ひらめ》かせながら、丹治は未樹の乳首を指の間に挟《はさ》みつけた。そのまま、隆起全体を揉みたてる。乳房は弾みながら、さまざまに形を変えた。

丹治は頃合《ころあい》を計って、濃厚なキスを中断させた。

未樹が長く息を吐いた。胸が波打っている。

丹治は喉や首筋に唇を這《は》わせ、鎖骨のくぼみにも舌を当てた。耳の縁《ふち》も舌の先でなぞった。耳朶を甘咬《あまが》みすることも忘れなかった。

耳の奥に舌を潜《もぐ》らせると、未樹は唸《うな》るような声を放った。淫《みだ》らな声だった。

丹治は体を下げ、未樹の乳首を交互に口に含んだ。

吸い上げ、押し転がし、弾《はじ》く。未樹の喘ぎ声に、甘美な呻き声が混じりはじめた。

丹治は舌を滑走させながら、霞草《かすみそう》のような飾り毛を五指で梳《す》いた。

肉の芽はこりこりに張りつめていた。弾みが強い。まるでシリコンゴムのようだ。

それを軽く揺さぶっただけで、未樹は身を震わせた。

双葉を連想させる部分は、火照《ほて》りを帯びていた。熱い潤《うる》みがにじんでいる。

丹治は、秘めやかな場所に丹念な愛撫を加えた。

未樹は切れ切れに呻き、裸身を妖《あや》しくくねらせた。いまにも極《きわ》みに達しそうな様子だった。

――まだ前奏曲がはじまったばかりだ。もう少し娯《たの》しませてもらうぞ。

丹治はいったん身を起こし、未樹の足許《あしもと》に回り込んだ。

未樹の膝を立てさせ、腹這いになる。敏感な突起に息を吹きかけると、未樹は切なげに腰全体を迫《せ》り上げた。

丹治はそそられ、牡丹色《ぼたんいろ》に輝くはざまに顔を埋めた。

そこには、ボディーシャンプーの匂いが籠《こも》っていた。舌で花弁を捌《さば》くと、たぎった雫《しずく》が零《こぼ》れた。舌を筆にして、ひとしきり顔を上下に動かした。

蝶《ちょう》の羽《はね》に似た肉片を吸い上げ、舌で縁《ふち》の部分を削《そ》ぐ。淡紅色の芽を包皮ごと啜《すす》ると、未樹の口から猥《みだ》りがわしい呻きが洩れた。呻き声は長く尾を曳《ひ》いた。

丹治は未樹の尻を抱え込み、舌を乱舞させた。吸いつけ、こそぐり、舐め回す。

「ああっ、もう……」

不意に未樹が悦《よろこ》びの声を発した。首を左右に振りながら、四肢《しし》を縮めた。ほどよく肉のついた内腿が鋭く震え、下腹に漣《さざなみ》がゆっくりと拡がっていく。煽情《せんじょう》的な眺めだった。

丹治は、内奥《ないおう》に指を沈めた。

潤《うる》みが夥《おびただ》しい。二本の指に、収縮がもろに伝わってきた。指を大きく動かす。未樹の体の震えが激しくなった。

丹治は指を引き抜き、あふれた蜜液をクレバス全体に塗り拡げた。それから、ピアニストのように長い指を躍《おど》らせた。

未樹は、啜《すす》り泣くような声をあげつづけた。

丹治は体を繋ぎたくなった。すぐに熱い塊《かたまり》を埋め、未樹の腿《もも》を片方ずつ肩に担《かつ》ぎ上げた。膕《ひかがみ》も腓《こむら》も熱かった。
六、七度浅く突き、そのあと奥まで一気に分け入る。
そのつど、未樹は高く呻いた。丹治は煽《あお》られた。

数分後、未樹は二度目の高波に呑まれた。

その瞬間、憚《はばか》りのない悦《よろこ》びの声を放った。裸身を甘く震わせながら、未樹は高く低く唸った。いい音色《ねいろ》だった。

丹治はダイナミックに動きはじめた。

未樹の体は、ラバーボールのように弾んだ。突き、捻《ひね》り、また突く。未樹は腰をうねらせた。狂おしげな迎え腰だった。

白いシーツが捩《よじ》れに捩れた。湿った摩擦音が絶《た》え間《ま》なくつづく。刺激的だった。

丹治は堪《こら》えられなくなった。

放つ。背筋を快い痺《しび》れが駆け抜けていった。頭の芯《しん》が一瞬、白く濁った。

蠢《うごめ》く襞《ひだ》が丹治を搾《しぼ》り上げはじめた。

密着感が強かった。生温《なまあたた》かい襞《ひだ》が吸いつくようにまとわりついてくる。緊縮感も鋭い。

丹治は、思わず声を洩らしてしまった。

余韻は深かった。二人は、しばらく動かなかった。体の震えが凪《な》ぐと、未樹が言った。

「拳さん、最高だったわ。もう頭と体がどうかなりそうよ」

「未樹の体も男を蕩《とろ》かすよ。おまえさんは、蛭《ひる》の化身《けしん》じゃないのか」

丹治はからかって、結合を解いた。

二人はそれぞれ体を拭《ぬぐ》い、仰向《あおむ》けに横たわった。

「きょう、仕事の予定は？」

丹治は訊《き》いた。

「別に何も入ってないわ。拳さんのほうは？」

「おれもオフだよ。最近は不景気で、前ほど忙しくないんだ」

「それじゃ、競馬で一緒に稼がない？　わたし、借りた百万を狙った中穴にぶっ込んでみるつもりなの」

「一本買いで勝負する気なのか!?」

「そう」

未樹が平然と言った。

「いい度胸してやがるな。二レースぐらいに散らしたほうがいいと思うがな。そのほうがリスクが少ないじゃないか」

「体が震えてくるような勝負じゃなきゃ、つまらないわ。第一、スリルがないでしょ？」

「未樹を女にしておくのが惜しいな」

「それ、誉《ほ》めてくれてるわけ？　それとも、呆《あき》れてるの？」

「両方だな。でも、ベッドの中じゃ、おまえさんは完璧《かんぺき》な女だよ」

丹治は未樹を抱き寄せ、瞼を閉じた。数十分、まどろむつもりだった。

# 4

空気が揺れた。

羽毛蒲団《ぶとん》が動いたせいだった。

その気配で、丹治は目を覚ました。未樹は隣に寝ていなかった。夜具の中に潜《もぐ》り込んでいた。丹治の足許だった。

不意に、下腹部に湿った息が降りかかった。

次の瞬間、丹治は分身に熱いものを感じた。それは、未樹の唇だった。丹治は含まれた。未樹の口の中は生温かかった。丹治の体は、たちまち反応した。

未樹の舌が動きはじめた。巧《たく》みな舌技だった。的確に欲情を掻《か》きたてる。

丹治は、一段と昂《たか》まった。

「びっくりさせちゃった？」

未樹が、くぐもり声で訊いた。男根《だんこん》をくわえたままだった。

「ちょっとな」

「拳さん、なかなか起きてくれないんだもの。わたし、何度も体を揺り動かしたのよ」

「すっかり寝入っちまったんだな。悪い！　いま、何時ごろ？」

「もうじき午後一時になるわ」

「長いインターバルになっちまったな」

「そのまま、じっとしてて」

　未樹の声は、何かの残響のように不明瞭《ふめいりょう》だった。

　丹治は新鮮な快感を味わっていた。昂まりを含まれた状態で喋《しゃべ》られると、むず痒《がゆ》いような感覚に見舞われる。

　くすぐったいだけではなかった。明らかに、快さも入り混じっていた。

「それ、いいな」

　丹治は言った。

　返事はなかった。未樹は黙々とオーラル・セックスに励んでいた。

　舌の動きには、絶妙な変化があった。虫のように這《は》ったかと思うと、蛇のようにねっちりと絡《から》みついてくる。また、小魚のように跳《は》ねたりもした。

　たまらない。丹治は喉の奥で唸った。

　未樹は、胡桃《くるみ》に似た部分もたっぷりと慈《いつく》しんだ。揉むばかりではなく、幾度も頬張った。

「返礼したくなったな」

丹治は洋掛け蒲団を大きくはぐった。羽毛蒲団は宙を泳ぎ、ベッドの下に落ちた。未樹が丹治を口で捉《とら》えたまま、体をゆっくりと旋回させた。時計回りだった。未樹は、丹治の顔を跨《また》ぐ恰好《かっこう》になった。

丹治は、未樹の尻の頬を押し拡げた。珊瑚色《さんごいろ》の秘部が剥《む》き出しになった。男の官能を奮《ふる》い立たせるような眺めだった。合わせ目は半ば綻《ほころ》んでいた。鴇色《ときいろ》の襞《ひだ》が、ひっそりと息づいている。亀裂《きれつ》を縁取《ふちど》る黒々とした飾り毛がエロチックだ。

丹治は舌を長く伸ばした。はざまを掃《は》くと、未樹が尻を押しつけてきた。同時に、彼女の舌の動きが激しくなった。

丹治は、濃厚な潤《うる》みを音をたてて啜《すす》った。

未樹がくぐもった呻きを洩らし、腰を振りはじめた。

二人は口唇愛撫を施《ほどこ》し合った。

少し経つと、未樹が体を浮かせた。そのまま彼女はくるりと向き直り、丹治の腰に打ち跨がった。

体と体がつながった。

丹治は右腕を伸ばし、陰核《クリトリス》を指先で抓《つま》んだ。稜線《りょうせん》は鋭かった。芯の部分まで硬い。

た。


「もう待てないわ」

未樹が焦《じ》れた声で言い、腰を弾ませはじめた。

その直後だった。ナイトテーブルの上で、電話機が鳴った。コードレスの子機だった。

──野暮な奴がいたもんだ。

丹治は指の腹で、敏感な突起を圧《お》し転がしつづけた。

未樹も動きを止めなかった。結合部分から、淫靡《いんび》な音が洩れてくる。着信音は、いっこうに鳴り熄《や》まない。

「なんだか気が散っちゃうわ。いったい誰かしら？」

「気になるのなら、出たほうがいい」

丹治はコードレスフォンを摑み上げ、未樹に渡した。

未樹は交わったまま、相手と喋りはじめた。

その声は、だいぶ弾んでいた。勘のいい相手なら、未樹が性交中であることを見抜くにちがいない。

丹治は耳を澄ませた。

会話から察して、電話の主はニュースキャスターの諏訪麻沙美だろう。未樹が乱れた呼吸を整えながら、女性マネージャーの死を悼《いた》みはじめた。

長電話になりそうだ。

丹治は、肉の芽から手を離した。

未樹が目顔《めがお》で詫《わ》び、腰を浮かせた。分身が抜け落ちた。まだ力を失ってはいなかった。

居間で一服することにした。

丹治は静かにベッドを降り、抜き足で寝室を出た。

居間のファンヒーターは切られていた。いくらか肌寒い。

ファンヒーターのスイッチを入れ、丹治はリビングソファに腰かけた。セブンスターを一本喫《す》い終えても、未樹はまだ電話中だった。

分身は、いつの間にか萎《な》えていた。二、三分経つと、寝室から未樹の声が響いてきた。

「ごめんね、拳さん」

「いいさ」

丹治は立ち上がって、ベッドのある部屋に戻った。

未樹はベッドの上で、女坐りをしていた。

丹治はベッドに浅く腰かけ、すぐに問いかけた。

「電話、諏訪麻沙美からだったようだな？」

「そうなの。彼女、口の堅い調査員か私立探偵を知らないかって」

「諏訪麻沙美は、自分の命を狙ってる奴を捜し出す気になったらしいな」

「ええ。わたし、警察の手を借りるべきだって忠告したんだけどね。そんなことしたら、マスコミが騒ぎ出すから、困るって言うのよ」

「なるほど」

「それで、拳さんのことをちらっと話してみたの。そうしたら、ぜひ、紹介してくれないかって。余計なことをしちゃった？」

「別にかまわないさ。それより、おれがグロリアホテルの地下駐車場で彼女と会ってることは話したのか？」

「そのことは話さなかったわ。話したら、拳さんが彼女の頼みを断りにくくなるような気がしたから」

「そうか。諏訪麻沙美は女マネージャーを死なせた奴を炙《あぶ》り出して、どうする気なんだろう？」

　丹治は、その点がわからなかった。

「命を狙ってる人物がはっきりしたら、そのときは警察に行くそうよ」

「それまでは、マスコミの連中に追っかけ回されたくないってわけか」

「ええ、そう言ってたわ。拳さん、どうする？　別に、わたしに義理立てする必要なんかないのよ」

「きのうの晩、あの事件を目撃したのも何かの縁だろう。報酬が折り合えば、引き受けてもいいよ」

「そう。なら、諏訪さんに連絡してみるわ」

未樹はコードレスの子機を手に取ると、せっかちにタッチコール・ボタンを押しはじめた。すぐに電話が繋《つな》がった。

丹治は床から羽毛蒲団を摑み上げ、そっとベッドに身を横たえた。そのとき、未樹が通話孔《こう》を手で塞《ふさ》いだ。

「きょうの夕方にでも、お会いしたいって。かまわない？」

「いいよ。どこに訪ねればいいのか、訊いといてくれ。それから、時間もな」

「先方の都合に合わせてもいいのね？」

「ああ」

丹治は大きくうなずいた。

ふたたび未樹が人気キャスターと喋り出した。電話を切ったのは、およそ五分後だった。

「五時に彼女の自宅に行くことになったわ」

「家は、どこにあるんだ？」

「三田《みた》のマンションに住んでるの。わたしが案内するわ」

「そいつは助かる」

「愛のバトルはどうする？」

「妙な邪魔が入っちまったんで、これだよ」

丹治は苦く笑って、羽毛蒲団を捲《めく》った。

「あら、坊やが居眠りしちゃってる。無理に起こすと、むずかりそうね。フレンチトーストでも作るわ」

未樹がベッドから滑り降り、身繕《みづくろ》いに取りかかった。

丹治は蒲団を引《ひ》っ被《かぶ》った。未樹が静かに部屋を出ていった。丹治は目をつぶった。

しかし、眠れなかった。跳ね起き、浴室に向かう。

丹治は髪を洗い、熱めのシャワーを浴びた。脱衣室には、着替えの下着が揃《そろ》えてあった。

浴室を出ると、ブランチの用意が整っていた。

丹治は手早く服を着て、ダイニングテーブルについた。髪は、まだ乾ききっていなかった。

未樹も椅子に坐った。

二人はコーヒーを飲みながら、フレンチトーストやハムエッグを食べた。

食事を摂《と》り終えると、丹治は朝刊に目を通した。昨夜の事件のことは大きく載っていたが、犯人については一行も書かれていなかった。

未樹は食器を片づけると、浴室に消えた。

二人が部屋を出たのは、四時十分ごろだった。丹治のパジェロで、港区の三田に向かった。

道路は渋滞気味だった。

中目黒から三田までは、それほど遠くない。車の流れがスムーズなら、二十分もあれば充分だ。しかし、三十分以上もかかってしまった。

人気ニュースキャスターは、超高級マンションに住んでいた。

むろん、出入口はオートロック・システムになっていた。外部の者が無断で建物の中に入ることはできない。未樹が集合インターフォンに歩み寄り、諏訪麻沙美の部屋番号を押した。九〇八号室だった。

ややあって、スピーカーから麻沙美自身の声で応答があった。

未樹が名乗った。エントランスのドア・ロックはすぐに解除された。

丹治たちはエレベーターホールに進んだ。

ロビーの床や壁は、磨き抜かれた大理石だった。ホールには、誰もいなかった。広くて、清潔だった。

エレベーターで九階まで上がり、麻沙美の部屋に急ぐ。廊下は、ゆったりとしていた。各戸に、それぞれクラシック調の門扉《もんぴ》が設けられている。インターフォンは門柱に埋め込まれていた。

丹治はインターフォンを鳴らした。

少し待つと、玄関のドアが開けられた。部屋の主は、黒っぽいロングドレスに身を包んでいた。

そのせいか、肌の白さが際立《きわだ》って見えた。表情は、いくぶん暗かった。森香苗の死がショックだったのだろう。

麻沙美は丹治の顔をまじまじと見て、驚きの声をあげた。

「あなたは昨夜《ゆうべ》、グロリアホテルの地下駐車場にいらした方でしょ⁉」

「憶《おぼ》えててくれましたか。光栄だな」

丹治はそう言ってから、名乗った。麻沙美も自己紹介した。未樹が口を挟む余裕はなかった。

「どうぞお入りください」

麻沙美が門扉を大きく開けた。

丹治と未樹は、広いリビングルームに請《しょう》じ入れられた。三十畳はあるだろう。

アイボリーの総革張りの応接セットは、イタリア製だった。調度品も安物ではない。

ユトリロの絵は複製画ではなさそうだ。

丹治は未樹と並んで腰かけた。

麻沙美が三人分のハーブティーを用意してから、未樹の正面のソファに腰を沈めた。ティーカップは、マイセンだった。ドイツ製の高級陶磁器だ。

丹治は依頼人に名刺を渡した。

麻沙美も和紙の名刺を差し出した。透《す》き通った白い指は、ほっそりとしていた。パーリーピンクのマニキュアも上品だった。

「素敵な方ねえ、丹治さんって。男臭いマスクだけど、とっても優しそう。高梨さんのいい男《ひと》なんでしょ？」

麻沙美が確かめるような口調で、正面にいる未樹に問いかけた。

「拳さん、ううん、丹治さんはギャンブル仲間なの。悪いけど、わたしはもっと趣味がいいわよ」

「あら、そんなことを言ってもいいの？　後で揉めたって、知らないわよ」

「どうってことないわ」

女たちが顔を見合わせ、目で笑い交《か》わした。

丹治は空咳《からぜき》をして、美人キャスターに声をかけた。

「さっそくですが、依頼の内容を伺《うかが》いたいですね」

「あっ、ごめんなさい。わたしのマネージャーが亡くなったことは、もうご存じでしょ？　テレビや新聞で報じられましたから」

「ええ、知ってます。お気の毒なことです。森マネージャーのご家族は？」

「両親が徳島県にいますが、彼女は独身でしたので、東京では独り暮らしをしてたんです」

「そうですか」

「彼女は、とっても優秀なマネージャーでした。ですから、わたしも片翼を捥《もぎ》取られたような気持ちです。森さんはわたしのせいで、あんなことになってしまったんです」

麻沙美が声を詰《つ》まらせ、うなだれた。

「未樹、いや、高梨さんの話によると、あなたは番組で利権右翼を刺激して、拳銃の弾丸を送りつけられたことがあるそうですね？」

「はい。弾丸だけじゃなく、いろいろ厭がらせもされました」

「どんな厭がらせをされたんです？」

「葬儀社の人が訪ねてきたり、代金着払いで大人の玩具《おもちゃ》が届いたり。宅配便で、死んだ蛇が送られてきたこともありました」

「悪質だな。その利権右翼って、誰なんです？」

「肥沼是政《ひぬまこれまさ》です。フィクサーとして暗躍している」

「あの肥沼が若い者を使って、あなたの車に時限爆破装置を仕掛けさせたんだろうか」

丹治は前髪を掻《か》き上げ、長い脚《あし》を組んだ。

「肥沼是政は、今度の事件には関わってないと思います」

「なぜ、そう思われるんです?」

「マスコミには伏せられてますけど、肥沼是政は先月の下旬に脳血栓で倒れて、いまも入院中なんです。半身不随で、言語も不自由だそうです」

「そんな重病人が爆殺命令を下《くだ》す可能性は薄いってわけですね?」

「はい」

「となると、告発シリーズ絡《がら》みで、ほかの誰かに逆恨《さかうら》みされてるのかもしれないな」

「おそらく、そうなんだと思います」

「思い当たる奴は?」

「具体的に誰とは申し上げられませんけど、番組終了後に局やここに脅迫電話がかかってきたことが三度あります。それぞれ違う人物からの脅しでした」

麻沙美が言って、ハーブティーを口に運んだ。釣られて未樹もティー・カップを持ち上げた。

「その話を詳しく聞かせてください」

丹治は促《うなが》した。

「わかりました。最初に脅迫電話がかかってきたのは、もう三週間も前のことです。告発シリーズの第一弾の放送終了直後でした」

「テーマはなんだったんです？」

「メガバンクと広域暴力団の不透明な関係です。関東全域を縄張りにしてる鬼竜会《きりゅうかい》が京和《きょうわ》銀行から、無担保で百七十億円の融資を受けてるんですよ」

「百七十億円とは巨額だな」

「ええ。その借り入れの際《さい》に債務保証をしたのが、やはり同銀行系列のファイナンス会社だったんですよ」

「早い話、京和銀行は鬼竜会に百七十億円をくれてやったってことですね？」

「はい。鬼竜会が京和銀行の何か弱みを握って、合法的に百七十億円を強請《ゆす》り取ったにちがいありません」

　麻沙美は確信に満ちた口ぶりだった。

「何か証拠を押さえたんですね？」

「ええ、番組の取材スタッフが数々の状況証拠を摑みました」

「たとえば、どんな？」

「京和銀行の人間と鬼竜会の幹部が何度も料亭で密談してますし、鬼竜会系の企業舎弟《フロント》十数社にほぼ同時期に融資が行われています」

「しかし、物的な証拠はないわけですね？」

「ええ。でも、物証を摑みかけてたスタッフがいたんです。だけど、その彼は行方不明になってしまったんです」

「鬼竜会が拉致《らち》したのかもしれないな。そのスタッフが行方不明になったのは、いつなんです？」

丹治は質問した。

「放送日の翌日の午後でした。その次の日に捜索願を出したんですけど、未《いま》だに彼は……」

「その彼の名前は？」

「五十嵐僚《いがらしりょう》です。東都テレビの局員ではなく、下請けの番組制作会社『オフィスK』のディレクターです」

「『ニュースオムニバス』は外註《がいちゅう》の番組だったのか」

「百パーセントの外註というわけじゃないんです」

麻沙美が言った。

「つまり、局と制作会社が共同で番組を制作してるんですね？」

「ええ、そうです。プロデューサー、チーフディレクター、二十五人の放送記者は局の人間です。『オフィスK』は、細かい取材やビデオ撮影を受け持ってるんです」

「よくわかりました。鬼竜会は、『オフィスK』の五十嵐ディレクターが証拠の品をあなたに渡したかもしれないと考え、アウディに時限爆弾を仕掛けたんだろうか」

丹治は呟き、セブンスターをくわえた。

煙草に火を点けたとき、未樹が口を開いた。

「そうだったとしたら、もっと早く鬼竜会は諏訪さんを抹殺しようとするんじゃないかしら？　少し時期が遅すぎるわ」

「確かにそうだな。五十嵐ディレクターが行方不明になってから、もうだいぶ経《た》ってる。別の線かもしれない。ほかの脅迫者のことを話してくれませんか」

丹治は麻沙美に顔を向けた。

「はい。次に脅迫電話があったのは、第二弾目の放送日でした。その日は、ロシアン・マフィアと日本人ブローカーの黒い関係を取り上げたんです」

「そういえば、最近、ロシアから出稼ぎに来てる不法残留者が急増してるな。六本木あたりで、ロシア人ダンサーやホステスをよく見かけますよ」

「ええ。そういう女性たちだけではなく、日本の中古車を買いに来るロシア人が激増してるんです。五万円以下の中古車なら、ノータックスでロシアに持って帰れるんです」

「そうらしいですね。日本車は向こうで、高値で取引されてるからな。一台売ると、彼らの年収の二、三倍の儲けになるっていう話だから、大挙して買い付けにやって来るはずだ」

「ええ」

「番組で取り上げた日本人ブローカーは向こうのマフィアと結託《けったく》して、中古車を不正に持ち出してるんですか？」

「その程度なら、かわいげがあるんですけどね」

　麻沙美が苦笑いをした。

「それじゃ、そいつはロシア人の密入国の手引きをしてるんだな」

「それもやってますけど、旧ソ連軍の制式拳銃マカロフやＡＫＳ74という突撃銃を大量に密輸してるんです」

「現地で出稼ぎ女や銃器を集めてるのが、ロシアン・マフィアってわけか」

「そうなんですよ」

「その日本人ブローカーは何者なんです？」

　丹治は煙草の火を揉み消しながら、人気キャスターに訊いた。

「米沢仁《よねざわひとし》という男で、年齢は四十六です。米沢は三年前まで北海道の根室《ねむろ》で漁師をやってたんですが、ある日、ロシア領海で操業中に拿捕《だほ》されてしまったんです」

「昔のソ連は、拿捕船をレポ船にしてたらしい」

「ええ、そうですね。でも、二つの超大国がデタント時代に入ってからは、そういうこともなくなったみたいですよ」

「それじゃ、米沢仁はスパイに仕立てられることはなかったんだね？」

「ええ。米沢は船こそ没収されたらしいけど、わずか数日で釈放されたそうなの。その後、米沢は地元の漁業協同組合を脱け、根昆布《ねこんぶ》の買い付け業者になったんです」

麻沙美が言って、ハーブティーで喉を潤した。

「根昆布の買い付け？」

「はい。ふつう昆布というのは地元の漁協から一括に買い上げるシステムになってるらしいんですけど、こっそり浜で根付き昆布を闇《やみ》業者に売る漁民もいるそうなんです」

「その場合は、漁協よりは高値で引き取ってもらえるんでしょ？」

「ええ。米沢は根昆布の買い付けをする一方で、密漁もやってたんです」

「ロシア領海で？」

「そうです。主に北方四島の周辺で、鮭《さけ》、鱒《ます》、鱈《たら》、黒鰈《くろがれい》なんかを密漁してたようです」

「米沢って奴は、ロシア国境警備隊のお偉方にお目こぼし料を払ってるな」

「だと思います。おそらく拿捕されたときに顔見知りになった高官を抱き込んだんでしょう。米沢は、日本の海上保安庁の人間にも鼻薬を嗅《か》がせたようです。まだ彼は一度も検挙されたことがないんですよ」

「したたかな奴みたいだな。それはそうと、ロシア領海で獲《と》った魚をどう捌《さば》いてたんだろう？　まさか日本の漁港で水揚げはできないでしょ？」

丹治はハーブティーをひと口飲んだ。香りはよかったが、それほどうまいものではなかった。

「海上で、水産会社の冷凍船に魚を売り渡してるようです」

「その会社は？」

「築地《つきじ》にある豊和《ほうわ》水産です。中堅の水産業者です」

「そう。ロシアの漁業公団の職員か誰かの紹介で、米沢って奴はロシアン・マフィアと繋がりができたようだな」

「ええ、多分。米沢はハバロフスクに頻繁《ひんぱん》に出かけて、現地の極東マフィアたちと接触してます」

麻沙美がそう言い、セミロングの髪を軽く撫でつけた。女っぽい仕種《しぐさ》だった。

「確かハバロフスクには、日本とロシアの合弁会社が三十数社あったんじゃなかったかな？」

「ええ、ありますね。それから数社の大手商社がハバロフスクに支店を設けてます」

「ロシアは石油、天然ガス、金など地下資源の宝庫だからな。先進国のほとんどが、ロシアの地下資源を狙ってるはずですよ」

「そうですね。ロシアは新しいマーケットとして、とても魅力がありますもの。だから、商社ばかりじゃなく、怪しげな貿易商たちまでロシアに食指を……」

「ビジネスが成功すれば、一攫千金《いっかくせんきん》も夢じゃない」

「ええ。これは未確認情報なんですけど、米沢仁はロシア人女性の密入国の手助けや銃器の密輸だけじゃなく、核ミサイルの買い付けもしてるようなんです。現にロシアン・マフィアは軍人と共謀して、廃棄処分にしなければならない核兵器を外国に売ってます」

「しかし、核ミサイルの買い付けとなると、一介の闇商人にはちょっと……」

丹治は首を捻《ひね》った。

「多分、米沢はダミーなんでしょう。米沢が経営してる日栄交易《にちえいこうえき》は、社員数人のちっぽけな会社なんです。米沢個人では、丹治さんがおっしゃるように核ミサイルは購入できないでしょうね」

「真の買い主は巨大商社か何かだな」

「わたしたちはそう考え、五井《いつい》物産、丸星《まるぼし》商事、角友《かくとも》商事の三大商社と日栄交易の関係を調べてみたんです」

「それで？」

「どの商社もダイレクトには日栄交易と接触していませんでした。ただ、ちょっと引っ掛かることがあったんです」

　麻沙美が言って、思案顔《しあんがお》になった。

「そこまで言ったんだから、喋ってくださいよ。これでも、口は堅いつもりです。依頼人の話を外部に洩らしたりはしません」

「あっ、誤解なさらないで。そういう意味で、言い澱《よど》んだわけじゃないんですよ。ただの偶然とも考えられることだから、少し迷ったんです」

「話していただきたいな」

　丹治は喰い下がった。

「わかりました。さきほど、お話しした豊和水産は丸星商事とも取引があるんです。取引というよりも、丸星商事の仕事を請け負ってるというほうが正確ですね」

「どんな仕事を請け負ってるんです？」

「丸星商事は、カナダで買い付けた鮭を豊和水産の冷凍船で日本に運ばせてるんですよ。船内で加工作業もやらせてるようです」

「豊和水産を挟んで、日栄交易と丸星商事は一本のラインで結ばれてるわけか。そいつは、ちょっと気になるな」

「ええ。でも、日栄交易と丸星商事は直《じか》には接点がないので……」

「番組の中で、あなたは丸星商事の社名を口にしたんですか？」

「いいえ、それは避けました。断定できるだけの材料が揃ってなかったんで、ブローカーの背後に大手商社の影がちらついているかもしれないとぼかしたんです」

「そうですか」

「でも、こちらの推測が正しかったら、心当たりのある商社はぎくりとしたはずだわ」

麻沙美が、きっとした顔つきになった。

「脅迫電話をかけてきたのは？」

「中年男性の声でした。もちろん、相手は正体は明かしませんでした。ただ、『おまえを殺してやる』と一言……」

「米沢かもしれないな。最後の脅迫者は？」

「番組で先々週、悪質な中古外車業者を告発したんです。その業者は数台の事故車の使える部分だけを巧《たく》みに溶接して、一台の中古外車に仕立ててたんです」

「それは悪質だな。何年ぐらい、そんなことをやってたんです？」

「丸二年です。その業者からフェラーリを買った人が事故死したことから、継《つ》ぎ接《は》ぎ外車のことが発覚したんです。フェラーリは衝突したとき、車体が分解してしまったらしいの」

「その業者は東京にオフィスを構えてるのかな？」

「いいえ。鶴見《つるみ》にある関根《せきね》モータースという会社です。社長の関根勇三郎《ゆうざぶろう》は五十六歳で、以前は不動産会社を経営してた人物です」

「関根本人が、あなたに脅しをかけてきたんですか？」

丹治は畳みかけた。

「はい、そうです。関根ははっきりと名乗ってから、『月夜の晩ばかりじゃねえぜ』って凄《すご》みました」

「脅迫電話は一度だけ？」

「ええ。でも、数日後に戒名《かいみょう》の書かれていない黒い位牌《いはい》が、このマンションに送られてきました」

「差出人名は？」

「一応、書かれてましたけど、実在しない人物でした。小包の消印は川崎市内のものでしたから、おそらく関根が……」

麻沙美は語尾を呑んだ。

「三つのケースの取材メモやビデオをしばらくお借りしたいな。しかし、ここにはないんでしょ？」

「はい。告発シリーズに関する資料は、東都テレビと『オフィスK』に保管してあるんです。ですから、後日でしたら、いつでもお渡しできます。丹治さん、引き受けていただけるんですね？」

「ええ、そのつもりです。ただ、こちらにも条件があります」

「おっしゃってください」

「危険を伴う調査になると思うんで、調査費は少し高くなります。着手金が五十万円で、成功報酬は三百万でどうでしょう？」

「結構です。着手金は、小切手でよろしいかしら？　家には、あまり現金を置かないことにしていますんで、あいにく持ち合わせがありませんの」

「着手金は、資料をお借りするときにでも払っていただければ結構です」

「そうしていただけると、助かります。資料は明日の昼までには揃えておきます」

「お願いします」

「実は、もうひとつお願いがあるんです」

　麻沙美が、ためらいがちに言った。

「どんなことなんです？」

「丹治さんのお知り合いに、わたしのボディーガードになってくれそうな方はいらっしゃらないかしら？」

「うってつけの大男がいますよ」

　丹治はそう前置きして、元プロレスラーの岩城のことを詳しく話した。

「そういう方だったら、心強いわ。でも、その岩城さんって方、引き受けてくださるでしょうか?」

「わたしの弟分みたいな男なんです。必ず引き受けさせますよ。あなたのような美人の用心棒なら、只《ただ》でも引き受けるかもしれないな」

「まさかそうもいきません。謝礼は、どのくらい差し上げればよろしいでしょう?」

「一日二万円もやれば、充分ですよ。ただ、大の甘党だから、たまにケーキかマロン・グラッセでも喰わせてやってください」

「うふふ。面白そうな方ね」

「下品な男ですが、気は悪くないんです。明日、東都テレビにでも出向かせましょう。局には、いつも何時ごろ?」

「番組の打ち合わせや下準備がありますから、午後三時には局に入ってます」

「わかりました」

「よろしくお願いします」

麻沙美が深々と頭を下げた。顔を上げたとき、居間のインターフォンが鳴った。

「ちょっと失礼します」

麻沙美が断って、腰を浮かせた。

優美な足取りで、壁に架かった白い受話器に近づいていく。抱き心地のよさそうな体つきだった。

丹治は煙草に火を点けた。隣にいる未樹は、ハーブティーの入ったカップに手を伸ばした。

麻沙美がインターフォンの受話器を耳に当て、来訪者と短い会話を交わした。親しい相手らしい。受話器をフックに掛けると、麻沙美は一階のエントランスドアのロックを解除した。

「諏訪さん、お客さんみたいね」

未樹が言った。麻沙美が振り返って、即座に応じた。

「顧問弁護士さんが見えたの。仕事柄、裁判沙汰になりそうなことが多いのよ」

「それで、顧問弁護士さんを雇ったのね？」

「ええ。その弁護士さんと一緒に、森さんのお通夜に出かけることになってるの。その前に森さんの労働災害の補償のことで、ちょっと話があるのよ」

「それじゃ、わたしたちは失礼するわ」

「ごめんなさいね、なんだか追い出すみたいで」

「ううん、いいのよ。気にしないで。丹治さん、帰りましょう」

未樹がいくらかよそよそしく言った。あくまでも丹治をギャンブル仲間と偽っておきたいらしい。

――女の心理はよくわからないな。

丹治は煙草の火を揉み消し、慌てて立ち上がった。

麻沙美に見送られ、二人は部屋を出た。

エレベーターで一階に降りると、きりりとした顔立ちの男がホールにたたずんでいた。三十八、九歳で、上背もあった。上着の襟バッジは弁護士のものだった。

男が丹治たちに会釈《えしゃく》して、エレベーターに乗り込んだ。丹治たちはエントランスロビーを歩きはじめた。

「いまの男、諏訪さんの顧問弁護士だと思うわ」

未樹が歩きながら、小声で言った。

「多分、そうだろう。いい男だったな」

「そうね。わたしの趣味じゃないけど、ハンサムはハンサムね。諏訪さんといまの彼、他人同士じゃない気がするわ」

「女の直感ってやつか」

丹治はからかった。

「うん、まあ。あの男なら、似合いのカップルだわ。二人は美男美女だから」

「おれたちは、さしずめ美女と野獣ってとこか」

「野獣って、もっと荒々しいんじゃない？　一ラウンドでダウンしちゃうようじゃね！」

未樹が笑って、腕を絡めてきた。

丹治は肘《ひじ》で、未樹の乳房を突ついた。いい感触だった。

二人はマンションを出ると、路上に駐《と》めたパジェロに急いだ。

車のドア・ロックを解《と》いたときだった。

すぐ近くで、眩《まばゆ》い光が瞬《またた》いた。カメラのストロボが光ったらしい。

丹治は反射的に振り返った。

十数メートル離れた場所に、シルバーグレイのメルセデス・ベンツが停《と》まっていた。

助手席の男がカメラを構えている。やくざ風の若い男だった。運転席の男も堅気ではなさそうだ。

「なんで写真なんか撮《と》ったのかしら？」

「ここにいてくれ」

丹治は未樹に言って、ベンツに向かって走りだした。

すると、ベンツが前進してきた。丹治は路上に立ち塞《ふさ》がった。

ベンツが急停止した。助手席のパワーウインドーが下がり、銃身を短く詰めた散弾銃《ショットガン》が突き出された。銃口は、丹治の胸のあたりに向けられていた。

「なんの真似《まね》なんだっ」

丹治は身構えながら、大声で怒鳴った。

次の瞬間、重く沈んだ銃声が轟いた。赤い火が弾《はじ》け、粒状の散弾が扇状に拡散した。

「しゃがむんだ!」

丹治は後方にいる未樹に叫んで、素早く身を伏せた。

散弾の風切り音が耳許で鳴り、路面に着弾音が響いた。その音は、幾重《いくえ》にも重なって聞こえた。

丹治は、すぐに後ろを見た。

未樹はパジェロの横にうずくまっていた。無傷のようだ。

丹治は胸を撫で下ろし、すぐさま起き上がった。

そのとき、ベンツが疾駆《しっく》してきた。じっとしていたら、撥《は》ね跳《と》ばされてしまう。

丹治は道の端に逃《のが》れた。

ベンツが風圧を撒《ま》き散らしながら、丹治のすぐ脇《わき》を走り抜けていった。危《あや》うくドアミラーに引っ掛けられるところだった。

丹治は、走り去るベンツのナンバープレートを見た。黒いビニールテープで覆《おお》い隠され、数字はまったく読み取れなかった。

丹治は未樹に駆け寄った。未樹はパジェロにへばりついたまま、安堵《あんど》した声で言った。

「拳さんが撃たれなくてよかったわ。いまの奴ら、何者なのかしら?」

「おそらく諏訪麻沙美の命を狙ってる一味だろう。さっきの銃声を聞いて、この近所の者が一一〇番したはずだ。ひとまず、ここから遠ざかろう」
丹治は大急ぎで運転席に入った。
未樹が助手席に坐った。丹治は車を急発進させた。

# 第二章　見えない牙

## 1

ランプが消えた。

生放送が終了したらしい。ちょうど午後十一時だった。『ニュースオムニバス』は土・日を除いて、毎夜十時から流されている。

丹治は、喫《す》いさしの煙草をスタンド型の灰皿に投げ込んだ。

東都テレビの第五スタジオの前だった。あたりには、人の姿はなかった。

美人キャスターから調査の依頼をされたのは、三日前だった。

その翌日、取材メモやビデオテープを入手した。着手金も貰《もら》った。その日のうちに、丹治は調査を開始した。

最初に取りかかったのは、利権右翼の肥沼是政の調査だった。

諏訪麻沙美が言ったことに間違いはなかった。肥沼は、四谷にある大学付属病院の特別室に入院していた。右半身の神経が麻痺《まひ》していて、言葉も不自由だった。

丹治は念のため、肥沼の秘書を務めている五十男を痛めつけてみた。

その秘書は、麻沙美に九ミリ弾といかがわしい性具を送りつけたことはあっさり吐いた。しかし、アウディに爆破装置を仕掛けた覚えはないと頑強に否定した。

丹治は容赦なく、秘書の前歯を四本ほど鋭い蹴りで折った。秘書は血の泡を零《こぼ》しながらも、主張を変えなかった。丹治は、それで相手の言葉を信じる気になった。

あくる日、鬼竜会と京和銀行の関係を洗った。

鬼竜会の企業舎弟十数社が京和銀行から総額百七十億円の融資を受けたことは事実だった。だが、その後の金の流れはわからなかった。

きのう、丹治は企業舎弟の役員たちに接近を試みた。しかし、どの役員もガードが固かった。外出するときは、誰もが屈強な男たちに護《まも》られていた。

そこで、丹治は作戦を変えた。きょうの正午過ぎに京和銀行本店の融資部部長を偽電話で外に誘《おび》き出し、公園のトイレで締め上げた。

部長は副頭取の命令で、鬼竜会系の企業に巨額の融資をしたことは認めた。だが、金の使途については何も知らなかった。ほかの裏事情にも疎《うと》かった。

不意に、第五スタジオの扉が開いた。

ゲスト出演者やスタッフが次々に姿を現わした。丹治は廊下の隅《すみ》まで歩いた。

数分経つと、岩城と新しいマネージャーらしい四十歳前後の女に挟まれた麻沙美が出てきた。

人気ニュースキャスターは、なんとなく輝いて見えた。麻沙美だけがオーラめいたものに包まれていた。スター特有の輝きだ。

「よう、旦那《だんな》！」

岩城が目敏《めざと》く丹治を見つけ、大股《おおまた》で歩み寄ってきた。山葵色《わさびいろ》のダブルスーツで、巨体を包んでいた。まるで動く大木だった。

「岩、ボディーガードは務まりそうか？」

丹治は、向かい合った大男に訊《き》いた。

「もちろん！　割のいい仕事を回してくれたんで、ちょっぴり感謝してるんだ」

「珍しく素直じゃないか。こないだの岩とは、別人だな」

「この前は、旦那が悪いんだぜ。勝ち逃げなんて、汚《きったね》えよ。あんときは、二度とつき合うもんかって思ったけど、いい仕事を紹介してくれたんで、水に流すよ」

岩城が、ばつ悪げに笑った。

「相変わらず、現金な野郎だ」

「いいじゃねえか。旦那と仲直りできたんだからさ。そりゃそうと、なんでおれを推《お》してくれたんだい？」

「おまえが何かまともな仕事をしなきゃ、ドボンの貸しは永久に回収できないと思ったからさ」

「なんでえ、そういうことだったのか」

「で、どうなんだ？　妙な奴らが依頼人を尾《つ》けてる気配は？」

「いまんとこ、怪しい影はまったく……」

「そうか。だからって、油断するなよ」

丹治は低く言い、近づいてくる麻沙美に会釈した。

麻沙美が目礼してから、連れの女に何か言った。女はうなずき、小走りに丹治の横を走り抜けていった。痩《や》せぎすの女だった。

「何かわかりました？」

向き合うと、麻沙美が問いかけてきた。クリーム色のスーツ姿だった。

「そいつが、どうもね」

丹治は、これまでの経過をかいつまんで語った。

「わずかな日数でそこまでわかったんだから、たいしたものだわ。さすがはプロですね」

「なんか皮肉を言われてるみたいだな」

「あら、意外に僻《ひが》みっぽいのね」

麻沙美が頬《ほお》を緩《ゆる》めた。匂《にお》うような微笑だった。

「さっき走っていった女性は、新しいマネージャーの方ですか？」

「ええ、そうです。三浦律子《みうらりつこ》という名なんです。昔、大女優のマネージャーをやってらした方なの。もうだいぶ前に引退したんだけど、知り合いに頼んで無理を聞いてもらったんです」

「そう。森香苗さんのお葬式は、もう済んだんでしょ？」

「はい、おかげさまで。ところで、丹治さんがどうしてここに？」

「お借りした資料だけじゃ調査が思うように捗《はかど》らないんで、どなたか放送記者の方をご紹介いただけたらと思ったんですよ」

「あら、困ったわ。局の記者は全員、出払ってるんです。でも、『オフィスＫ』の長谷川《はせがわ》ディレクターが記者たちの取材にいつも同行してましたから、彼を紹介しましょう」

「その方はスタジオに？」

「ええ、います。局のディレクターと明日の打ち合わせをしてるはずです。わたし、彼を呼んできます」

麻沙美は言い置き、第五スタジオの中に駆け込んでいった。

「いい女だよな。ああいう女を抱ける野郎が羨《うらや》ましいぜ」

岩城があけすけに言った。

「おい、妙な気を起こすなよ。おれの依頼人におかしなことをしたら、おまえのシンボルを鉈《なた》でぶった斬《ぎ》るぞ」

「こっちがその気になっても、向こうがおれなんか相手にしてくれねえって」

「それもそうだな」

丹治は相槌《あいづち》を打った。

「ちぇっ、真っ正直すぎらあ」

「麻沙美のスケジュール、この後どうなってるんだ?」

「これから晴海《はるみ》の深夜レストランで、雑誌社の取材を受けることになってんだ。その後は、何もなかったと思うな」

「そうか。車の運転は、三浦とかいう女マネージャーが?」

「いや、おれがボルボの運転を任されてんだよ」

「ボルボとは、意外だな」

「そうだね。頑丈な車だけど、まだ新しいから、ちょっと気を遣《つか》うよ」

「せいぜい安全運転を心がけるんだな」

「そうするよ」

岩城が神妙に答えた。

会話が途切れたとき、麻沙美が戻ってきた。三十代半ばの男を伴っていた。男は細身で、どことなく神経質そうに見えた。豊富な髪を真ん中で分けている。

その男が『オフィスK』のチーフディレクターの長谷川鋭一《えいいち》だった。

厚手の白いトレーナーの上に、焦茶《こげちゃ》のレザーブルゾンを重ねていた。下はジーンズだ。麻沙美は長谷川を紹介すると、岩城と慌ただしく歩み去った。インタビューの時間が迫っているのだろう。

長谷川の案内で、近くのスナックに向かった。パジェロは、局の来客用駐車場に置いたままだった。

長谷川の行きつけの店は、表通りから少し奥に入った場所にあった。

さほど広くない。十五畳ほどのスペースだった。

カウンターに、三人連れの先客がいた。若い男たちだった。

丹治たち二人は、ボックス席に落ち着いた。
四十二、三歳のママに、ビールとオードブルを頼む。注文したものは、すぐに運ばれてきた。
二人は名刺を交換し、軽くコップを触《ふ》れ合わせた。

「フリーの調査員だなんて、面白そうな職業ですね」

長谷川が手の甲でビールの泡を拭《ぬぐ》いながら、興味ありげに言った。

「地味な仕事ですよ。さっそくですが、その後、五十嵐さんの消息は？」

「まったくわかりません」

「そうですか。あなたは、五十嵐氏が行方不明になったことをどうお考えですか？」

「軽率なことは言えないけど、おそらく鬼竜会が五十嵐を連れ去ったんじゃないかと……」

「資料によると、五十嵐氏はあなたと一緒に京和銀行や鬼竜会のことを調べてたようですね？」

「ええ、その通りです。五十嵐が誰かに拉致《らち》されたんだとしたら、ぼくの責任です」

「どういうことなんです？」

丹治は訊き返し、長谷川のコップにビールを注いでやった。

「ぼくは隠し撮りした映像を事務所から持ち出して、五十嵐の自宅に保管させたんです。事務所に画像データを置いておくと、強奪される恐れがあると思ったんですよ」

「なるほど。五十嵐氏に保管させた画像データは、どういったものだったのです？」

「鬼竜会の幹部が京和銀行の芝隆《しばりゅう》太郎《たろう》副頭取と料亭で会っているとこを隠し撮りしたものです。その画像は、五十嵐のワンルームマンションから消えていました」

「それは、いつのこと？」

「あいつが失踪《しっそう》した日です。彼のマンションは物色されて、足の踏み場もないほどでした」

長谷川が苦悩に満ちた顔で言い、溜息《ためいき》をついた。

「侵入者の目的が画像だったとしたら、なにも五十嵐氏を拉致する必要もないような気がするんだが……」

「もしかしたら、五十嵐は放送終了後も単独で京和銀行と鬼竜会の黒い関係を探《さぐ》りつづけていたのかもしれません。五十嵐は正義感が強いんです。それに、多少の功名心もあったんだと思います。あいつは、ジャーナリストたちが度肝《どぎも》を抜くようなスクープをしたがってたんですよ」

「そうすると、単独取材でビッグ・スキャンダルを摑《つか》んだとも考えられるわけか」

丹治は呟《つぶや》いて、煙草に火を点けた。

「ええ。あんまり深入りするなと忠告したんですがね」

「取材メモによると、芝副頭取は娘のことで何か鬼竜会に弱みを握られたようだが、その話を詳しく教えてくれませんか」

「芝副頭取の長女が痴情の縺《もつ》れで、交際中のホストを刃物で刺して大怪我を負わせたんですよ」

「その長女は独身なんですね？」

「いいえ、れっきとした人妻です」

長谷川が皮肉っぽい笑い方をして、ビールをぐっと呷《あお》った。

「亭主はどういう男なんです?」

「国連の職員です。二年半前から、ニューヨークに単身赴任してます。副頭取の娘は淋《さび》しさから、新宿のホストクラブに通うようになったようです。そして、元カーレーサーのホストに夢中になったんですよ」

「その人妻は、いくつなんです?」

「三十一です。浮気相手は二十六歳だったと思います。芝副頭取の長女はホストクラブでは、女実業家と称してたようです。しかし、その嘘《うそ》がわかると、不倫相手のホストは急に彼女に冷たくなったそうです」

「国連職員の女房じゃ、たいした金は搾《しぼ》れないと考えたんだろうな」

丹治は煙草の火を消し、ママにビールを追加注文した。二本だった。

「だと思います。それで、芝の娘は心変わりした相手を赦《ゆる》せなくなったんでしょう」

「その事件は当然、警察沙汰《ざた》になったんでしょ?」

「いいえ。刺された男は執行猶予《ゆうよ》中の身だったんで、騒ぎを起こしたくなかったんですよ。恐喝罪で起訴されたんです。そんなことで、被害届は出さなかったわけです」

「そのホストはヤー公なの?」

「いいえ。一応、堅気は堅気です。ただ、やくざとのつき合いもあったはずです。そいつの実兄が鬼竜会の幹部なんですよ。その兄貴が弟の代理人として、芝副頭取に示談を持ちかけたんです」

長谷川がアーモンドを二、三粒、口の中に入れた。

その時、ママがビールを持ってきた。厚化粧だった。しかし、首の肌のたるみは隠しようがなかった。ママは、すぐに遠ざかった。

丹治は長谷川にビールを勧めながら、低く呟いた。

「芝は娘の不始末を表沙汰にしたくないばっかりに、結局、百七十億円という巨額を不正に……」

「愚かな話ですよね。ホストは、二億円の慰謝料をせしめています。いまはもう退院して、遊び暮らしてるようです」

「芝の長女は？」

「禅寺に籠《こも》ったきりです。早晩、ご亭主とは別れることになるでしょうね」

「自業自得だな」

「ええ。こんなことは考えたくないけど、もう五十嵐は殺されてるような気がします。失踪してから、だいぶ経《た》ってますからね」

「その可能性はありそうだな。それはそうと、アウディに爆破装置を仕掛けたのも鬼竜会の仕業《しわざ》だと思います？」

「ぼくは、そうじゃない気がしますね。諏訪麻沙美が鬼竜会を番組で刺激したことは事実ですが、キャスターの命を狙《ねら》うとは思えないんです」

　長谷川が答えた。

「なぜ、そう思われるのかな？」

「人気キャスターが爆殺されたとなったら、マスコミは大騒ぎします。むろん、警察も面子《メンツ》にかけて、犯人逮捕に全力を尽くすでしょう」

「だろうね」

「暴力団新法以降、どの組も派手な動きを慎んでます。下手をしたら、組織を潰《つぶ》されてしまいますからね。そんなときに、人気キャスターを殺害するなんてことは考えにくいでしょ？」

「長谷川さんのおっしゃることには、確かに一理あるね。しかし、そうなると、五十嵐ディレクターを始末することも、自《みずか》ら墓穴《ぼけつ》を掘ることになるんじゃないのかな？」

「そう言われると、弱っちゃうな。五十嵐が無名でも、殺人は殺人ですからね」

「そうですよ」

　丹治は手酌《てじゃく》でビールを飲んだ。

　二人の間に、沈黙が落ちた。いつからか、三人連れの客がカラオケを愉《たの》しみはじめていた。音量は絞られている。ママがほかの客を気遣ったのだろう。

「念のため、ホストの兄貴の名を伺っておこう」

丹治は上着の内ポケットを探《さぐ》って、手帳を摑み出した。

「そいつの名前は坂尾吉則《さかおよしのり》です。新橋駅の近くで、坂尾商事という小さな会社をやってます。坂尾は、そこの社長です」

「サラ金ですか？」

「いいえ。新橋や銀座の飲食店に、おしぼりや酒のつまみを卸してる会社です」

「みかじめ料を露骨に要求できなくなったんで、昔からのやり方で縄張《シマ》りの酒場から金を吸い上げてるんだな」

「おおかた、そうなんでしょう」

長谷川が分別《ふんべつ》臭い顔で言って、ビールを口に運んだ。酒には強いようだ。最初の一杯から、顔の色は少しも変わっていない。喋《しゃべ》り方も素面《しらふ》のときと同じだった。

「諏訪さんは、日栄交易の米沢仁と関根モータースの社長も疑ってるんですよ。あなたの感触では、どうなんだろう？」

「二人とも疑えば疑えますね。特に関根モータースの場合は番組のあと、新聞や週刊誌でさんざん叩《たた》かれたんです。それで、結局、廃業に追い込まれたんですよ」

「それじゃ、依頼人をだいぶ恨んでそうだな」

「譬《たと》えはよくないけど、関根はキャスターを殺したいほど恨んでると思います」

「ロシアン・マフィアと繋がってるという米沢はその後、何か脅迫じみたことを言ってきたのかな？」

「いいえ、それはありません」

「そう。東都テレビに外部から圧力がかかったことは？」

丹治は長谷川のコップにビールを注ぎ、煙草をくわえた。

「そういう話は聞いてませんね」

「番組のスポンサーが急に降りたなんてこともなかったですか？」

「はい、ありません。それから、誰かがスタジオに乱入してきたこともありませんね」

「そうですか。諏訪さんが個人的に誰かに逆恨《さかうら》みされてるとは考えられません？」

「そういうこともないと思いますが、ひょっとしたら……」

長谷川が言いさし、急に口を噤《つぐ》んだ。

「差《さ》し支《つか》えなかったら、話していただけませんか」

「多分、考えすぎだと思いますけど、元《もと》東都テレビのアナウンサーだった山路知佐子《やまじちさこ》があるいはキャスターに悪い感情を持ってるかもしれません」

「それは、なぜなんです？」

「『ニュースオムニバス』がスタートする直前に、山路知佐子はレギュラーメンバーから外されちゃったんですよ」

「山路知佐子の起用に、諏訪さんが反対したわけですね？」

「ええ、そうです。それで東都テレビは知佐子に違約金を払って、局の新人アナを諏訪麻沙美のサブにつけたんです」

「どんな理由で反対したんだろう？」

丹治はセブンスターの灰を指先ではたき落として、首を捻《ひね》った。

「キャスターは、レギュラー出演者に世代のばらつきがあったほうが面白いと考えたようです。諏訪キャスターは三十歳なんですが、山路知佐子も二十八なんですよ。レギュラーコメンテーターの評論家は五十二歳ですから、もっと若いサブをつけてほしいと主張したんです」

「なるほどね」

「山路知佐子は『ニュースオムニバス』に賭《か》ける気でいたようだから、ショックは大きかったと思います。フリーになってからは、彼女、不本意な仕事が多かったんです。クイズ番組のサブや突撃レポーターの類《たぐい》ばかりで」

「諏訪さんが拘《こだわ》ったのは、山路知佐子の年齢だけだったんだろうか」

「とおっしゃると？」

長谷川が、いくぶん身構えるような感じになった。

「諏訪さんは、山路知佐子にメインキャスターの座を脅《おびや》かされるとでも考えたんじゃないのかな？」

「それはないと思います。知性、容姿、タレント性のどれをとっても、諏訪麻沙美のほうがはるかに上です。山路知佐子が逆立《さかだ》ちしたって、とうてい太刀打《たちう》ちできませんよ」

「そうでしょうが」

丹治は一瞬、気圧《けお》された。

「諏訪キャスターは、山路知佐子の私生活に何か危惧《きぐ》を感じたのかもしれないな。知佐子は局アナ時代から、男関係が乱れてたんですよ。噂《うわさ》だと、そういうスキャンダルが原因でフリーにならざるを得なくなったとか」

「それじゃ、かつて諏訪キャスターと知佐子はひとりの男を巡って恋の鞘当《さやあ》てを演じたことがあるのかもしれないな」

「さあ、それはどうでしょう？　二人の男の好《この》みは、だいぶ違うようなんで……」

長谷川がそう言い、コップに手を伸ばした。

丹治は短くなったセブンスターの火を揉み消し、さらに訊いた。

「山路知佐子以外に、諏訪さんに恨みを持ってそうな奴はいませんかね？」

「ほかには、もういないでしょう。諏訪麻沙美は、大学を出たてのＡＤ《アシスタント・ディレクター》にも気を遣《つか》うタイプなんですよ。少なくとも、番組のスタッフに悪感情を持たれるようなことはないと思います」

長谷川はわずかに顔をしかめ、一息にビールを飲み干した。どうやら彼は、不躾《ぶしつけ》な質問に少し気分を害したらしい。

――これ以上粘《ねば》っても、もう収穫は得られそうもないな。

丹治は長谷川のためにビールを追加注文してから、おもむろに立ち上がった。

「トイレは、カウンターの奥です」

「いや、そうじゃないんです。先に失礼します。ゆっくり飲んでください。ありがとうございました」

丹治は勘定を払い、そのまま表に出た。

夜気《やき》は尖《とが》っている。春とは名ばかりで、まだ寒い日がつづいていた。

丹治は背を丸めて、東都テレビの駐車場に足を向けた。

## 2

エンジンが唸《うな》りはじめた。

その直後、携帯電話が着信した。着信音は小さかった。いつも音量を絞ってある。

丹治は車を走らせながら、携帯電話を耳に当てる。違法は承知していた。

「おれだよ」

岩城だった。

「何かあったようだな」

「東都テレビを出てから、二台の車に尾行されてんだ。ベンツとレクサスだよ」

「乗ってるのは、どんな奴らなんだ？」

「ヤー公じゃなさそうだね。でも、堅い勤め人って感じでもねえんだ」

「いま、そいつらの車は？」

「深夜レストランの近くにパーク中だよ」

「諏訪麻沙美は、まだ雑誌社のインタビューを受けてるのか？」

丹治は早口で訊いた。

「ああ。でも、もうじき終わるんじゃねえかな。旦那、尾《つ》けてきた奴らを締め上げてもいいだろ？　なんか目障《めざわ》りでさ」

「連中は何人なんだ？」

「三人だよ。ベンツに二人、レクサスにひとりだ。三人ぐれえ、どうってことねえさ」

「岩、おまえは動くな。そいつらの正体を突きとめるのは、おれの仕事だ」

「そりゃ、そうだけどさ」

岩城は不服そうだった。

「そのレストランは、晴海のどのあたりにあるんだ？　場所を教えてくれ」

「国際見本市会館、わかるよな？」

「ああ、知ってる」

「その斜め前あたりにさ、ホテルがあるんだ。その並びだよ。五階建てで、店の名は『ナイト・サライ』ってんだ。その三階にいるんだよ」

「わかった。おれがそっちに行くまで、岩たちはレストランから一歩も出るな」

「了解！　いま、どこにいるんだい？」

「東都テレビの近くだ。二、三十分で行けると思う」

丹治は電話を切ると、すぐに加速した。

午前零時を十五分ほど回っていた。靖国《やすくに》通りを突っ切り、新宿通りに出る。半蔵門までスムーズに走ることができた。内堀《うちぼり》通りを日比谷方向に進み、そのまま晴海通りに入る。銀座四丁目交差点を抜けるまで、少しばかり手間《てま》取った。

焦《あせ》りと苛立《いらだ》ちが募った。しかし、どうすることもできない。築地のあたりは車量が少なかった。

丹治は四輪駆動車のスピードをあげた。

エンジンは快調だった。勝鬨《かちどき》橋を渡ると、街の灯《ひ》が少なくなった。しばらく直進する。

ほどなく分離帯のある大通りに差しかかった。

そこから先が晴海だった。真っ正面に『ホテル浦島』の建物が見える。明かりは半分ほどしか灯《とも》っていない。

やがて、車は晴海三丁目の交差点にぶつかった。国際見本市会館は、交差点の右手にある。

信号は赤に変わろうとしていた。

丹治はほんの少し減速したまま、強引に右折した。タイヤの軋《きし》み音が高く響いた。

道の両側には、大小のビルが連《つら》なっている。

窓の多くは暗かった。歩道には、人っ子ひとり見当たらない。

少し走ると、自動車販売会社の営業所が視野に入ってきた。

その先に、いくつかの軒灯が瞬《またた》いていた。目的のレストランは、その中ほどにあった。レストランの向こうに、『晴海ホテル』が見える。左手前方には、国際見本市会館がそびえていた。

丹治はパジェロの速度を緩《ゆる》め、左右に目を配った。

メタリックブルーのメルセデス・ベンツは、『ナイト・サライ』の斜め前に停まっていた。いま、走っている車線だ。

黒いレクサスは、反対車線にパークしている。『晴海ホテル』の少し手前だった。

丹治は、車を深夜レストランの地下駐車場に入れた。細長いビルだった。間口《まぐち》は狭かったが、割に奥行きはある。

エレベーター乗り場の近くに、薄茶のボルボが駐《と》めてあった。まだ新しかった。その車以外にボルボは見当たらない。人気女性キャスターの車だろう。

パジェロをボルボの近くに駐めた。

エンジンを切って、少し様子を窺う。不審な人影はない。緊張が緩《ゆる》む。

丹治は車を降り、エレベーターに乗り込んだ。

一階が喫茶店で、二階から五階までレストランになっていた。最上階はカクテルラウンジだった。三階で降りると、案内係の男がにこやかに話しかけてきた。

「いらっしゃいませ。おひとりさまでしょうか？」

「人と待ち合わせてるんだ。もう店内にいると思う」

丹治は勝手に奥に進んだ。

十数卓のテーブルがあった。ほぼ満席だった。着飾った客たちがワインを傾け、フランス料理を食べている。中高年の男女が多かった。

丹治は、いくらか気後《きおく》れした。

深緑《ふかみどり》のスエードジャケットに、オフホワイトのチノクロスパンツだった。靴もローファーだ。

人気女性キャスター、マネージャー、運転手兼ボディーガードの三人は、奥のテーブルでコーヒーを啜《すす》っていた。カップが小さい。食後のデミタスだろう。

雑誌記者やカメラマンの姿はない。とうに取材を済ませ、引き揚げたようだ。

岩城が丹治に気づき、のっしのっしと歩み寄ってきた。向き合うと、丹治は先に口を切った。

「麻沙美たち二人に、二台の尾行車のことを話したのか？」

「さっき、話したよ。麻沙美もマネージャーの三浦律子も、ちょっと怯《おび》えてる。旦那、どうする気なんだい？」

「おまえ、おれの車の後部座席に女たちを乗せて、すぐに三田のマンションに向かってくれ。ボルボにはおれが乗る」

「おれ、逃げ出すなんて不様《ぶざま》なことはしたくねえな」

岩城がむくれた。

「おい、自分の役割を忘れるな。おまえは、依頼人を確実にガードしなけりゃならないんだ」

「わかってらあ。けどよ、なんか負け犬になったみてえで、面白くねえんだ」

「子供っぽいことを言うなって。早くボルボの鍵《キー》を出せ」

丹治は先にパジェロの鍵を差し出した。

岩城が不承不承、ポケットを探った。車の鍵を交換すると、二人はテーブル席に歩く言った。

み寄った。

「変な男がたちが尾《つ》けてるらしいの」

麻沙美が声をひそめて言った。不安の色が濃い。丹治は立ったまま、ことさら明るく言った。

「心配ありませんよ。あなた方二人は、わたしの車で岩城に三田まで送らせます」

「丹治さんはどうなさるの？」

「あなたのボルボに乗って、尾行者の正体を探《さぐ》ってみます」

「わたしがボルボに乗ってなければ、男たちはあなたを追わないんじゃない？」

「いや、おそらく追ってくるでしょう。そして、奴らはわたしを脅して、あなたの居所を吐かせる気になると思います」

「そうかしら？　わたし、丹治さんと一緒にボルボに乗ります。そうすれば、必ず追っ手は……」

「それは危険すぎる。あなたとマネージャーさんは、岩城の車に乗ってください」

丹治は麻沙美に言ってから、岩城に顔を向けた。

「二人を車に乗せたら、すぐに姿勢を低くさせてくれ。ここの駐車場を出たら、裏通りに入るんだ」

「もちろん、そうするつもりだったよ」

岩城がそう言い、麻沙美たちを促《うなが》した。

二人の女が立ち上がる。店の支払いは、すでに雑誌社の者が済ませていた。

丹治たち四人は一緒にエレベーターに乗り、地下駐車場に降りた。

エレベーターの扉が開いても、すぐには女たちをホールには降りさせなかった。丹治は岩城と手分けをして、あたりの様子を窺った。怪しい人影はなかった。

「急いで！」

丹治は女たちを手招きし、何気なくボルボの車内に目をやった。

後部座席に、麻沙美のコートがあった。それを見て、妙案が閃《ひらめ》いた。

「諏訪さん、車の中にあるコートはそのままにしといてください。後で、必ず届けます」

丹治は低く言った。

「コートをシートに引っ掛けて、わたしが乗ってるように見せかけるのね？」

「そうです。二人とも急いでください」

「はい」

麻沙美がマネージャーに目配せした。

女たちはパジェロの後部座席に乗り込み、すぐに上体を伏せた。岩城が運転席に乗る。百二十キロの体重が車体を弾ませた。

「岩、気をつけろよ」

丹治は言って、自分の車から離れた。

四輪駆動車が穏《おだ》やかに発進し、スロープに向かった。丹治はボルボに乗り込んだ。AT車だった。

助手席の背凭《せもた》れに麻沙美のコートをさりげなく掛け、エンジンを始動させる。アイドリング音は静かだったが、重々しさを秘めていた。

車をスタートさせる。

レストランの駐車場を出ると、わざと丹治はボルボを路肩《ろかた》に寄せた。大きく上体を捻《ひね》って、何か話している振りをした。後部座席に麻沙美がいると見せかけるための演技だった。

前に向き直りながら、ミラーを覗《のぞ》く。

『晴海ホテル』の近くに、黒いレクサスが見えた。右側の反対車線には、ベンツが駐まっている。

二台とも、パーキングライトを点滅させていた。車内の様子は判然としない。

丹治は、ふたたびボルボを走らせはじめた。

後ろのレクサスが動きだした。ベンツはUターンする準備に入った。

うまく引っかかったようだ。

丹治はほくそ笑んで、アクセルを深く踏み込んだ。

じきに晴海三丁目交差点に達した。交差点を突っ切り、そのまま直進する。

案の定《じょう》、二台の車が追尾《ついび》してきた。レクサスが先だった。

丹治は晴海橋を渡ると、ボルボを右折させた。

道の左右には、工場が影絵のようにうずくまっている。民家は見えない。

闇《やみ》が深かった。

道なりに進めば、ほどなく東雲《しののめ》だ。丹治は豊洲《とよす》の交差点を右に折れ、豊洲埠頭《ふとう》に向かった。

そのあたりは、人気《ひとけ》の少ない場所だった。東京電力の火力発電所や東京ガスの工場などがあるきりで、オフィスビルの類《たぐい》はない。

豊洲埠頭の右側が晴海で、左手は有明《ありあけ》だった。有明の倉庫ビル群を湾岸道路が跨《また》いでいる。その向こうには、東京フェリーターミナルがあった。

ボルボは疾駆《しっく》しつづけた。

やがて、銀色のタンクが見えてきた。発電所のタワーは、赤い灯《ひ》を明滅させている。

無機質な夜景だった。

丹治は、埠頭の端まで車を走らせた。

岸壁の近くに、鉄鋼が野積みされている。クレーンを弱々しく照らす常夜灯がどことなく侘《わび》しげだ。建ち並んだ倉庫も、くすんで見えた。

岸壁の手前で、丹治は車をスピンさせた。

きれいに百八十度、回転した。われながら、鮮やかなテクニックだった。これもロンドンで習った特技である。

追ってきたレクサスとベンツが並走しながら、ボルボに迫ってくる。

丹治は、車を道の中央にゆっくりと進めた。

追跡車のヘッドライトの光がハイビームに切り替えられた。ボルボの車内まで光が届いた。

「行くぜ!」

丹治は吼《ほ》えて、一気に加速した。

みるみる二台の車との距離が縮まる。ベンツとレクサスが相前後して、警笛を鳴らした。どちらもスピードを落としている。

丹治は速度を変えなかった。

このまま走れば、正面衝突することになる。それでも、方向を変えなかった。

敵との度胸較《くら》べだ。ボルボの車体は衝撃に強い。万が一、二台の車とまともにぶつかっても、なんとか命だけは拾えるだろう。

丹治は車を直進させた。

レクサスとベンツが、きわどいところで両脇《りょうわき》に逃《のが》れた。レクサスはハンドルを大きく切りすぎ、倉庫の壁に突っ込んだ。衝撃音が轟《とどろ》いた。

「ざまあみやがれ！」

丹治は毒づいて、速度を落とした。

ベンツがパニックブレーキをかけ、急停止した。車体は傷《いた》めなかったようだ。

丹治は、ボルボをそのまま走らせた。

ベンツが猛然とバックしはじめた。レクサスは追ってこない。フロントグリルがひしゃげているはずだ。

これで、闘いやすくなった。

丹治は豊洲埠頭から遠のきはじめた。

ベンツが必死に追ってくる。丹治は豊洲から東雲に向かった。追跡車は執拗《しつよう》についてきた。意地になっているようだった。

いくらも走らないうちに、前方に東雲橋が見えてきた。

左手の奥には、公団マンションが連《つら》なっている。辰巳団地《たつみだんち》だ。明かりの灯《とも》った窓は、きわめて少ない。勤め人たちの朝は早いのだろう。

丹治は橋の手前で、意図《いと》的に一時停止した。

ベンツとの車間距離が数十メートルになった。ボルボをダッシュさせた。後続のベンツが、さらに加速した。

丹治は橋の中ほどで、車をハーフスピンさせた。

タイヤがアスファルトを擦《こす》り、白煙が上がった。車道をほぼ塞《ふさ》ぐ形になった。

ベンツの運転者が慌ててハンドルを切った。

敵の車はボルボを辛うじて躱《かわ》したが、大きく孕《はら》んで橋の欄干《らんかん》に接触した。コンクリートと鉄の擦れる音が不快だった。

ベンツは車体で欄干のコンクリートを抉《えぐ》りながら、ようやく橋の袂《たもと》近くで停まった。

丹治は素早くボルボの向きを直し、ベンツの少し先まで前進させた。

すぐさま車を降り、ベンツに駆け寄る。ベンツからは誰も降りてこない。

丹治はライターの炎で、ベンツの車内を照らした。

運転席の男は胸を押さえながら、顔を歪《ゆが》めていた。どうやらステアリングに上体をぶつけたようだ。男は口髭《くちひげ》を生やしていた。見覚えはなかった。

助手席にいる男は狭い額を撫《な》でさすっていた。フロントガラスに打ちつけ、瘤《こぶ》でもこしらえたのだろう。男は髪を茶色に染めていた。

どちらも二十代の半ばだった。筋者には見えなかったが、どことなく崩れた印象を与える。

「二人とも降りろ！」

丹治はベンツのボディーを蹴《け》った。

男たちが顔を見合わせ、弾かれたように外に飛び出してきた。

口髭をたくわえた男は、フォールディング・ナイフを握っていた。刃渡りは十四、五センチだろうか。いくらか刀身が蒼《あお》みがかっていた。

茶髪の男は、金属バットを手にしている。中段に構えていた。

ともに、ラフな服装だった。揃《そろ》ってトレッキングシューズを履《は》いている。

「誰に頼まれて、ボルボを尾けてたんだっ」

丹治は、こころもち腰を沈めた。口髭の男がナイフを小さく振りながら、甲高《かんだか》い声を張りあげた。

「諏訪麻沙美をおれたちに引き渡さねえと、痛い目に遭《あ》うぜ」

「ボルボにゃ、誰も乗っちゃいないよ」

「嘘つけ！　おい、見て来い」

男が丹治に喚《わめ》いてから、茶髪の仲間に言った。

茶髪の男が無言でうなずき、ボルボに走り寄った。丹治は放っておいた。

少しすると、茶髪の男が高く叫んだ。

「ほんとに誰もいねえよ」

「女の居所を言いな」

口髭を生やした男が凄《すご》み、ナイフを水平に構えた。

「そんなもん、早く仕舞《しま》え。使い馴《な》れないナイフなんか振り回すと、自分の指を切っちまうぞ」

「カッコつけんじゃねえや。てめえ、諏訪麻沙美をどこに逃がしやがったんだっ」

「いまごろ彼女は、寝酒でも飲《や》ってるだろうよ」

丹治は薄く笑った。

そのとき、背後で走る音がした。振り向くと、金属バットを振り翳《かざ》した茶髪の男が駆けてくる姿が見えた。

丹治は前に跳《と》んだ。口髭の男が何か口走って、右腕を泳がせた。刃風《はかぜ》が湧《わ》いた。丹治は相手の腕を左手でブロックし、すかさず右のショートフックを繰《く》り出した。

パンチは男の頬に炸裂《さくれつ》した。肉と骨が鳴った。すぐに丹治は膝頭《ひざがしら》で、相手の腹を蹴り上げた。男は数歩よろけ、尻《しり》から落ちた。

茶髪の男が挑《いど》みかかってくる気配がした。ナイフを奪うだけの余裕はなかった。丹治は左足を軸にして、体を勢いよく反転させた。

空気が揺らいだ。放った回し蹴りは、茶髪の男の脇腹にヒットした。ミドルキックだった。相手の肋骨《ろっこつ》が軋《きし》んだ。

いくらか加減したつもりだったが、男は突風に煽《あお》られたように吹っ飛んだ。

「二人とも頭を冷やせ！」

丹治は大声で諫《いさ》めた。

だが、無駄だった。男たちが起き上がって、少しずつ間合《まあ》いを詰めてきた。険《けわ》しい目が暗く燃えていた。

「おまえら、よっぽど怪我したいらしいな」

「うるせえっ」

口髭の男が怒鳴り、ナイフを持ち直した。

刃が上だった。両手で柄を握っている。体ごと突っ込んでくる気になったらしい。

丹治は数歩退《さ》がった。

誘いだった。フォールディング・ナイフを持った男が勢い込んで走り寄ってくる。

丹治は跳躍《ちょうやく》し、蹴り足をいっぱいに伸ばした。

夜気《やき》が裂《さ》け、烈《はげ》しく縺《もつ》れ合った。蹴り足は稲妻のように斜めに走り、男の首筋を捉《とら》えた。丹治の脛《すね》が重く鳴った。

「ううっ」

男は短く呻《うめ》き、棒立ちになった。

刃物を落とした瞬間、朽《く》ち果てた老木のように後方に倒れた。

丹治は笑みを浮かべた。まだ得意技の〝稲妻ハイキック〟は少しも鈍っていない。格闘家時代には、この技《わざ》で多くの対戦相手をマットに沈めたものだ。

口髭の男は倒れたまま、起き上がろうともしない。苦しげに唸《うな》っていた。

丹治はナイフを拾い上げ、暗く澱《よど》み果てた運河に投げ捨てた。かすかな水音が聞こえた。

「この野郎、ぶっ殺してやる！」

茶髪の男がいきり立ち、上段から金属バットを振り下ろした。

風切り音は高かった。まともに頭を撲《なぐ》られたら、即死するだろう。

丹治はそう考えながらも、少しも慌《あわ》てなかった。サイドステップを踏んで、なんなくバットを避《よ》けた。

バットは、もろに路面をぶっ叩いた。

男が短い声をあげ、バットを手放した。両手に強烈な痺《しび》れが走ったのだろう。

「残念だったな」

丹治は嘲笑《ちょうしょう》して、茶髪の男のこめかみに肘打ち《エルボー・パンチ》を見舞った。

ムエタイでは、ティー・ソークと呼ばれている技《わざ》だ。時には一撃で、相手を気絶させることもできる。

的《まと》は外さなかった。骨と骨がぶつかって、硬い音が響いた。

男が体をふらつかせ、横に倒れかけた。

転倒する前に、丹治は相手の襟首を摑んだ。

自分の方に向き直らせ、すぐに両腕で男の首をホールドした。同時に、相手の腹に右の膝蹴りを放った。タイ語では、ティー・カウ・トロンと呼ばれている蹴り技だ。

丹治の膝頭が肉の中に深く埋まった。腹筋はもちろん、内臓にまでダメージを与えたはずだ。

茶髪の男は喉《のど》の奥を軋《きし》ませ、膝から崩れた。口から、血の混じった唾液《だえき》が垂れている。

丹治は後ろに退《さ》がるなり、男の顎《あご》を蹴り上げた。骨の砕ける音がした。

男は仰向けに引っくり返った。

倒れた瞬間、後頭部をしたたか打ちつけた。茶髪の男は獣じみた唸り声を発しながら、怯《おび》えたアルマジロのように手脚《てあし》を竦《すく》めた。

「おまえら、何者なんだっ」

丹治は声を張った。

「言うよ。言うから、もう勘弁してくれ。おれたちは関根モータースの者だよ。社長に頼まれたんだ」

「社長の関根は、諏訪麻沙美をどうしろって言った？」

「会社の事務所に軟禁しろって……」

「それから?」

「麻沙美をレイプして、そのシーンをデジカメで撮《と》れとも言われたよ」

「関根はその映像で、諏訪麻沙美を強請《ゆす》る気だったんだな!」

「ああ。会社を潰されたから、彼女の全財産をぶんどってやるって言ってたよ。うまくいったら、おれたち三人は五百万円ずつ貰えることになってたんだ」

茶髪の男が呻きながら、長々と言った。根は口が軽いのだろう。

「レクサスに乗ってた奴も、関根モータースの従業員だったんだな?」

「そうだよ。おれたち、退職金も払ってもらえなかったんで、仕方なく社長の命令に従ったんだ。悪いと思ってるよ」

「関根に言っとけ。諏訪麻沙美に近づいたら、殺すってな」

丹治は足許の金属バットを掴み上げ、運河に投げ放った。その後、ベンツのキーを抜き取り、スエードジャケットのポケットに滑らせた。

茶髪の男が絶望的な表情になった。口髭の男は転がったまま、依然として呻っていた。

「あばよ」

丹治はボルボに駆け寄った。

## 3

正午のニュースがはじまった。

丹治は遠隔操作器《リモート・コントローラー》を使って、大型テレビの音量を高めた。代々木上原の賃貸マンションの居間だ。

目覚めてから、まだ十数分しか経《た》っていない。

昨夜は東雲から三田の依頼人宅に回った後、馴染みの酒場で明け方近くまで飲んでいたのである。寝不足で、少し頭が重い。

丹治は淹《い》れたばかりのコーヒーを啜《すす》りながら、ぼんやりと画面を見つめた。

仕事柄、テレビのニュースはよく観《み》る。官僚の汚職に関するニュースが終わり、画面に山林が映し出された。

「今朝《けさ》九時ごろ、奥多摩の山の中で男性の腐乱死体が発見されました。殺されていたのは、東京・千代田区にあるテレビ番組制作会社『オフィスK』のディレクター五十嵐僚さん、二十九歳です」

男性アナウンサーがそこまで喋って、言葉を切った。

画像が変わり、死者の顔写真が映し出された。利発そうで、意志の強そうな面差《おもざ》しだった。

——やっぱり、五十嵐ディレクターは殺されてたか。

丹治は胸底で呟き、アナウンサーの言葉を待った。

「五十嵐さんは三週間ほど前から行方がわからなくなり、関係者から捜索願が出されていました。亡くなった五十嵐さんは右手の指を三本切断されてから、刃物で首や胸など数カ所を刺された模様です。遺体の腐乱状態から、殺されたのは先月の中旬ごろと思われます。現在、司法解剖中ですが、警察は怨恨《えんこん》による殺人事件という見方を強めています。そのほか詳《くわ》しいことは、まだわかっていません。次は水難事故のニュースです」

また、画面が変わった。

丹治はテレビのスイッチを切って、セブンスターに火を点けた。

犯人が、わざわざ五十嵐の指を三本も切り落としたのは拷問にかけたからだろう。五十嵐は、不正を裏づける画像データのありかを喋ったのか。それとも、若いディレクターは殺されるまで頑として口を割らなかったのか。

どちらにしても、堅気の犯行とは思えない。素人《しろうと》にしては殺し方が残忍すぎる。明らかに、犯罪のプロの仕業だ。

鬼竜会が五十嵐の口を封じたのか。あるいは、別の暴力団の犯行なのか。

とりあえず、鬼竜会の坂尾吉則を揺さぶってみることにした。

丹治はコーヒーを飲み干し、短くなった煙草の火を消した。

長椅子《ながいす》に腰かけたまま、シェーバーで髭《そ》を剃りはじめる。それから間もなく、サイドテーブルの上で携帯電話が鳴った。

丹治はシェーバーのスイッチを切り、携帯電話を摑み上げた。

発信者は岩城だった。

「旦那、きのうはすっかり点数を稼いだな。おれの雇い主が旦那のことを誉《ほ》めてたぜ」

「無駄話はいいから、用件を早く言え。まさか、おれとテレフォンデートをする気になったわけじゃあるまい」

「気色《きしょく》の悪い冗談はやめてくれ。実は、おれの雇い主がちょっと不愉快な思いをしたんだ。ついさっき、マンションの玄関のとこでな」

「何があったんだ？」

丹治は少し緊張した。

「ちょっとマブい女がさ、麻沙美にいきなり黒のカラースプレーを噴《ふ》きかけやがったんだ」

「それで？」

「顔と首が真っ黒になっちまったよ。美人もああなると、台無しだね」

岩城が呑気《のんき》に言った。

「おまえがついていながら、なんで防げなかったんだっ。それじゃ、ボディーガード失格だ」

「たまたま運悪く、おれとマネージャーは少し離れた場所にいたんだよ。あっという間の出来事だったから、庇《かば》いようがなかったんだ。でも、犯人の女は取っ捕まえたよ」

「何者だったんだ？」

「それがさ、フリーアナウンサーの山路知佐子だったんだよ。びっくりこいたぜ」

「で、山路知佐子をどうした？」

「おれは近くの交番に突き出すつもりだったんだが、麻沙美が大騒ぎするなって言うから、そのまま放しちまったんだ」

「そうか。それはそうと、麻沙美は『オフィスK』の五十嵐ディレクターの死体が奥多摩の山の中で発見されたことを知ってるのか？」

「そのニュースなら、知ってるよ。そのことで麻沙美は東都テレビの報道部に出かける気になったんだ。で、玄関先で山路知佐子に……」

「麻沙美は、いま、どこにいる？」

丹治は訊いた。

「部屋でスプレーの汚れを落としてるよ。この電話、エレベーターホールからかけてんだ」

「それじゃ、こっちから彼女に電話してみよう。切るぞ」

丹治は終了キーをいったん押し、人気キャスターの自宅に電話をかけた。

受話器を取ったのは、マネージャーの三浦律子だった。名乗って、麻沙美に替わってもらう。

「とんだ災難でしたね。カラースプレーを噴きかけられたこと、たったいま、岩城が電話で報告してきました」

「いやだわ、岩城さんったら。大げさに騒いだりして」

「大丈夫ですか？」

「ええ。除光液で簡単に落ちました。それより、五十嵐ディレクターのこと、ご存じ？」

「さっき、テレビのニュースで知りました」

「そう。悪い予感がしてたんだけど、やっぱり、こういうことになってしまったのね。東都テレビに行くつもりだったんだけど、行けなくなったんで、いま報道部からファックスで事件に関する情報を流してもらったんです」

「何か手がかりになるような情報が入りました？」

丹治は問いかけ、耳に神経を集めた。

「ええ、いくつか。死体発見現場の近くに住んでる老人が三週間ぐらい前の明け方、不審な車を見かけてるらしいの。そのワゴン車には、パンチパーマをかけた若い男たちが二人乗ってたそうです。その二人は寝袋を担《かつ》いで、山道を登っていったらしいの」

「その寝袋の中に、五十嵐ディレクターの死体が入ってたんだろう」

「ええ、おそらくね。ワゴン車は、品川ナンバーだったらしいの。数字までは憶《おぼ》えてないらしいけど」

「たとえナンバーがわかっても、盗難車を使ったとも考えられます」

「ええ、そうね。それから、死体のあった林の中にライターが落ちてたらしいんです。それは、鬼竜会の幹部が経営してる会社の創業十周年記念のライターだったそうよ」

「その会社の名は？」

「新橋にある坂尾商事よ。その会社の坂尾吉則って代表取締役の実弟が、京和銀行の副頭取の長女にナイフで刺されてるの」

「その話はきのうの晩、長谷川氏から詳しく聞きました」

「そう。鬼竜会が五十嵐さんを殺害したんじゃないのかしら？　遺留品のライターのことを考えると、その疑いが濃いと思うんです」

　麻沙美が言った。

「考えられないことじゃないね」

「鬼竜会の犯行だとしたら、きっとアウディに爆破装置を仕掛けたのも……」

「坂尾吉則を洗ってみましょう」

丹治は電話を切り、大急ぎで髭を剃りはじめた。剃り終えると、外出の仕度《したく》に取りかかった。薄手の白いタートルネック・セーターの上に、オリーブグリーンの革ブルゾンを羽織《はお》る。下はキャメルのチノクロスパンツだった。

丹治は留守番電話のセットをして、ほどなく部屋を出た。エレベーターで地下駐車場に下《くだ》り、パジェロに乗り込む。井の頭通りのガソリンスタンドに寄ってから、新橋に向かった。

目的地に着いたのは、およそ三十分後だった。

坂尾商事は、新橋駅から数百メートル離れた場所にあった。雑居ビルの二階だった。窓ガラスに、社名と電話番号が記《しる》されていた。

――まず坂尾の顔を確かめておかないとな。錠前屋に化けるか。

丹治は車を路上に駐《と》め、助手席の下から金属製の工具箱を掴《つか》み上げた。車を降り、雑居ビルに歩《ほ》を進める。

四階建ての古い建物だった。

外壁のタイルは、ところどころ剝《は》がれていた。エレベーターはなかった。

狭い階段を昇る。ステップの金具の一部が捲《めく》れ上がっていた。汚れも目立つ。

丹治は二階に上がるなり、坂尾商事のドアを勝手に開けた。

すぐ目の前に、二卓のスチール・デスクがあった。その横に応接セットが置かれている。流行遅れのパンチパーマをかけた若い男が腰かけ、カシューナッツを袋に詰めていた。スナックに卸す商品だろう。

「おい、ノックぐらいしろや」

「遅くなって、申し訳ない。耐火金庫のダイヤルの具合が悪いとか？」

丹治はもっともらしく言って、衝立《ついたて》の奥に目を向けた。人のいる気配がする。

「おたく、何屋なんだ？」

「錠前屋です。こちら様から、うちの店に修理の依頼があったそうで……」

「修理？」

「ええ。わたしは朝から外回りをしてたんで、直《じか》に電話を受けたわけじゃないんですがね」

「そんな電話してねえぞ。帰りな」

男が立ち上がった。

逞《たくま》しい体だった。胸が厚く、腕も太い。三白眼《さんぱくがん》に凄《すご》みを溜《た》めている。短気な性格らしい。

「そう言われても、困るんですよね。社長さんに会わせてくれませんか？」

「てめえ、なに言ってんだっ。とっとと失《う》せやがれ」

「そう興奮しないでくださいよ。別に、喧嘩《けんか》を売りにきたわけじゃないんですから」

丹治は、相手をなだめにかかった。

ちょうどそのとき、奥から三十四、五歳の男が現われた。髪はオールバックで、背広も地味だった。

しかし、やはり堅気には見えない。やや細めた目に、渡世人特有の粘りつくような光が宿っている。中肉中背だ。

「シゲ、なんの騒ぎなんだ？」

男がパンチパーマの若者に声をかけた。

「社長、錠前屋に修理の電話をされました？」

「いや、そんな電話はしてない。おたくが錠前屋さん？」

坂尾らしい人物が、丹治に問いかけてきた。

「ええ、そうです。ここは、坂尾商事さんですよね？」

「ああ、そうだよ。わたしが坂尾だ。しかし、修理なんか頼んじゃいないぜ」

「そうですか。おれ、社名を聞き違えたのかな。どうもお騒がせしちゃって、すみません！」

丹治は頭を掻《か》き掻き、そそくさと事務所を出た。

坂尾の顔は、はっきりと脳裏に刻みつけた。これで、張り込みや尾行に困らなくなった。

表に出ると、丹治は筋向かいの喫茶店に入った。二階の窓際の席に坐り、海老《えび》ピラフとコーヒーを注文した。

嵌《は》め殺《ごろ》しのガラス窓から、坂尾商事のオフィスを見張る。事務所は丸見えだった。

パンチパーマの男が長椅子に腰かけて、せっせとナッツを袋に詰めていた。社長の坂尾は衝立の向こうで、帳簿を整理している。

パンチパーマの男が出かけたら、事務所に押し入ろう。

丹治は煙草に火を点けた。

一服し終えたころ、オーダーしたものが一緒に運ばれてきた。速さから考えて、ピラフは冷凍ものらしかった。

ピラフを掻っ込みはじめて間もなく、頭をつるつるに剃《そ》りあげた若い男が坂尾商事を訪れた。男はノックをしなかった。従業員だろう。

そのスキンヘッドの男もソファに腰を沈め、ナッツの袋詰めを手伝いはじめた。

丹治はピラフを胃袋に収めると、コーヒーを飲んだ。パンチパーマと剃髪頭《スキンヘッド》が外出するのを待つことにした。

だが、二人とも事務所を出ようとしない。

丹治はコーヒーをお代わりして、辛抱強く待ちつづけた。

坂尾がひとりでビルから姿を見せたのは、午後三時を回ったころだった。護衛がいないところを見ると、すぐ近くに用があるのかもしれない。丹治は、そう思った。

ところが、坂尾はビルの斜め前に駐車中の黒いロールスロイスに乗り込んだ。遠くに出かけるようだ。

丹治は卓上の伝票を掬《すく》い上げ、大急ぎで階下に降りた。

喫茶店を出たとき、坂尾の車が滑らかに発進した。丹治は自分の車に乗り込んだ。

サングラスをかけてから、イグニッションキーを捻る。

ロールスロイスは左折しかけていた。

丹治は急いで車をスタートさせた。坂尾の車は桜田通りに出ると、三田方面に向かった。麻沙美のマンションに行く気なのか。

丹治は気持ちを引き締め、ロールスロイスを追いつづけた。

坂尾の車は白金で、目黒通りに入った。

どうやら見当違いだったらしい。緊張がほぐれた。同時に、丹治は失望もした。

ロールスロイスが停まったのは、目黒区鷹番《たかばん》の住宅街だった。大谷石《おおやいし》の塀《へい》を巡らせた一軒家の前で車を降り、坂尾はすぐに門扉《もんぴ》の奥に消えた。馴《な》れた足取りだった。

インターフォンは鳴らさなかった。自宅なのだろうか。それとも、親しい知人の家なのか。

丹治はロールスロイスの少し先に車を駐め、道を引き返した。

坂尾が吸い込まれた二階建ての家の前にたたずみ、素早く表札を見た。香山《かやま》という姓だけが出ていた。

門扉越しにガレージを覗いてみた。

真紅のフィアットが一台だけ納《おさ》まっている。気取った女たちが好むイタリア製の小型車だ。安くはなかった。

――ここは、愛人の家なのかもしれない。少し様子を見てみるか。

丹治はパジェロに戻って、一時間ほど待ってみた。

しかし、坂尾は出てこない。愛人宅を訪ねたのだとしたら、もっと待たされることになりそうだ。丹治は、家の中に押し入る気になった。

首尾よく夕闇が漂いはじめていた。人通りは少なかった。

車を静かに降り、坂尾のいる家に近づいた。ためらったりしたら、通行人に怪しまれる。

丹治は家人を装って、堂々と門の扉を押した。

なんの抵抗もなく開いた。敷地に足を踏み入れた。数メートル歩いて、丹治は足を止めた。

何秒間か、息を殺した。神経を研《と》ぎ澄ます。

家の中は静まり返っていた。

丹治は中腰になって、庭に回り込んだ。たいして広い庭ではなかったが、隣家との境界に沿って、丈《たけ》の高い樹木が並んでいた。

常緑樹だった。恰好《かっこう》の目隠しだ。

テラスの横に、取り込み忘れた洗濯物が見える。女物ばかりだった。やはり、この家には男は住んでいないようだ。

丹治は忍び足で、居間らしい部屋のガラス戸に接近した。

ドレープの厚手のカーテンで閉《と》ざされ、室内の様子はわからない。照明は灯《とも》っていた。かすかにテレビの音声が洩《も》れてくる。坂尾は、この部屋にいるのかもしれない。

丹治は腰を屈《かが》めたまま、家屋《かおく》の裏手に移動した。

台所は明るかった。だが、人のいる気配は感じられない。

丹治は白い勝手口のドアに耳を押し当てた。やはり、物音はしなかった。ドア・ノブに手を掛ける。呆気《あっけ》なく回った。

丹治はそっとドアを開け、食堂を兼ねた台所に上がり込んだ。靴は脱がなかった。

十畳ほどの広さだった。値の張りそうなダイニングテーブルが中央のあたりに据え置かれている。椅子は四脚あった。

右手の奥にある浴室の方から、湯の弾《はじ》ける音がした。

丹治は耳をそばだてた。女のハミングが響いてきた。歌はポップス調の歌謡曲だった。

シャワーを浴びている女を楯《たて》にして、坂尾に迫る気になった。

丹治は抜き足で、脱衣室の前まで進んだ。

ドアの横にへばりついたとき、急にシャワーの音が熄《や》んだ。浴室のドアの開く音がした。つづいて、脱衣室のドアも細く開いた。

湯気が霧のように流れてきた。

「ねえ、早くいらっしゃいよ。洗いっこしようって言ったのは、誰なの？」

女が鼻にかかった甘ったるい声で、居間に呼びかけた。

いまがチャンスだ。

丹治は脱衣室のドアを一気に引いた。

全裸の女が息を詰まらせた。全身、湯滴《ゆてき》だらけだった。
二十五、六歳か。派手な顔立ちで、肉感的な体だった。乳房が大きく、腰もまろやかだ。
飾り毛が濃い。まるで黒いバタフライをつけているように見えた。女が声を放ちそうになった。

丹治は、女の首に両手を回した。

「大声を出したら、絞《し》め殺すぞ」

「だ、誰なの⁉」

「喋るなっ」

「あたしは、鬼竜会の小柴《こしば》って代貸《だいがし》の世話になってる女なのよ。おかしなことをしたら、あんた、死ぬことになるわよっ」

女は怯《おび》えながらも、気丈に言い放った。

「いま、小柴と言ったな？　坂尾とあんたは、どういう知り合いなんだ？」

「坂尾さんは代貸代行だから、小柴の弟分ってことに……」

「居間にいるのは、坂尾だけなんだな？」

「そうだけど」

「それじゃ、坂尾は兄貴分の情婦《おんな》に手をつけたわけか」

丹治は言った。女がうろたえ、急に目を伏せた。つい余計なことを口走ってしまった自分を呪《のろ》っているのかもしれない。

「小柴って奴は服役中らしいな」

「なんで、そんなことまで知ってるの⁉　あんた、何者なのよ？」

「体が淋しくなったんで、坂尾をくわえ込む気になったようだな」

丹治は裸の女をターンさせ、すぐに右腕を捩《ねじ》上げた。そうしながら、片手で女の口を塞《ふさ》ぐ。

女が呻《うめ》きながら、全身でもがいた。それは無駄な抵抗だった。

「おとなしくしてろ」

丹治は低く言って、女を脱衣室から引きずり出した。

その直後だった。トランクス一枚の坂尾が居間の方から歩いてきた。

ほぼ全身に刺青《いれずみ》が施されていた。図柄は、弁天小僧だった。朱彫《しゅぼ》りが鮮やかだ。最近、重ね彫りをしてもらったのだろう。

「待ってたぜ」

丹治は笑いかけた。

「て、てめえは昼間の錠前屋じゃねえか!」

「この女の腕をへし折られたくなかったら、その場に正坐しろ」

「ざけんじゃねえっ」

坂尾が額に青筋を立て、飛びかかってくる素振りを見せた。

丹治は無言で、女の腕を強く捻《ひね》り上げた。

もう少し力を入れれば、確実に肩の関節が外れる。前屈《まえかが》みになった女が凄まじい声で、痛みを訴えた。絶叫に近い悲鳴だった。

「めぐみ……」

坂尾が力なく呟き、床に正坐した。丹治は、坂尾に言った。

「あんたに個人的な恨みがあるわけじゃない。ちょっと訊きたいことがあるだけだ」

「何が知りてえんだよっ」

「あんたは弟が京和銀行の芝副頭取の娘に刺された一件を恐喝材料にして、銀行から百七十億円を引き出したな？」

「なんのことか、さっぱりわからねえな」

「空とぼける気か。だったら、あんたが小柴って代貸の情婦を寝盗《と》ったことを鬼竜会の会長にご注進に及ぶぜ」

「め、めぐみ！　おまえ、そんなことまで喋《しゃべ》りやがったのか⁉」

坂尾が目を剝《む》き、女を睨《にら》みつけた。

「あたし、あんたとのことなんか、ひと言も喋ってないわ。ほんとよ、信じて！」

「この女の言ってる通りだ。おれが勘を働かせたのさ」

丹治は言った。坂尾は何か喋りたそうだったが、何も言わなかった。

「ヤー公が兄貴分の女に手をつけたら、渡世人はつづけられなくなるよな」

「つい魔がさしたんだ。口止め料を払うよ。だから、その女とおれのことは誰にも言わねえでくれ」

「銭は大好きだが、いまは事実ってやつを知りたいんでな。さっきの一件はどうなんだい？」

丹治は、わざと穏《おだ》やかに問いかけた。やくざ者を怒鳴りつけると、態度を硬化させる場合が少なくない。

「百七十億を引っ張り出したのは、おれじゃねえんだ。理事の漆原《うるしばら》さんだよ。おれは入れ知恵をつけただけで……」

「何も貰わなかったわけじゃないよな！」

「五億貰ったよ。あとは会でやってる企業経由で、そっくり本部に吸い上げられたんだ」

「金のことは、どうでもいい。鬼竜会は『ニュースオムニバス』が事件のことに触《ふ》れたんで、キャスターの車に爆破装置を仕掛けたんじゃないのか？」

「そんなことやってねえよ」

坂尾が大きく首を振った。

「それじゃ、『オフィスK』の五十嵐ってディレクターを殺《や》っただけだというわけか」

「五十嵐ディレクター？」

「番組を制作してる会社の人間だよ。きょう、そのディレクターの腐乱死体が奥多摩の山林で発見されたんだ」

「うちの会社は、どっちの事件《ヤマ》も踏んじゃいねえ。嘘じゃねえったら！」

「いい加減に吐けよ。五十嵐って男の死体のそばに、あんたの会社の名の入ったライターが落ちてたんだ。創業十周年記念に作ったライターだよ。忘れたわけじゃないよな！」

「確かに、そのライターは作らせた。だけど、あれは六百個も注文して、取引先に配ったんだぜ」

「要するに、ライターを落とした人間が鬼竜会の者とは限らないと言いたいわけだな？」

　丹治は先回りして、そう言った。

「そうだよ」

「ライターのことだけじゃ、確かに鬼竜会の犯行とは決めつけられない。しかし、鬼竜会には殺害の動機がある」

「どんな？」

「五十嵐ってディレクターは、あんたたちの強請《ゆすり》を証拠だてる画像データを保管してたようなんだ。事実、ディレクターの自宅マンションは何者かに家捜《やさが》しされてる」

「おれたちは、五十嵐なんて奴とは会ったこともねえんだぜ。そんな人間を殺《や》るわけねえだろうが？」

　坂尾が小ばかにしたような口調で言った。

「それじゃ、二つの事件は誰の仕業なんだっ。え！」

「知るわけねえだろ、そんなこと。おそらく誰かが、おれんとこで配ったライターを死体発見現場にわざと落として、鬼竜会に罪をおっ被《かぶ》せたかったんだろう。考えてもみろよ。ライターを現場に落とすなんて、間が抜けすぎてるぜ。おれたちは素人《トウシロ》じゃねえんだ」

「殺しは、もっと完璧《かんぺき》にやってるってわけかい？」

丹治は相手の言い分もわかるような気がしてきた。死体発見現場にライターが落ちていたこと自体、何やら作為《さくい》的だ。何者かが鬼竜会の犯行と見せかけて、五十嵐僚を葬《ほうむ》り去ったのか。

「鬼竜会は、いま、ほかの組織と揉《も》めごとを起こしてないか？」

「別に何も」

「そうか。最初の質問は、どうだ？　キャスターの諏訪麻沙美のアウディに時限爆破装置を……」

「鬼竜会は関係ねえって言ったじゃねえか。てめえ、しつこいぜ！」

「大層《たいそう》な口を利くじゃないか」

丹治はめぐみを横に押しやり、坂尾の喉を蹴りつけた。軟骨の潰《つぶ》れる音がした。

坂尾が蛙《かえる》のような声をあげ、二度ほど後ろに転がった。

丹治は、ふたたび坂尾に正坐させた。

口の端から鮮血が流れている。転んだ拍子に、舌を噛《か》んだらしい。血の条《すじ》は太かった。

「ひでえじゃねえか」

「諏訪麻沙美に脅《おど》しをかけたことは認めるな？」

「ああ、それはやったよ。けど、それ以上のことは何もしちゃいねえ」

「きょうのとこは、これで引き揚げてやろう。ただし、おれが切札を持ってることを忘れるなよ」

「めぐみとおれのことは、会の連中には喋らねえでくれ。頼むよ、この通りだ」

坂尾が床に額を擦《こす》りつけた。

「小柴は、いつ出所するんだ？」

「夏前には出てくることになってる。兄貴にめぐみとのことが知れたら、おれは消されちまう」

「死にたくなかったら、その前に、この女と別れるんだな」

「別れられるかどうか」

「この女によっぽど惚《ほ》れてるらしいな。それなら、ここで抱き合ってもらおうか」

丹治は冷ややかに言った。すると、坂尾が上擦《うわず》った声で叫んだ。

「てめえ、なに考えてやがるんだ。そんなことできるかっ」

「それじゃ、切札を使うことにしよう」

「くそったれ！　他人に見られてたら、おっ立ちゃしねえよ」

「試《ため》してみようじゃないか。トランクスを脱いで、仰向《あおむ》けになれ！」

丹治は鋭く命じた。

坂尾が少し迷ってから、言われた通りにした。黒ずんだペニスは縮こまっていた。

「役立つようにしてやれよ」

丹治はめぐみをひざまずかせて、その顔を坂尾の股間《こかん》に押しつけた。

めぐみは迷うことなく、坂尾の分身を唇で捉えた。すぐに官能的な赤い唇が妖《あや》しく動き出した。

五分ほど経《た》つと、坂尾の分身はようやく猛《たけ》った。

「跨《また》がって、体を繋いでやれよ」

丹治は、めぐみを急《せ》かした。

めぐみが騎乗位をとった。坂尾は恥ずかしいのか、腕で顔を覆い隠していた。めぐみが張りのあるヒップをくねらせはじめた。すぐに息が乱れた。

ウッディ仕上げのフロアが軋《きし》みはじめた。いつからか、坂尾も腰を動かしていた。

これなら、すぐには追ってこられないだろう。

丹治は台所から飛び出し、そのまま表に走り出た。外は真っ暗だった。

# 4

機が高度を下げた。

丹治は気密窓《きみつ》に顔を寄せた。

眼下に、東京の夜景が拡《ひろ》がっている。羽田空港も見えた。

灯火の瞬《また》きが幻想的だった。まるで大小の宝石を鏤《ちりば》めたような夜景だ。実に美しい。

新千歳《ちとせ》空港発の機だった。

満席ではなかった。空席が三割近くあった。

土曜日の夜だった。札幌周辺に単身赴任しているサラリーマンたちは金曜日の夜か、土曜日の朝の便で首都圏のわが家に戻る。東京からのスキー客は、まだ道内にいるはずだ。

鬼竜会の坂尾を痛めつけてから、丸三日が過ぎていた。

一昨日《おととい》、丹治は殺された五十嵐僚の遺族に会った。しかし、故人の身内からは事件を解《と》く手がかりは何も得られなかった。

学生時代からの友人たちにも会ってみた。だが、徒労に終わった。

その日の夕方、丹治は北海道に飛んだ。

日栄交易は、北海道新聞社の近くにオフィスを構えていた。といっても、テナントビルの五階の一室を借りているに過ぎない。

訪ねたときは、年配の男性社員がひとりしかいなかった。

社長の米沢仁は商用で、ハバロフスクに出張中だった。

丹治は、鶴《つる》のように痩《や》せこけた老社員を締め上げる気にはなれなかった。数枚の万札を握らせ、米沢の闇稼業のことを喋らせた。

米沢は昆布《こんぶ》を欧米に大量に輸出し、一時は羽振りがよかったらしい。しかし、自然食ブームが下火になると、取引額は激減してしまった。かなり大きな負債を抱え込むことになった。

そこで米沢は、ロシア領海での密漁を思いついた。拿捕《だほ》されたときに親しくなったロシア国境警備隊の副隊長を抱き込み、北方水域での操業を黙認させることに成功したようだ。

米沢は知床《しれとこ》半島や根室《ねむろ》半島の漁師を金で抱き込み、ロシア領海で魚を獲《と》りまくらせた。彼自身は、決して密漁船に乗り込まなかった。もっぱら陸《おか》で無線を使って、日本の海上保安庁の動きを密漁船に伝えていた。海上保安庁にも、米沢の協力者がいるという。

密漁した魚や蟹《かに》は、小樽《おたる》沖や下北半島沖で待機中の豊和水産の冷凍船に売り渡したという話だった。

『ニュースオムニバス』の取材スタッフが調べ上げたことは、おおむね正しかった。米沢はいつからか、密漁船にロシア本土の魚介類、毛皮、貴金属、旧ソ連製銃器などを大量に積むようになったらしい。また、ロシアからの密航者を日本海沖で乗せることもあるようだ。

老社員は、米沢がしばしばロシアに渡っていることは認めたが、マフィアたちについては何も知らなかった。米沢の背後にいる人物も見当がつかないという返事だった。きのうときょうの二日間、丹治は米沢の関係者に次々に会ってみた。その数は二十人以上だった。しかし、ついに米沢の資金提供者は浮かび上がってこなかった。

いったい自分は、北海道に何をしに行ったのか。

丹治は深い虚《むな》しさに襲われた。

全身の隅々《すみずみ》まで疲労していた。体を動かすことさえ、物憂《ものう》かった。

いつの間《ま》にか、機は着陸の準備を整えていた。機内アナウンスに急《せ》かされ、丹治はシートベルトを装着した。

それから間もなく、機は滑走路に舞い降りた。

定刻の午後八時五十五分だった。着地の衝撃は、ほとんど体に感じられなかった。

丹治は空港ターミナルを出ると、タクシーに飛び乗った。

九時半に依頼人の麻沙美と赤坂で落ち合うことになっていた。調査の中間報告をするためだった。

高速道路は、思いのほか空《す》いていた。

待ち合わせの時間に遅れることはなさそうだ。丹治は車内で、ゆったりとした気分で紫煙《しえん》をくゆらせた。

指定された割烹《かっぽう》は、ヒルトンホテルの裏側にあった。

うっかりすると、見過ごしそうな地味な店構えだった。だが、趣《おもむき》があった。寛《くつろ》げそうな店だった。L字形のカウンター席とテーブル席があり、その奥に小さな座敷があった。三室に仕切られていた。

丹治は仲居に案内されて、奥に進んだ。

まだ約束の時間まで、数分あった。しかし、すでに麻沙美は左端の小座敷にいた。岩城と一緒だった。女マネージャーの姿はない。土・日はオフだった。

「早いんだな」

丹治は依頼人に笑いかけて、小座敷に上がった。

床の間には、季節の花が活《い》けられている。一輪だけだった。椿《つばき》に似た白い花だったが、名はわからなかった。

丹治は、岩城の横に坐った。

岩城は座蒲団の上に坐っているはずだったが、それは巨体で隠されていた。元レスラーの太腿《ふともも》は、丸太並みだった。

漆《うるし》塗りの座卓には、まだ何も出されていない。

「わたしたちも、ほんの少し前に来たんです」

麻沙美がにこやかに言って、太った中年の仲居に酒と料理を運んでほしいと頼んだ。まったくの下戸《げこ》の岩城のために、彼女はオレンジジュースを追加した。

仲居が襖《ふすま》を閉め、静かに立ち去った。

「調査はどうでした？」

「残念ながら、たいした収穫はありませんでした」

丹治は、かいつまんで経過を報告した。

麻沙美は少し落胆したようだったが、非難めいたことは何も言わなかった。ただ黙って耳を傾けていた。

「その後、関根モータースや鬼竜会からの脅迫は？」

「それは一度もなかったわ。でも、きのう、ちょっと怖い思いをしたんです」

「何があったんです？」

「局の階段の上から、誰かに突き落とされそうになったの。とっさに岩城さんがわたしの腕を摑《つか》んでくれたんで、どこも怪我はしませんでしたけど」

「岩、諏訪さんを押した奴を見たんだろう？」

丹治は、元レスラーの大男に問いかけた。

「野郎だったよ。けど、顔はわからねえんだ。逃げた奴、能面をつけてやがったんだよ」

「どんな能面？」

「般若《はんにゃ》の面だったよ。体つきは間違いなく男だったね。年恰好《かっこう》は、はっきりしねえけどさ」

「おまえ、追ったんだろ？」

「ああ。すぐに追ったさ。けど、逃げ足の速い野郎だったんだ。おれが上のフロアに駆け上がったときにゃ、もう消えてやがった」

岩城が無念そうに言った。すると、麻沙美が岩城をかばった。

「あんな場合は、逃げられても仕方ないわ」

「ええ、でもね……」

「岩、気にするな」

丹治は年下の友人を慰め、セブンスターをくわえた。

ふた口ほど喫《す》ったとき、仲居が燗酒《かんざけ》と料理を運んできた。刺身の盛り合わせのほか、鮟鱇《あんこう》の肝《きも》、鰧《おこぜ》の唐揚げ、伊勢海老《いせえび》の姿焼き、鱧《はも》の蒲焼《かばや》きなどが次々に卓上に並べられた。

「丹治さん、どうぞ」

麻沙美が徳利を持ち上げた。丹治は盃《さかずき》で酒を受け、すぐに依頼人に酌《しゃく》をした。

岩城は自分でジュースをコップに注ぎ、がつがつと刺身を食べはじめた。高級魚ばかりを選んでいる。

「おい、少しは遠慮しろよ」

丹治は、鯛《たい》を箸《はし》で五切れも抓《つま》み上げた岩城をたしなめた。

「黙っててくれ。喰《く》いたいもんを喰う。それが、おれの流儀なんだ」

「呆《あき》れた男だ。その体じゃ、鯨《くじら》一頭ぐらい平らげそうだな」

丹治は揶揄《やゆ》し、鰧《おこぜ》の唐揚げに箸を伸ばした。

麻沙美が帆立貝の刺身を抓《つま》みながら、笑顔で言った。

「岩城さんはダイナミックに食べるから、見ていても気持ちがいいわ」

「そうっすか。贅沢《ぜいたく》言うようだけど、なんか甘いもんが欲しいね」

岩城が図《ず》に乗って、そう所望《しょもう》した。

「それじゃ、あとで何か注文します。何がいいかしら？」

「御前《ごぜん》汁粉なんか、いいっすね」

「ここは甘味処《どころ》じゃないから、そういうものはちょっと……」

「なら、栗の甘露煮《かんろに》か何かでもいいっすよ」

「岩、いい加減にしろ！　おまえは用心棒の分際《ぶんざい》なんだぞ」

「わかったよ。ちょっと甘えすぎだよな」

「しつこいぜ、旦那。おれ、あとで板チョコを齧《かじ》ることにすらあ。ここに入ってんだ。ちゃんとな。へへへ」

岩城は幼児のように笑い、グローブ大の武骨《ぶこつ》な手で上着のポケットをそっと押さえた。

麻沙美が母親のような眼差《まなざ》しを岩城に向け、小さくほほえんだ。丹治と目が合うと、今度は色っぽく笑った。ぞくりとするほど妖艶《ようえん》だった。

――こういう知的な女こそ、ベッドで乱れるんだよな。チャンスがあったら、口説《くど》いてみるか。

丹治は舌嘗《したなめず》りしそうになった。

あらかた料理を食べ尽くすと、岩城が麻沙美に言った。

「今夜はおれ、ここで失礼させてもらってもいいっすか？」

「何か用事でもあるの？」

「一緒に暮らしてる女が風邪気味なんすよ」

「マリアさんのことね？」

「ええ」

「それは心配ね。いいわよ、お帰りになっても」

「そうっすか。それじゃ、車は置いてきますから、丹治の旦那に三田まで送ってもらってください」

「ええ、そうするわ」

「悪いけど、お先に。旦那、後はよろしく！」

岩城が丹治の肩を力まかせに叩き、巨体を重たげに浮かせた。

丹治は、喉元まで出かかった叱言《こごと》を呑《の》み込んだ。岩城の無責任ぶりには腹が立ったが、美人キャスターと差し向かいで飲めるのは悪くない。

岩城が小座敷から消えた。

丹治は、なんとなく気持ちが弾みはじめた。

二人は盃を重ねた。いつからか、麻沙美の頰は桜色に染まっていた。艶《つや》っぽかった。

「たいして飲めないんだけど、オフの日のお酒はおいしいわ」

「緊張を強《し》いられる仕事だから、時々、ストレスを発散させないとね」

「ええ。でも、生放送の張りつめた空気がたまらなく好きなの」

「それでも、息抜きは必要ですよ。オフのときは、思いっ切り羽目を外すべきだな。とことん飲みましょう」

「酔っ払って、あなたに絡《から》むかもしれないわよ。それでも、かまいません？」

「あなたに絡まれるんだったら、光栄だな。酒、追加しましょう」

丹治は体を傾けて、襖を開けた。仲居に声をかけたとき、カウンターの男が振り向いた。

端整な顔立ちの男だった。三十三、四歳だろう。どことなく知的な雰囲気を漂わせている。男は二十六、七歳の上品な女とビールを傾けていた。

二人の間には、何か濃密な空気が横たわっている。夫婦なのかもしれない。

不意に麻沙美が短い叫びをあげた。カウンターの男が麻沙美を見て、明らかに狼狽《ろうばい》した。すぐに彼は困惑顔になった。

「丹治さん、襖を閉めてくださらない？」

麻沙美が小声で言った。気まずそうな顔つきだった。

丹治はさりげなく襖を閉ざし、低く呟いた。

「会いたくない人間と顔を合わせてしまったようですね」

「鋭いのね、あなたって。カウンターにいる男は、わたしを裏切った奴なの」

「昔の恋人だったのか？」

「ええ、そうなの。わたしは彼との恋にピリオドを打って、アメリカに渡ったんです」

「皮肉な巡り合わせだな、こんな場所で会うなんて」

「隣の女性は彼の奥さんよ。彼の父親は、ある大手流通会社の重役なんですって」

「そうですか」

「彼女のそういうバックグラウンドに惹《ひ》かれて、彼はわたしよりも彼女を選んだってわけなの。哀しくなるほど通俗的な話よね」

麻沙美は自嘲し、盃をひと息に呷《あお》った。白い喉がなまめかしかった。

丹治は頭の中で、必死に慰めの言葉を探した。だが、あいにく適切な台詞《せりふ》は思い浮かばなかった。

二人の間に沈黙が落ちた。

ややあって、襖越しに仲居の声がした。

「失礼します。お酒をお持ちしました」

「どうも」

丹治は短く応じた。

襖が開けられ、和服姿の仲居が小座敷に入ってきた。

丹治はカウンター席を見た。麻沙美を棄《す》てた男は、妻とともに消えていた。料理は半分以上も残っていた。どうやら二人は、慌てて店を出ていったようだ。

仲居が去ると、麻沙美が口を開いた。

「気まずくなって帰ったようね。昔から、気の小さな男だったの。なんで、あんなつまらない男に熱をあげちゃったのかしら？」

「あなたを夢中にさせた彼は、何者なんです？」

「………」

「無理に喋らせる気はなかったんだ。ちょっと好奇心をくすぐられたんでね」

「もう終わった恋だから、別に平気です。彼は松永直人《まつながなおと》という名で、丸星商事の社員なの」

「商社マンか。どんなセクションにいるんです？」

丹治は訊いた。

「いまは、水産部に勤務してるはずです。わたしとつき合ってたころは、外国部アジア課で南洋材の買い付けをしてました」

「三十代の前半ってとこかな？」

「三十四になったんじゃないかしら？」

「あなたのようないい女と別れる男の気が知れないな。おれなら、あなたを鎖《くさり》で繋ぎ留《と》めておきますけどね」

「あら、お口が巧《うま》いのね。その手で、高梨さんを口説いたんでしょ？」

麻沙美が、くだけた口調で言った。

「未樹、いや、彼女とはそういう間柄じゃないんだ。ギャンブルという共通の趣味で繋がってるだけですよ」

「そんなふうに、むきになって否定するところが、かえって怪しいですよ。高梨さんもあなたとの関係を強く否定してたけど」

「彼女の話はよしましょう」

丹治は徳利を摑《つか》み上げた。

麻沙美が盃を差し出しながら、おかしそうに笑った。どうやら彼女は、丹治と未樹が他人でないことを見抜いているようだった。

丹治は手酌《てじゃく》で、たてつづけに二杯飲んだ。盃を卓上に戻したとき、麻沙美が急に何か思い当たったような表情になった。

「どうしたんです？」

丹治は問いかけた。

「丸星商事の水産部が数年前から築地の豊和水産を使って、カナダ産のキングサーモンを日本に運ばせてるって話はしたかしら？」

「ええ。豊和水産は、米沢から密漁の魚介を買い取っている会社でしたね？」

「そうです。日栄交易と丸星商事はなんの取引もしてないけど、両社とも豊和水産とは関わりがあるんですよ」

「ただの偶然と片づけるには、ちょっと引っかかるな。豊和水産がパイプ役を引き受けてるとしたら、丸星商事が日栄交易の米沢をダミーにしてるとも考えられるわけだ」

「そうですね」

「ただ、この推測には少し無理があるような気もするな」

「なぜ？　その根拠は？」

麻沙美が鋭く問いかけてきた。有能なニュースキャスターの顔つきになっていた。

「世界に名を轟かせてる大手商社が怪しげなブローカーやロシアン・マフィアたちとつるんで、密輸なんかやるもんだろうか。そんな危ない商売をやらなくても、ほかに儲《もう》ける方法はいくらでもあると思うがな」

「おそらく魚介類、毛皮、貴金属、銃器の密輸をやってるのは、米沢個人なんでしょう。丸星商事の狙いは、だぶついている旧ソ連の核兵器を買い集めて、第三世界に転売することなんじゃないのかしら？」

「しかし……」

「丹治さん、もう少し聞いて。アメリカとロシアは軍縮を推《お》し進めてきたけど、いまも世界の各地で内戦や民族間の対立がつづいてます」

「確かに米ロは第二次戦略兵器削減条約（ＳＴＡＲＴⅡ）の調印にこぎつけ、二〇〇三年までに戦略核弾頭保有数を現在の三分の一以下に削減した。核軍縮が本格化したわけだが、いまも内戦や民族紛争がつづいてる」

「ええ。それだけじゃなく、第三勢力圏の中には、核兵器の強化を図りたがってる国もあるわ。それから、ロシアの核研究者を欲しがってる国もあります」

「そうだね。現に職を失ったロシアの核研究者が、北朝鮮に集団亡命しかけた事件もあった」

「ええ。核兵器の密輸や核研究者の亡命の手助けは、ビッグ・ビジネスになるはずよ」

「そのことはよくわかるが、名のある巨大商社がそんな危《ヤバ》い仕事に手を染《そ》める気にはならないと思うんだ」

丹治は異論を唱《とな》えた。

「昔、松永さんから聞いた話なんだけど、大手商社はどこもかなり汚いことをやってるそうよ」

「それは想像がつくが、やはり……」

「話が荒唐無稽《むけい》すぎます？」

「はっきり言って、そうだね。しかし、日栄交易と丸星商事が豊和水産を介して間接的に結びついてることも、気になることは気になるな」

「そうでしょ？　念のために、丸星商事、豊和水産、日栄交易のラインを洗い直していただけません？　番組の取材スタッフたちは常に新しいテーマの取材に追いかけられてるから、再取材する余裕がないんですよ」

麻沙美が言った。

「わかりました。一応、調べてみましょう。もう少しどうです？」

「これ以上、飲めないわ。わたし、少し酔ったみたい。悪いけど、三田のマンションまでタクシーで送っていただけます？」

「いいですよ」

「もし飲み足りないようだったら、わたしのところにお酒がありますから」

「とにかく出ましょう」

丹治は先に立ち上がった。

麻沙美も、すぐに腰を浮かせた。勘定は彼女のツケだった。

二人は店を出た。

麻沙美の足取りが少々、心許《こころもと》ない。かなり酔いが回っているようだ。

「ああ、いい気持ち……」

麻沙美が歌うように言って、身を凭《もた》せかけてきた。

柔らかな体だった。丹治は人気キャスターを支《ささ》えながら、ゆっくりと歩いた。

胸の奥で、何かが起こりそうな予感が膨らみはじめた。三田のマンションで酒をすすめられたら、むろん断る気はなかった。

ボルボは裏通りに駐《と》めてあったが、飲酒運転をするわけにはいかない。車道に寄り、空車を拾った。

タクシーは霞《かすみ》が関《せき》ビルの脇を走り抜け、虎《とら》ノ門《もん》で桜田通りに入った。週末の深夜のせいか、交通量はきわめて少なかった。三田まで二十分もかからなかった。

「お酒、召し上がる？」

マンションの前で、麻沙美が訊いた。思わせぶりな口調だった。

丹治は相手の気持ちが変わらないうちに、一緒にタクシーを降りた。麻沙美を抱きかかえながら、エレベーター乗り場に急ぐ。

エレベーターは待機していた。

二人は乗り込んだ。扉が閉《し》まると、丹治は麻沙美の唇を塞《ふさ》いだ。ルージュの味が甘い。麻沙美は小さく抗《あらが》ったが、じきにおとなしくなった。

丹治は舌を潜《くぐ》らせた。

舌と舌が浅く絡《から》み合った。キスをしながら、丹治は麻沙美のヒップを撫でた。形のいい尻だった。右手を太腿のあたりまで下げたとき、急に麻沙美が腰を引いた。

「ここまでにしましょ？」

「なぜ？」

「だって、後で高梨さんに恨まれそうですもの」

「彼女のことは、もう言わないでくれ」

丹治は両腕で麻沙美を抱き寄せた。

「あら、口紅がついちゃったわ」

「このままでいいさ」

「駄目よ、そんな」

麻沙美が優しく言って、指の腹で丹治の唇を拭《ぬぐ》った。

エレベーターが停止した。麻沙美の部屋のある階だった。二人は函《ケージ》から出て、部屋に向かった。

——ここまできたら、麻沙美を抱かなきゃな。

丹治は歩きながら、密かに自分をけしかけた。一瞬、未樹のことが頭の端をよぎったが、欲望を抑える気はなかった。

麻沙美が先に低い門扉《もんぴ》を抜け、玄関ドアに近づいた。丹治は麻沙美の肩を抱き竦め、彼女の首筋にそっと唇を押し当てた。

「おいたばかりして」

麻沙美がくすぐったそうに言い、ドアのロックを解《と》いた。ドアを勢いよく開けると、彼女は小さな声をあげた。

その理由は、すぐにわかった。玄関の明かりが灯《とも》り、タイルの上には男物の靴があった。

「先客がいるようだね」

「誰かしら？」

麻沙美が小首を傾《かし》げた。

そのとき、奥から見覚えのある男が現われた。このマンションを初めて訪れた日に、エントランスロビーで見かけた人物だ。

男は丹治に気づき、少し落ち着きを失った。ガウン姿だった。男と麻沙美が特別な間柄であることは、誰の目にも疑いようがない。

「ご紹介するわ。顧問弁護士の三善《みよし》豊《ゆたか》先生よ」

麻沙美が焦った様子で、取ってつけたように言った。

丹治は名乗って、軽く頭を下げた。三善が会釈し、不自然な笑顔で言った。

「あなたのことは、諏訪さんから伺ってますよ。で、何かわかりました？」

「それが、どうも捗々《はかばか》しくないんですよ」

「もし調査の手が足りないようでしたら、うちの事務所にいる調査マンに何か手伝わせましょう。元刑事でしてね、調査の腕は確かです」

「そういう方がいるのに、なぜ、わたしなんかに依頼をされたんです？」

丹治は素朴な疑問を感じ、人気キャスターに問いかけた。

「三善先生のとこの調査員さんは、ちょっと口が軽い方なの。だから、隠密調査をしてくれそうな丹治さんにお願いしたわけなんです」

「そうですか」

「これも何かのご縁だろうから、これから三人で飲み直しませんか？　ウイスキーもブランデーも割にいいものを揃えてありますの」

麻沙美が取ってつけたように言った。その言葉を三善が引き取った。

「それがいいね。ぼくも、丹治さんにはいろいろ話を伺っておきたいし」

「せっかくのお誘いですが、今夜は遠慮しておきます。またの機会に飲《や》りましょう」

丹治はどちらにともなく言って、エレベーターホールに足を向けた。

運の悪さを呪《のろ》いたい気分だった。

# 第三章　依頼人の死

## 1

川風が吹きつけてきた。

スラックスの裾《すそ》が小さくはためいた。風は刃《やいば》のように鋭い。

丹治は車のドアを閉め、喫《す》いさしの煙草を隅田《すみだ》川に投げ捨てた。

火曜日の夜だった。

探し当てた豊和水産の本社は、築地《つきじ》の外れにあった。肌色の小さなビルの窓は、電灯で明るい。何人かの社員が残業をしているのだろう。

建物の背後には、中央卸売市場が拡《ひろ》がっていた。

丹治は豊和水産に足を向けた。

水産関係の業界紙の記者を装って、会社のことを探《さぐ》ってみるつもりだった。社長の児玉治雄《こだまはるお》に関する予備知識は、すでに頭の中に入っていた。

丹治は歩きながら、名刺入れから偽名刺を抓《つま》み出した。仕事柄、常に数十種の偽名刺を持ち歩いていた。いずれも連絡先は、秘書代行会社になっている。

偽名刺を上着の胸ポケットに滑《すべ》り込ませたとき、肌色のビルから中年男が姿を見せた。

ずんぐりとした体型で、どこかで見たことのある顔だった。目を凝《こ》らす。

なんと男は、日栄交易の米沢仁だった。依頼人から渡された資料の中には、米沢の顔写真も入っていたのである。

その写真を何度も眺めていた。間違いない。

丹治はたたずみ、いくらか体を斜めにした。

米沢は晴海《はるみ》通りに向かって歩き出した。急ぎ足だった。誰《だれ》かと会うことになっているのか。

丹治は、米沢を尾《つ》ける気になった。

自然な足取りで車に戻り、静かにスタートさせた。徐行運転で、米沢のあとを追う。

米沢は、黒のアタッシェケースを提《さ》げていた。

だいぶ重そうだ。密輸魚介の代金でも入っているのか。

米沢は仕立てのよさそうな灰色のスーツに、ベージュのコートを羽織《はお》っていた。だが、背広姿が板についていない。作業服のほうが似合いそうだった。

潮灼《しおや》けした顔は、赤銅色《しゃくどういろ》に近かった。

髪はスポーツ刈りだ。気品は少しもない。

米沢は晴海通りを出ると、タクシーを停めた。

丹治は好運に感謝した。米沢が地下鉄を利用したら、車をどこかに置いていかなければならなかった。

米沢を乗せたタクシーは銀座を抜け、六本木方面に進んだ。丹治は数台の車を挟みながら、慎重に尾行した。

タクシーが停まったのは、六本木二丁目のあたりだった。

米沢はＩＢＭの並びにあるテナントビルに入っていった。丹治は、そのビルの近くに車を駐《と》めた。表通りだった。

車を降り、テナントビルに走る。

米沢はエレベーターを待っていた。ホールには、数人のＯＬの姿があった。

まさか米沢に組みつくわけにはいかない。

丹治は、ひとまず米沢の降りる階を突きとめることにした。エレベーターは、なかなかやってこない。

米沢は焦《じ》れたらしく、ホールの横にある階段を昇りはじめた。

丹治はにっと笑い、米沢を追った。うまくすれば、階数ばかりでなく、訪問先までわかるだろう。

米沢は三階まで上がると、廊下を進んだ。

丹治は踊り場の陰に隠れ、米沢の動きを目で追った。

吸い込まれたのは、瞑想《めいそう》サロンだった。ストレス解消のヘルスサロンとして、五、六年前から企業戦士たちの間で静かな人気を集めている新商売だ。

温水カプセルの中で浮遊したり、環境ビデオを観《み》ているうちに、心身の緊張がほぐれるらしい。それが売り物のニュービジネスだった。

会員制になっているようだったが、丹治はかまわずサロンの中に入った。

米沢の姿はなかった。すぐ右手に受付があり、二十二、三歳の女が坐っていた。瞳《ひとみ》と口の大きな娘だった。

天井に埋め込まれた黒いスピーカーから、川のせせらぎと小鳥のさえずりが聴《き》こえる。俗に環境サウンドと呼ばれているものだろう。

「いつでも入会できるの?」

丹治は受付嬢に訊《き》いた。

「はい。会員の方のご紹介があれば、いつでも……」

「弱ったな。あいにく会員に知り合いはいないんだ」

「そういう場合は、ご入会をお断りさせていただいているんです。申し訳ございません」

「少し前にここに入ったのは、日栄交易の社長に似てたようだが……」

「米沢さんをご存じなんですか？」

「いや、面識はないんだよ。ただ、丸星商事の人と一緒にいるところを見かけたことがあるんだ」

　丹治は誘い水を撒《ま》いた。

「丸星商事の方には、六、七人、会員になっていただいております」

「おれが米沢社長を見かけたときは、確か丸星商事水産部の松永さんと一緒だったな」

「そうですか。松永さんも、うちのメンバーのおひとりなんです」

　受付嬢が目を和《なご》ませた。みじんも怪しんではいない様子だ。

　──麻沙美の推測した通り、米沢と丸星商事が繋がってそうだな。米沢はここで、いつも丸星商事の誰かと危《ヤバ》い商談をしてるんじゃないのか。

　丹治はそんな気がした。

「丸星商事の松永さんをご存じでしたら、こちらからお客さまの推薦《すいせん》をいただけるよう働きかけてもかまいませんが、いかがでしょう？」

「せっかくだが、遠慮しておこう。松永さんとは、それほど親しいというわけじゃないからね」

「それは残念です」

「ところで、いま、このサロンに丸星商事の社員がいるのかな？」

「いいえ、どなたもいらっしゃいません。失礼ですが、あなたはどういった方なのでしょう？」

受付嬢が警戒心を露《あら》わにした。

丹治は適当にごまかし、そそくさと瞑想サロンを出た。

長居は禁物だ。いったんエレベーターで一階に降り、ふたたび階段を使って三階まで上がった。踊り場の死角に立ち、サロンの出入口を注視しはじめる。

松永直人が来るような気がしたからだ。裏調査員の勘だった。

その勘は正しかった。

三十分あまり過ぎたころ、松永がサロンに入っていった。松永と米沢が、たまたま同じ時間帯にサロンを利用する気になったとは思えない。二人は予《あらかじ》め示し合わせて、ここで落ち合うことになっていたのだろう。

──出るときも別々だろうな。どっちか先に出てきた奴を締め上げよう。

丹治は意を固め、辛抱強く待った。

二時間近く経過したころ、米沢が瞑想サロンから現われた。小ざっぱりとした顔をしていた。少しはストレスが消えたのかもしれない。

丹治は一気に米沢に迫るつもりだった。

しかし、走りだす前に米沢はエレベーターの中に入ってしまった。駆けても、もう間に合わないだろう。

ふたたび尾行をつづけるほかなかった。

丹治は階段を大急ぎで駆け降り、先にビルを出た。素早く電話ボックスの陰に身を潜《ひそ》める。

夜の色は深かった。九時半を過ぎていた。

待つほどもなく米沢が現われた。コートの襟を立てると、彼は六本木交差点の方向に歩き出した。やや蟹股《がにまた》だった。

丹治は車をそのままにして、米沢を追尾《ついび》しはじめた。

交差点のあたりは、今夜も若い男女が群れていた。外国人の姿も少なくない。

米沢は交差点を渡ると、芋洗《いもあらい》坂を下《くだ》った。

下りきった所に、中級のクラブがあった。飲食店ビルの二階だった。米沢は馴《な》れた様子で、店内に入っていった。

飲食店ビルの前の路上で一服してから、丹治は二階に上がった。会員制のクラブではなかった。

クラブは、二階の全フロアを使っていた。

店内は割に広かった。ちょうどステージでは、半裸の白人女が悩ましげに踊っていた。ホステスの大半は外国人だった。アングロサクソン系やラテン系民族ではなさそうだ。

「女たちはスラブ系に見えるが……」

丹治は、案内の黒服に語りかけた。

「はい。ダンサーもホステスも全員、ロシア人です。ロシアの経済はずっと前からガタガタですからね」

「それで、出稼ぎってわけか」

「ええ。不景気といっても、まだまだ日本は豊かです。生活の苦しい彼女たちには、天国のような国に映るんでしょう」

「そうなのかもしれないな」

「うちのホステスたちは美人で、インテリばかりなんです。ロシアでは医者や教師をしてた娘《こ》たちなんですよ」

「そう」

「ダンサーの多くはモスクワバレエ団出身です。そうだ、この前のオリンピックに出た新体操の選手もいますよ」

「そりゃ、たいしたもんだ」

「こちらにどうぞ」

黒服に導かれ、丹治は深々としたソファに坐《すわ》った。ほぼ中央のボックス席だった。米沢はステージに近い席に腰かけ、中年の男と何か話し込んでいた。相手は、店の支配人と思われる。

丹治はスコッチの水割りを注文した。

ホステスの指名はしなかった。セブンスターに火を点け、改めて店内を眺め回した。客は八分の入りだった。四、五十代の男たちが圧倒的に多かった。

接客中のロシア人ホステスは、それほど大柄ではない。日本人向けに、百六十五センチ以下の女たちを集めたようだ。

煙草の火を消したとき、ボーイが飲みもののセットを運んできた。スコッチは、バランタインの十七年物だった。

「ボトルで注文した覚えはないがな」

「うちはコンピューターでボトルの残量を測《はか》って、お客さまのお飲みになった分を弾き出しているんです。ですから、ボトル料金をいただくわけではございません」

「それを聞いて、少し安心したよ。貧乏してるんでね」

「ご冗談ばっかり」

二十歳《はたち》そこそこのボーイが口に手を当てて笑い、テーブルから遠ざかっていった。入れ違いに黒服の男が金髪のホステスを伴《ともな》って、せかせかと歩み寄ってきた。

丹治は、ロシア人ホステスに笑いかけた。

女がほほえみ返してきた。まだ若い。二十一、二歳だろう。肢体は瑞々《みずみず》しかった。整った顔にも張りがあった。灰色がかった瞳は、ビー玉のようだった。肌の色が透《す》けるように白い。

「ニーナさんです」

黒服の男が金髪女を紹介し、彼女を丹治のかたわらに坐らせた。

かすかに甘い体臭がした。黒服の男が膝《ひざ》をついて、手早くスコッチの水割りを作った。丹治はニーナのために、カクテルを頼んでやった。

ジンをベースにした飲みものは、すぐに届けられた。丹治はニーナと軽くグラスを触《ふ》れ合わせた。

「お名前、教えてください」

ニーナがカクテルに口をつけてから、たどたどしい日本語で言った。

「丹治って言うんだ」

「ハンジさん？」

「違う《ニェート》、タンジだよ」

「ロシア語、わかるのですか？」

「いくつかの単語を知ってるだけさ。わたし《ヤ》、あなた《ヴィ》、どうもありがとう《バリショーエ・スパスィーバ》、さよなら《ダ・スヴィダーニャ》

「……」

丹治は思いつくままに並べた。

「お上手《ハラショー》だわ」

「その単語も知ってるな」

「すごい、あなた、すごいです。日本の人、だいたい『はい《ダー》』と『いいえ《ニェート》』だけね」

「きみは、どこで日本語を覚えたんだい？」

「モスクワの大学です。でも、まだ駄目。日本語、英語より習うの大変ね」

ニーナが両手を拡げて、大きく肩を竦《すく》めた。丹治は短くなった煙草の火を消しながら、ニーナに訊《き》いた。

「日本には、いつ来たの？」

「五カ月前です」

「それじゃ、観光ビザじゃないね？」

「ええ。わたし、幽霊《ゴースト》なの」

ニーナが片目をつぶり、英語で言った。

「密入国者って意味だな？」

「ええ、そう。ここにいるロシア人女性、みんな、わたしと同じね」

「どんな方法で密入国したんだい？　ちょっと興味があるんだ」

「あなた、入国管理局《イミグレーション》の人？」

「違うよ。おれはフリージャーナリストさ」

「そうだったの」

「きみの個人名は決して記事に出さないから、教えてくれないか」

「ロシアの貨物船と日本の漁船を乗り継《つ》いで密入国したんです」

「それから？」

「これ以上は話せないわ。もう訊かないで」

「わかったよ、ニーナ。あの男はよく来てるのかい？」

丹治は米沢に目を当てながら、低く問いかけた。三人の美しいホステスに取り囲まれた米沢は、なにやら上機嫌だった。

「ええ、よく来てます。米沢さんていう社長さんね。あなたの友達？」

「いや、そうじゃない」

「社長さん、ロシア語上手《じょうず》なの。ロシア人の友達もいるんです」

「ロシア人の友達って、マフィアのことなんだろ？　あの米沢が、きみたち密航者の受け入れをやってるんじゃないのか？」

「わたし、何も知らない」

ニーナが言って、怯《おび》えた顔で周《まわ》りをうかがった。

「噂《うわさ》によると、マフィアどもは管理売春や麻薬取引はもちろん、密出国の手助けや不用になった旧ソ連軍の兵器類も外国に密かに売ってるそうじゃないか」

「言えない。わたし、言えません」

「ロシアン・マフィアと繋がってる日本の組織があるはずだ。ニーナ、そいつを教えてくれ。頼むよ」

丹治は粘《ねば》った。

「わたしは何も知りません。それに、こんな場所じゃ、何も言えないわ」

「店の外なら、話してもらえるんだな。だったら、外でまた会おう。みんな、客とデートしてるんだろう？」

「お客さんとホテルに行く娘《こ》もいるけど、わたしは売春なんか嫌いです。わたしにもプライドがありますっ」

ニーナは怒声を含んだ声で言い放つと、憤然と立ち上がった。

丹治は、ひとりで水割りを飲みつづけた。

数分が流れたころ、栗色《くりいろ》の髪のホステスが席にやってきた。体に密着した真珠色のドレスを着ていた。ミニ丈《たけ》だった。むっちりとした腿《もも》が悩ましい。

「わたし、ナターシャ。ニーナを困らせちゃ、駄目、駄目！　あの娘《こ》、真面目《まじめ》だから、アルバイトしないの。わたし、アルバイト、とっても嬉《うれ》しい。意味、わかるでしょ？」

女はウインクをして、丹治に体を寄り添わせてきた。しなだれかかるような坐り方だった。香水の匂《にお》いがきつい。

——この女は、金で何でも喋《しゃべ》りそうだな。

丹治はそう思いながら、ナターシャの長い髪を指先で弄《もてあそ》びはじめた。

「わたし、何かドリンク飲みたい」

「好きなもの頼めよ」

「ありがとう」

ナターシャは器用な手つきでマッチを擦《す》り、炎を高く翳《かざ》した。

ボーイが急ぎ足で近づいてきた。ナターシャが早口でカクテルの名を言った。訛《なまり》の強い英語だった。丹治には聞き取れなかった。

運ばれてきたのは、エメラルドグリーンのカクテルだった。ソーダ水のような色だ。ベースの酒は何も入っていないのかもしれない。

「あとで、どこかに連れてって」

ナターシャが丹治の水割りを作りながら、媚《こ》びる口調で言った。

「店は何時に終わるんだ？」

「十一時半よ。でも、お客さん次第で、いつでもフリーになれるの」

「いくらで、営業中のきみを外に連れ出せるんだい？」

丹治はナターシャの耳許で囁《ささや》いた。ナターシャは喜色《きしょく》を顔面ににじませ、拡げた掌《てのひら》に一本の指を添えた。六万円らしい。

「ちっとも高くない。わたし、朝まであなたと一緒ね。それから、スペシャルサービスもしてあげる」

「結構な値段だな」

「どんなサービスをしてくれるんだ？」

「それは、お後のお楽しみ！　ね、わたし、外に出たい」

「わかった、つき合おう。金は前払いか？」

「そう、三万円だけ」

ナターシャが言いながら、早くも手を出した。丹治は半金を渡した。

「わたし、支配人に断ってくる。それ、大切なルールね。すぐに戻ってくる」

ナターシャは嬉しそうに言い、すぐさま立ち上がった。そのまま彼女は、ステージの奥に向かった。

――あの女から情報を得たら、この店の前で米沢を張り込むか。

丹治は水割りを半分ほど飲み、米沢を見た。

米沢はホステスたちの胸の谷間に万札を突っ込んで、にたついていた。ホステスのひとりが米沢の頬《ほお》に感謝のキスをした。

ナターシャは一分そこそこで、丹治の席に戻ってきた。坐るなり、彼女は甘えるように言った。

「店の前の坂の途中に、小さなイタリアン・レストランがあるの。そのレストランの奥にホテルがある。先に行って、待ってて。わたし、あとから行くね。オーケー？」

「ああ。たっぷり愛し合おう」

丹治はナターシャの乳房に軽く触れ、そそくさと勘定を済ませた。それほど高くなかった。

店を出る。丹治は、教えられたホテルに足を向けた。造作《ぞうさ》なく見つかった。派手な作りではなかったが、明らかに情事のために建てられたホテルだった。

「後から、連れが来ることになってるんだ。ナターシャというロシア女性だよ」

丹治はフロントの男に言って、エレベーターで五階に上がった。選んだ部屋は五〇一号だった。

部屋に入る。シンプルな造りで、悪趣味なものは何も見当たらない。ダブルベッドとコンパクトなソファセットがあるきりだった。

丹治は上着を脱ぎ、ソファに腰かけた。

煙草を二本喫《す》ったとき、ドアがノックされた。丹治は立ち上がって、ドアに歩み寄った。

「わたしよ。開けて」

ナターシャの声だった。

丹治はなんの疑いもなく、ドアを開けた。その瞬間、心臓がすぼまった。

拳銃《けんじゅう》を構えた暴力団員風の男がナターシャの横に立っていた。

三十歳前後だった。平面的な顔で、眉《まゆ》が極端に薄い。両耳は外に大きく張り出している。

男に促《うなが》され、ナターシャが小走りに走り去った。どうやら罠《わな》に嵌《は》められたようだ。

「何を嗅《か》ぎ回ってやがるんだ」

男が圧《お》し殺した声で言いながら、部屋に押し入ってきた。

丹治は後退する恰好《かっこう》になった。拳銃はヘッケラー&コッホP7だった。ドイツ製の自動拳銃だ。口径が大きい割には、小ぶりである。全長は十七センチ弱しかない。すでにスライドは引かれている。

「なんか勘違いしてんじゃねえのか。おれは、ナターシャとベッドで国際親善試合をする気だっただけだ」

丹治は軽口をたたいた。

いつの間にか、恐怖は薄れていた。消音器を噛《か》ませていない拳銃など使えるわけがない。ただの威嚇《いかく》に過ぎない。

「ポケットに入ってるものを全部、床に投げ落としな」

「おれの何を疑ってるんだっ」

「言われた通りにしろ！」

眉の薄い男が苛立《いらだ》たしげに声を尖《とが》らせた。

丹治は運転免許証、財布、煙草、車のキーなどを足許に落とした。

「もっと後ろに退《さ》がんな」

男が言って、両手で銃把《グリップ》を握った。

銃口の揺れが凪《な》いだ。右手の指は、引き金《トリガー》に深く巻きついている。相手を刺激するのは賢明ではない。丹治は二メートルほど後退した。

男がカーペットに片膝をつき、片手で運転免許証を拾い上げた。

相手の視線が下がったとき、丹治は前に跳《と》んだ。弾《はず》みをつけたジャンプだった。宙で片方の腿《もも》を胸の近くまで寄せ、膝頭で男の顔面を蹴《け》り上げる。飛び膝蹴りだ。タイ語でカウ・ロイと呼ばれる大技だった。膝頭は、男の眉間《みけん》を直撃した。重く湿った音が響いた。

男は自動拳銃を持ったまま、仰向《あおむ》けに引っくり返った。幸い、暴発はしなかった。

丹治は着地すると、ふたたび右脚をスイングさせた。

今度は胸部を狙《ねら》った。肋骨《ろっこつ》の折れる音が聞こえた。男は呻きながら、また転がった。

丹治はゆっくりと近寄り、靴の底で男の右腕を思うさま踏みつけた。男が悲鳴をあげた。

ヘッケラー&コッホP7が手から零《こぼ》れた。

丹治は自動拳銃を摑み上げ、銃口を男の眉間に押し当てた。

「何者だ？」

「てめえに撃《ハジ》けるわけねえ。撃ってみろよ、おら！」

男がせせら笑った。

丹治は膝頭で男の内臓を圧迫し、銃把の角で額を打ち据《す》えた。骨と肉の潰《つぶ》れる音がした。男が怪鳥《けちょう》のような声を放ち、体を左右に振った。額は鮮血に染まっていた。

「喚《わめ》くな」

丹治は怒鳴りつけ、銃身を男の口中に捩入《ねじい》れた。男の呻《うめ》き声が低くなった。歯が銃身に当たって、かちかちと鳴りはじめた。

「どこの組の者だ？」

丹治は銃身を少し手前に引いた。男が不明瞭《ふめいりょう》な声で喋った。

「どこにも足《ゲソ》はつけてねえよ。一匹狼《おおかみ》さ」

「さっきの店の用心棒らしいな」

「………」

「どうなんだっ」

「そ、そうだよ」

「誰に頼まれた?」

「支配人だよ、クラブの」

「そいつの名は?」

「阿部《あべ》だ。下の名は知らねえ。あんたを脅して、何を探り回ってるのか吐かせろって……」

「阿部って奴は、誰かに頼まれたんじゃないのか?」

「そこまでは知らねえよ」

「なら、阿部に直《じか》に訊いてみよう」

丹治は男を摑み起こし、その頭頂部を銃把で強打した。頭蓋骨《ずがいこつ》が重く鳴った。

男が頭を押さえながら、転げ回った。スラックスを脱がせ、ベルトを引き抜く。

それを使って、丹治は男の手脚《てあし》をきつく縛った。さらに引き裂《さ》いたシャツで、猿轡《さるぐつわ》を嚙ませた。

男の股間《こかん》が濡《ぬ》れはじめた。恐怖のあまり、失禁したのだ。

「用心棒がその様《ざま》じゃ、漫画だな。こいつは貰《もら》っとくぜ」

丹治は拳銃のセーフティー・ロックを掛け、ベルトの下に差し入れた。床に落とした物を拾い上げ、大股でドアに向かった。

## 2

息が弾《はず》みはじめた。

ホテルを飛び出してから、走り詰《づ》めだった。

丹治は一分足らずで、クラブに駆け戻った。店の扉を開ける前に、色の濃いサングラスをかける。少しは印象が変わったはずだ。

丹治は店内に入った。

すぐに黒服の男が近づいてきた。最初に来たときに見かけた男ではない。二十五、六歳で、どことなく貧相な印象を与える。

「阿部支配人に会いたいんだ。どこにいる？」

「失礼ですが、どなたでしょうか？」

「黙って案内したほうがいいぜ」

丹治は低く凄み、上着の前を拡《ひろ》げた。

ベルトの下の拳銃に気づき、黒服の男が声を呑《の》んだ。すぐに数歩、後《あと》ずさりした。

「騒ぎたてたら、若死にすることになるぞ」

「わ、わかりました。支配人は奥の事務室にいます」

「回れ右して、先に歩け！」

丹治は命じた。

男は従順だった。体を反転させ、先に足を踏み出した。体がわなわなと震えていた。歩き方も変だ。顔は蒼《あお》ざめていた。

丹治は黒服の後につづきながら、店の中を見回した。

米沢の姿は見当たらない。罠を仕掛けたナターシャもいなかった。

事務室は、ステージの裏側にあった。その隣は更衣室になっていた。

丹治は事務室の前で、黒服の男に声をかけさせた。

すぐに男の声で応答があった。支配人の阿部だろう。丹治はヘッケラー&コッホP7を引き抜き、静かに安全弁を外した。

拳銃の扱いには馴れていた。英国の危機管理コンサルタント会社でアシスタント・スタッフを務めていた時分、週に二回は射撃訓練を受けていた。

「失礼します」

黒服の男が震え声で言って、ドアを開けた。

丹治は男の背を突き、事務室に押し入った。

人影は一つだけだった。スチール・デスクに向かっているのは、さきほど米沢と話し込んでいた中年の男だ。額が禿《は》げ上がって、てらてらと光っている。

「あんたが支配人の阿部だなっ」

丹治は喋りながら、黒服の男の頭部に銃口を押し当てた。男の震えが大きくなった。

支配人が奇声を発し、弾《はじ》かれたように立ち上がった。

「だ、誰なんです？」

「質問するのは、このおれだ。阿部だな？」

「そ、そうです」

「この拳銃が誰のものかわかるだろっ」

「さあ？」

阿部が首を捻った。

丹治は唇を歪め、阿部に銃口を向けた。阿部の顔面が引き攣《つ》った。目には、戦慄《せんりつ》の色が浮いていた。

「あんたがホテルに差し向けた用心棒は、いまごろ芋虫《いもむし》みたいに床を這《は》いずり回ってるはずだ」

「えっ」

「ナターシャをここに呼べ。三万円を返してもらわなきゃな」

丹治は、わざと静かに言った。穏《おだ》やかさが、かえって無気味に思えるはずだ。

「お金は、わたしが払います。だから、どうか撃たないでください」

「店にナターシャはいないのか？」

「はい、いません。お客さんとちょっと外にね。いま、お金を出します」

阿部が上着の内ポケットから、黒革の札入れを掴み出した。

「札入れごと投げるんだ」

丹治は言った。

阿部が黙ってうなずき、財布をアンダースローで投げた。丹治は片手でキャッチした。

札入れは厚く膨《ふく》らんでいた。少なくとも、五十万円は入っていそうだった。

「迷惑料として、そっくり貰《もら》うぜ」

「そ、そんな！　十万円で勘弁してくださいよ」

「命よりも銭が大事だっていうのか？」

「わ、わかりました。お金は全部、差し上げます」

阿部がそう言い、長嘆息《ちょうたんそく》した。

丹治は万札をすべて引き抜き、小銭だけになった札入れを部屋の隅に投げ捨てた。

阿部が、また長く息を吐いた。

札束を上着のポケットに突っ込みながら、丹治は鋭く言った。

「あんたは日栄交易の米沢社長に頼まれて、頼りにならねえ用心棒をホテルに寄越《よこ》したんだな！」

「…………」

「どうした、急に日本語を忘れちまったのか？　それなら、思い出させてやろう」

丹治は引き金に深く指を巻きつけた。阿部が片手を前に突き出し、後ろに退《さ》がった。

「や、やめてください！　あなたの言う通りです。米沢社長に頼まれて、仕方なく……」

「ここのホステスやダンサーは、米沢がロシアから密入国させてるんだなっ」

「そうです」

「米沢は、どんな方法でロシア女たちを入国させてるんだ？」

丹治は訊いた。

「詳《くわ》しくはわかりませんけど、ロシアの貨物船に女たちを乗せて、北海道、青森、秋田、新潟といった貿易港の沖で、日本の漁船や釣り船に移してるようです」

「やっぱり、そうだったか」

「もっとも最近は日本の海上保安庁や税関の取り締まりが厳しくなったとかで、日本海の沖合で密航者を別の船に移し換えてるって話でしたがね」

阿部が素直に喋った。

「ロシア船による密輸が急増してるんで、日本側も水際《みずぎわ》作戦を強化したんだろう」

「そうらしいですよ。なにしろ、この一年でロシア船の密輸事件が約三百五十件も発生してますからね」

「米沢は、女たちの密航の手引きをしてるだけじゃないはずだ。銃器も密輸してるな？」

「そこまでは知りません。ただ、酔った勢いで、ロシアン・マフィアが軍の横流し銃器をウラジオストクの秘密倉庫に二万挺《ちょう》も保管してあるという話を洩《も》らしたことはあります。だから、ひょっとしたら……」

「トカレフ、マカロフ、ＡＫＳ74突撃銃といった銃器だけじゃなく、核ミサイルなんかも闇《やみ》取引してるはずだ」

「核ミサイルまで⁉」

「ああ。ロシアは外貨不足から、武器輸出に踏み切ったんだよ。現に、スホイ27戦闘機と対空防衛システムなんかを中国に売却した」

丹治は説明した。だいぶ前に新聞報道で知った事実だった。

「そうなんですか。国際問題には、あまり関心がないもんだから」

「ロシアに限らず、独立国家共同体《ＣＩＳ》の国々はどこも兵器がだぶついてる。中古の核兵器や高度の軍事技術を中国、北朝鮮、インドなんかに売れば、自国の経済が潤《うるお》うってもんだ」

「そうでしょうね」

「旧ソ連時代の兵器は、中国と国境を接するカザフスタン、キルギスタン、タジキスタンなんて国に大量にあるはずだ」

「詳しいんですね」

阿部が感心した顔つきで言った。

丹治は面映《おもは》ゆかった。いま長々と語った知識は、東都テレビや『オフィスK』のスタッフが集めたデータから得たものだった。

「おたく、軍事関係の方なんですか？」

黒服の男が、おずおずと問いかけてきた。

「余計な口はきくな」

「すみません。おれ、シミュレーションゲームに凝《こ》ってるもんだから、つい……」

「おとなしくしてろ」

丹治は男に言い、阿部に顔を向けた。

「築地の豊和水産の人間は、この店に飲みに来てるのか？」

「社長の児玉さんが米沢さんと一緒に一度だけ来たことがあるだけです」

「米沢がどこかの商社の人間と一緒にここに来たことは？」

「いいえ、そういうことはありませんでした」

「そうか。それはそうと、米沢は何時ごろ店を出たんだ？」

「十五、六分前にお帰りになりました」

「この時間じゃ、新千歳空港行きの最終便にゃ間に合わない。奴は今夜、都内のどこかに泊まるつもりだな」

「さあ、そのへんのことはわかりません」

阿部が急にそわそわしはじめた。米沢の居場所を知っているのだろう。

「おい、床に腹這《はらば》いになれ！」

丹治は黒服の男に言った。

男は命令に従った。丹治は机に歩み寄り、支配人の阿部を肘掛《ひじか》けの付いた回転椅子《いす》に坐らせた。

「わ、わたしをどうする気なんです⁉」

阿部が恐怖で顔を歪《ゆが》ませた。

「米沢はどこにいる？」

「知りません。ほんとです」

「とぼける気らしいな」

丹治は言いざま、阿部を椅子ごと勢いよく回転させた。

阿部が足を踏んばろうとした。

丹治はそれを許さなかった。さらに阿部の坐った椅子を激しく回し、左の回し蹴りを放った。空気が躍った。

阿部が悲鳴をあげ、椅子から吹っ飛んだ。

椅子も倒れた。丹治はアームチェアを起こしながら、阿部を見据えた。

「米沢の居所を喋る気になったかい？」

「ほんとに知らないんですよ」

「粘るな、あんたも」

丹治は薄く笑って、阿部の脇腹《わきばら》にキックを浴びせた。

靴の先が腸《はらわた》に届いた感触があった。阿部が歯を剝《む》き出しにして、床を転げ回った。

丹治は無言で、またもや蹴りを入れた。

今度は肩だった。阿部の体が独楽《こま》のように回った。口からは、鮮血が滴《したた》った。舌を嚙んでしまったのだろう。

丹治は回転椅子に腰かけ、阿部の胸の上に片足を載《の》せた。

「このまま右足に体重をかけりゃ、あんたの肋骨《ろっこつ》は折れることになる。運がわるけりゃ、圧死しちまうだろう」

「こ、殺さないでくれーっ」

阿部が悲痛な声で哀願した。口許は血まみれだった。

「米沢はどこだ？」

「自分のマンションにいます。米沢さんは、東京にも事務所を兼ねた部屋を持ってるんですよ」

「そこは、どこだ？」

「この近くです。米沢さんのマンションは、防衛庁の裏手に……」

「そのマンションに連れて行け。さっさと立つんだっ」

丹治は声を張った。

阿部が反射的に起き上がった。怯《おび》えきった表情だった。

「尾《つ》けてきたり、一一〇番したら、支配人を殺《や》っちまうぜ」

丹治は黒服の男を威《おど》し、阿部のサスペンダーを乱暴に外した。

灰色のスラックスが下腹の近くまで、一気にずり落ちた。ツータックのスラックスだった。

阿部が慌ててスラックスを手で押さえた。そんな恰好では敏捷《びんしょう》には動けないはずだ。

丹治は自動拳銃の安全装置を掛け、ベルトの下に戻した。

阿部がスラックスを押さえながら、先に事務室を出た。

丹治はすぐに阿部の横に並び、小声で言った。

「そんな情けなさそうな面《つら》するな。もっと愉《たの》しそうな顔をしろよ」

「は、はい」

阿部が無理に頬を緩《ゆる》めた。笑みにはなっていなかった。泣き顔に似ていた。

店を出ると、二人は歩いて目的のマンションをめざした。五、六分の道のりだった。

洒落《しゃれ》たタイル張りの建物の半分は、明かりが灯《とも》っていない。暗い部屋は、オフィスとして使われているようだ。

マンションは、オートロック・システムではなかった。管理人もいない。

丹治は阿部と七階まで上がった。米沢の部屋は七〇五号室だった。

「インターフォンを鳴らしたら、米沢におれを監禁したって言え」

丹治は部屋に向かいながら、阿部に言い含めた。阿部は無言でうなずいた。

部屋の前に来た。

丹治は拳銃を手にして、ドアの横の壁にへばりついた。阿部が深呼吸してから、インターフォンを鳴らした。

ややあって、スピーカーから男の声が響いてきた。

米沢だろう。阿部は、丹治の言った通りに喋った。スリッパの音が聞こえ、内錠の外れる音がした。

丹治は阿部の肩を引っ掴んで、先に玄関の中に押し入れた。青いバスローブ姿の米沢が拳銃を見て、跳《と》びすさった。

「大声出したら、ぶっ放すぜ」

丹治は米沢に言って、阿部とともに玄関ホールに上がった。阿部は大急ぎで靴を脱いだが、丹治は土足だった。

米沢の背を押しながら、奥に進む。

短い廊下の向こうに、飴色《あめいろ》の執務机《しつむづくえ》やOA機器の並んだ部屋があった。その右隣は十五畳ほどの寝室だった。

ベッドの下に、二人の裸女が転がされていた。

ひとりはナターシャだった。もうひとりの白人女も、ロシア人らしい。風貌《ふうぼう》は、どことなく東洋人に近かった。

彫りこそ深いが、髪も瞳も黒い。二人の女は、どちらも革紐《かわひも》や鎖《くさり》で手足を縛られていた。

「黒髪の女も、店のホステスなのか?」

丹治は阿部にたずねた。

「ええ、そうです。ソーニャという名です」

「この女たちはマゾなのか?」

「いいえ、ちがいます。あくまでもビジネスとして、マゾヒストを演じてるだけです」

「米沢は、この二人を時々、買ってるようだな」

「ええ、まあ」

阿部がうつむき加減で答えた。

「妙な趣味があるんだな」

丹治はヘッケラー&コッホP7の安全装置を解《と》き、銃口を米沢に向けた。米沢は何か言いたげだったが、睨《にら》み返してきただけだった。

「女たちを自由にしてやれ」

丹治は阿部に言い、米沢を正坐させた。バスローブの前がはだけ、赤い褌《ふんどし》が見えた。

「珍奇《ちんき》な恰好《かっこう》をしてやがる。褌なら、浴衣《ゆかた》のほうがいいだろうが」

「おたく、誰なんだ？　なんで、おれを尾行してるんだっ」

米沢が言った。

「どこで、おれの尾行に気づいたんだ？」

「瞑想サロンの受付嬢が、おたくのことを教えてくれたのさ」

「それで、わざとおれをロシアン・クラブに誘い込んで、妙な色仕掛けを……」

「おたく、どっかの税関職員か何かなのか？」

「税関の人間が苦手らしいな。それは、ロシアン・マフィアとつるんで密輸してるからなんだろっ」

「おれは悪いことなんかしちゃいない。ロシアの漁業公団から、正規に蟹《かに》や鰈《かれい》を輸入してるだけだ」

「白々しいことを言うな。おまえはロシアのマフィアと結託して、ロシア人ホステスたちの密入国の手引きや旧ソ連製兵器の密輸をしてるはずだ。こっちは証拠を握ってるんだ！」

丹治は、はったりをかませた。

米沢が一瞬、ぎくりとした。だが、すぐに怒りで顔を膨らませた。

「きさまを名誉毀損《きそん》で訴えてやる！」

「やれるものなら、やってみるんだな」

丹治は鼻を鳴らした。

そのとき、阿部がナターシャとソーニャの縛《いまし》めを解き終えた。どちらも肉感的な体だった。ことに胸と尻《しり》がセクシーだ。

ソーニャは毛深い。黒々とした陰毛は猛々《たけだけ》しいほどだった。

丹治は、ナターシャに銃口を向けた。

「さっきは、よくも騙《だま》してくれたな。礼を言うぜ」

「わたし、支配人に言われたことをやっただけ。あなたから貰ったお金、支配人に全部渡したね。嘘《うそ》じゃない」

「金は、もう返してもらったよ。あんたたち三人で米沢のバスローブを脱がせて、革紐と鎖で縛り上げろ」

「そんなこと……」

ナターシャが首を振りかけ、阿部に救いを求めるような眼差《まなざ》しを向けた。すると、阿部が即座に言った。

「二人とも逆《さか》らわないほうがいい」

「わかったわ」

ナターシャが観念し、かたわらのソーニャを目顔《めがお》で諭《さと》した。

「なんで、おれを縛らせるんだっ」

米沢が怒鳴った。

「サディズムとマゾヒズムは表裏一体だって説がある。おれは、その仮説を検証してみたくなったのさ」

「おれは、ＳでもＭでもない。ちょっと遊びで、ＳＭプレイをやってただけなんだ。だから、縛らないでくれ」

「ここまできたら、もう諦《あきら》めるんだな」

丹治は冷ややかに言い放ち、阿部たちに目配せした。

三人は、まず米沢のバスローブを剥《は》いだ。

贅肉《ぜいにく》だらけの体が見苦しい。太鼓腹《たいこばら》は西瓜《すいか》ほどの大きさだった。

「やめろ、おまえら！」

米沢が必死の形相《ぎょうそう》で暴《あば》れはじめた。阿部と二人の女が少し怯《ひる》んだ。

丹治はベッドに腰かけ、ヘッケラー＆コッホＰ７の銃口を米沢の体に押し当てた。

そのとたん、米沢は無抵抗になった。

阿部たち三人が協力し合って、革紐と鎖で米沢を逆海老《ぎゃくえび》固めにした。ソーニャが何かに取り憑《つ》かれたような顔で、米沢の口の中に自分のパンティーを突っ込んだ。

「米沢がいつも使ってる責め具は、どこにある？」

丹治はナターシャに訊いた。

「クローゼットの中よ」

「出してくれ」

「いいわ《ダー》」

ナターシャが自国語で返事をし、クローゼットから銀色の大きな箱を引っ張り出した。玉手箱に似た形だった。

ナターシャが箱をひっくり返した。

革の鞭《むち》、三角形の金属鋲《びょう》の付いたグローブ、結び目が幾つもある太い麻縄《あさなわ》、脂《あぶら》の染《し》み込んだ三尺棒、ミシン針、十数個の大型の紙挟み、大小のろうそく、携帯用バーナー、千枚通し、毬《いが》状の金属玉、バイブレーター、浣腸《かんちょう》器セットなどが床にぶちまけられた。

「これだけ責め具を揃《そろ》えてやがって、単なるプレイだと？　ふざけるな、変態野郎！」

丹治は罵倒《ばとう》して、米沢を蹴飛ばした。米沢が、くぐもった呻き声をあげた。

「好きな責め具を使って、米沢を嬲《なぶ》ってやれ」

丹治は、阿部たち三人に言った。

ナターシャが真っ先に太いろうそくに火を点けた。ソーニャは少し考えてから、鞭を選び取った。阿部は米沢の仕返しを恐れているらしく、何も手にしようとはしない。

「あんたは、クリップで米沢のたるんだ肉を挟め。やらなきゃ、あんたを縛ることになるぜ」

丹治は威《おど》した。

阿部が泣き出しそうな顔で、大型クリップを幾つか掴み上げた。

鞭が唸《うな》り、溶けたろうが垂らされた。米沢は贅肉をクリップで抓まれた。不様な姿だった。

米沢が身をくねらせながら、苦痛の声を洩らしはじめた。詰め物で声は殺され、それほど高くは聞こえなかった。

「他人《ひと》をいじめるって、愉《たの》しいね。わたし、癖《くせ》になりそう」

ナターシャが嬉々《きき》として言い、ろうそくの炎で米沢の皮膚を焼きはじめた。

ソーニャは鞭打ちに飽《あ》きると、栗の毬《いが》に似た金属玉を米沢のほぼ全身に叩《たた》きつけた。阿部は鋲《びょう》付きのグローブを使った。

米沢の体は火脹《ひぶく》れや痣《あざ》だらけになった。血も噴《ふ》いている。

女たちの嬲《なぶ》り方は凄《すさ》まじかった。二人とも、いつしか本気になっていた。

千枚通しやミシン針で米沢の体を刺し、三尺棒で力まかせに殴打した。ソーニャは携帯バーナーの炎で、米沢の足の裏を執拗《しつよう》に炙《あぶ》ったりもした。ナターシャは面白がって、米沢の肛門《こうもん》にバイブレーターを突っ込んだ。

米沢は断続的に白目を剝《む》き、死にかけの獣のようにのたうち回った。

阿部は何度も吐きそうになった。いつからか、彼はリンチに加わらなくなっていた。

丹治は、米沢が悶絶《もんぜつ》する前にナターシャたちにサディスティックなゲームをやめさせた。ソーニャに、米沢の口の中の下着を取り除《のぞ》かせる。

「こんな検証は長くやりたくねえんだ。早いとこ喋ってくれ」

「言う、言うよ」

米沢が喘《あえ》ぎながら、切れ切れに言った。いかにも苦しそうだった。

丹治は、少し時間を与えてやった。

呼吸が楽になると、米沢はロシアン・マフィアと組んで密入国者の手引きや魚介類、毛皮、貴金属、銃器などの密輸をやっていることを白状した。密航者や密輸品を運んでいるのが豊和水産の船であることも認めた。

「マフィアのボスの名を言え！」

「デニーソビッチという男だ。旧ソ連時代に国家保安委員会《KGB》の幹部だった奴だよ」

「そいつは喰《く》えなくなって、犯罪組織の親玉になったらしいな」

「その通りだよ。デニーソビッチは、貧乏暮らしにうんざりしてるロシア軍の将校たちに金を握らせて、どんな品物でも必ず調達してくれてるんだ」

「核ミサイルも買い付けてるなっ」

「おれには、核兵器なんか捌《さば》けないよ」

「一介のブローカーじゃ、そうだろうな。しかし、丸星商事なら、捌けるだろう。おまえは丸星商事のダミーなんだろっ」

　丹治は語気を荒げた。

「丸星商事には、知り合いなんか誰もいないよ」

「空とぼけるな。瞑想サロンで、松永直人とよく落ち合ってるじゃないか！」

「そんな奴、知らない」

「スポンサーを庇《かば》い通す気なら、おまえを撃ち殺す」

「まさか本気で撃つ気じゃないだろうな⁉」

「消音器がなくても、こうすりゃ、銃声はだいぶ消せる」

つけた。

丹治は枕《まくら》を摑んで立ち上がった。米沢の心臓のあたりに枕を当て、銃口を強く押し

米沢がどもりながら、大声で言った。

「ま、待ってくれ、頼むから、撃たないでくれーっ。丸星商事に頼まれて、核ミサイルを五十基ばかり手に入れた」

「ミサイルの種類は？」

「戦域《いき》核ミサイルと呼ばれてる準中距離弾道ミサイルだよ。俗に、ＭＲＢＭって言われてるやつさ」

「その核ミサイルは、どこに流れたんだ？」

「南米とアフリカの某国とだけしか教えてもらってない。それに戦域核ミサイルは日本を素通りして、ロシアと日本の貨物船がリレーしながら、直《じか》に発注国に運ばれてるんだ。松永さんもデニーソビッチも絶対に発注国は教えてくれないんだよ。核ミサイルに関しては、おれは単なる丸星商事のメッセンジャーにすぎないんだ」

「命懸《が》けで丸星商事を庇《かば》うとは、たいした忠誠心だな」

「ほんとの話なんだ。信じてくれよ」

「おれは、それほどお人好《ひとよ》しじゃないぜ。死にやがれ」

丹治はことさら冷然と言い、引き金を絞る真似《まね》をした。

すると、米沢は長く唸って意識を失ってしまった。頬を殴りつけても、息を吹き返さなかった。

丹治は、ナターシャにミシン針で米沢の体を突つかせてみた。少しすると、米沢はようやく意識を取り戻した。

「今度喋らなかったら、必ず撃つ！」

丹治は宣言した。

と、米沢は自分の舌を噛んだ。だが、噛み千切《ちぎ》れなかった。夥《おびただ》しい血を吐きながら、転げ回りはじめた。獣じみた唸り声だった。

これ以上、脅したら、ふたたび舌を噛む気になるかもしれない。米沢を死なせるわけにはいかなかった。

「救急車を呼んでやれ」

丹治は阿部に言って、足早に寝室を出た。

だしぬけにスチール・ドアが開き、角刈りの厳《いか》つい男が飛び込んできた。二十五、六歳だろう。表情が険《けわ》しかった。色黒だった。

「あんた、誰だい？」

丹治は先に口を開いた。

「米沢社長に何をしたんだっ」

ク」の留守番だな」

「おい、ちゃんと答えろ！」

角刈りの男が声を張り、腰の後ろから棒のような物を引き抜いた。

それは、魚河岸《うおがし》などで使われている手鉤《てかぎ》だった。ほぼ直角に張り出した先端のフックは、鋭く尖《とが》っていた。

「おまえとじゃれ合ってる時間はない」

丹治はヘッケラー＆コッホＰ７を引き抜いた。

男が怯《ひる》んで、廊下まで退《さ》がった。丹治は男に銃口を向けながら、すぐに玄関を出た。

そのとき、男が手鉤を振り被った。

まさかマンションの廊下で発砲するわけにはいかない。丹治は男の向《む》こう臑《ずね》を蹴り、すぐさま横に跳《と》んだ。

男は呻《うめ》きながらも、手鉤を勢いよく振り下ろした。

空気が鳴った。しかし、だいぶ的《まと》から逸《そ》れていた。男が前屈《まえかが》みになった。

丹治は鋭い目を眇《すが》め、相手の首筋に銃把《グリップ》を叩きつけた。

肉が弾んだ。男が短く唸《うな》って、膝から崩れた。丹治は自動拳銃を腰に戻し、大股でエレベーターホールに向かった。

男が追ってきた。ホールには誰もいなかった。

「怪我してえのかっ」

丹治は体を反転させ、男を睨《ね》めつけた。

男が怒号を放ちながら、手鉤をやみくもに振り回した。丹治はウェービングで躱《かわ》しながら、反撃のチャンスを待った。

それは、ほどなく訪れた。

丹治はサイドステップを踏んで、右の回し蹴りを浴びせた。ハイキックだった。角刈りの男が斜めに吹っ飛んだ。

倒れた瞬間、手鉤が床に落ちた。

丹治は、それを遠くに蹴ろうとした。その前に、男が隠し持っていた小庖丁《こぼうちょう》で丹治の臑を抉《えぐ》る素振りを見せた。

丹治は後ろに退《さ》がった。だが、小庖丁の切っ先は丹治の靴を傷つけていた。未樹からプレゼントされたイタリア製の靴だった。

丹治は頭に血が昇《のぼ》った。

男の右手首を蹴りつけ、素早く手鉤を拾い上げた。男が慌《あわ》てて半身を起こした。その目は、床に転がった小庖丁に注《そそ》がれていた。

丹治は男の右肩に手鉤を力まかせに埋めた。

みじんも迷わなかった。鋭利な鉤《かぎ》は、深々と男の肉の中にめり込んでいた。

男が悲鳴を轟かせながら、その場に頽《くずお》れた。衣服に赤い染《し》みが拡《ひろ》がりはじめた。

「ばかな野郎だ」

丹治は嘲笑《ちょうしょう》し、手鉤で男を階段のある場所まで引きずっていった。

ちらりと振り返ると、ホールの床に赤い線が生まれていた。血の条《すじ》は、それほど太くなかった。肉に埋まったままの手鉤が、血止めの役目を果たしているのだろう。

「な、なにする気なんだよ⁉」

「じきにわかるさ」

丹治は階段のステップを数段下《くだ》るなり、手鉤を強く引いた。

男は手鉤を肩口に喰《く》い込ませたまま、階段を転がり落ちていった。体が大きく弾んだとき、手鉤が撥《は》ねた。

男は踊り場まで落下し、苦しげな声をあげはじめた。手脚《てあし》の骨が折れたようだ。

──首の骨が折れなかったんだから、儲《もう》けもんだと思うんだな。

丹治は胸底で毒づき、エレベーターホールに足を向けた。

3

「調査、捗《はかど》ってる？」

電話の向こうで、未樹が訊《き》いた。いくらか酒気を帯びているようだった。

パジェロは、だいぶ六本木から遠ざかっていた。いまごろ、米沢のマンションには救急車が駆けつけているだろう。米沢と角刈りの男は、同じ病院に収容されるのかもしれない。

丹治は片手運転しながら、送話口に声を送った。

「調査は、まあまあだ。それより、ご機嫌そうだな？」

「知り合いに、ちょっといいワインを貰ったのよ。飲みに来ない？」

「いいね。これから、中目黒に向かおう」

「いま、どこ？」

「玉川通りを渋谷に向かってるとこだ。西麻布ランプの近くだよ」

「そう。それじゃ、何かオードブルをこしらえておくわ」

「よろしく！」

丹治は電話を切った。

数百メートル走ると、西麻布の交差点にぶつかった。交差点を左に折れ、明治通りに向かう。

右手に聖心女子大のキャンパスが見えてきたころ、また携帯電話が鳴った。

丹治は携帯電話を耳に当てた。ほとんど同時に、麻沙美のしっとりした声が流れてきた。

「諏訪です」

「手間をかけさせちゃったな」

「いいえ。こないだは、ごめんなさいね。丹治さんと部屋でゆっくりお酒を飲むつもりだったんだけど」

「こっちこそ、失礼しました。三善さんのことを知ってれば、のこのこ部屋までついていくことはしなかったんですがね」

「あの晩で、三善とは別れることにしたの。顧問弁護士も解約したんです」

「おれのことで、三善氏は何か誤解したんじゃないのかな？」

丹治は気になって、思わず問いかけてしまった。三善と顔を合わせたとき、唇に麻沙美のルージュがほんの少し付着していたにちがいない。

「ううん、そうじゃないの。あなたは無関係よ。三善の誠意のなさに、わたしの気持ちが冷めてしまったの」

「三善氏とは、どのくらいの仲だったんです？」

「丸二年つき合ったの。三善は奥さんと別れると言ってたんだけど、結局、その言葉はその場限りの言い逃れだったのよ」

「あなたのような有能なニュースキャスターが結婚したがる気持ちがわからないな。

仕事を精力的にこなし、自由な恋愛をするタイプに見えるがな」

「別に結婚という形態に憧《あこが》れたわけじゃないの。両天秤《りょうてんびん》にかけられてることに、わたし、耐《た》えられなくなったんです。だから、三善に二者択一を迫ったんだけど」

麻沙美の声が沈んだ。弁護士の三善に、まだ未練があるのだろう。

「月並な言い方だが、三善氏だけが男じゃありませんよ」

「そうね」

「話は飛びますが、調査は順調です」

丹治は故意に話題を転じ、これまでの収穫を手短に話した。

「そうすると、日栄交易の米沢あたりがいちばん怪しいのね？」

「ええ、それから丸星商事も。米沢が吐いたことは事実だと思います。それにしても、驚きましたよ。天下の丸星商事がダミーの米沢を使って、ロシアン・マフィアから準中距離核ミサイルを五十基も手に入れ、それを南米やアフリカの国々に転売してたとはね」

「松永さんが事件に絡《から》んでたなんて皮肉だわ」

「辛いだろうが、この際《さい》、私情は……」

「わかってます。これでもキャスターの端《はし》くれですから、絶対に個人的な感情に左右されたりはしません」

「それじゃ、とことん調査を進めよう」

「ええ、そうしてください。それはそうと、三善のことで丹治さんに話しておきたいことがあるんです」

「どんなことです？」

「電話では、ちょっと話しにくいことなの。これから、こちらに来ていただけません？お願いします」

麻沙美が縋《すが》るような口調で言った。

丹治はダッシュボードの時計を見た。午前零時二十分過ぎだった。

「こちらは仕事だから、何時でもかまいませんよ。それに近くを走ってるんで、すぐに行けると思います」

「それでしたら、ぜひ寄ってください」

麻沙美が切迫《せっぱく》した声で言った。

丹治は快諾《かいだく》し、終了キーを押した。車を路肩に駐め、未樹のマンションに電話をかける。

事情を話すと、未樹が屈託《くったく》のない声で言った。

「そういうことなら、諏訪さんのとこに行ってあげて」

「何時になるかわからないが、あとで必ず中目黒に回るよ」

「待ってるわ」

未樹の声が途切れた。

丹治は車を発進させ、少し先の天現寺《てんげんじ》交差点を左折した。七、八分走ると、人気ニユースキャスターの住む超高級マンションに着いた。

丹治は車をマンションの前の路上に駐《と》め、すぐに外に出た。人っ子ひとりいなかった。

マンションの表玄関に向かいかけたとき、非常階段を駆け降りてくる靴音がかすかに聞こえた。女の足音のようだ。

こんな夜更けに、いったい誰が非常階段を利用しているのか。

丹治は不審に思い、夜道にたたずんだ。

ややあって、マンションの通用口から濃紺のトレンチコートを着た若い女が走り出てきた。襟《えり》を立て、顔半分を隠している。両手には、黒い革手袋を嵌《は》めていた。

――怪しい女だ。

丹治は、相手の動きを見守った。

女は丹治に気づくと、ぎくりとした。一瞬、足が止まった。

なんと女は、フリーアナウンサーの山路知佐子だった。先日、麻沙美にカラースプレーを噴《ふ》きかけた女だ。

また人気キャスターに何かする気になって、このマンションに来たのではないのか。

しかし、表玄関から建物の中には入れない。そこで彼女は非常階段を使って、侵入を試《こころ》みたのだろうか。

丹治は大股で知佐子に歩み寄った。知佐子が顔を強張《こわば》らせた。

「煙草の火、お借りできないかな」

丹治は向き合うなり、そう話しかけた。

「ライターもマッチも持ってません」

「そいつは残念だ。ところで、あなた、山路知佐子さんでしょ？」

「いいえ、違います。人違いです」

「いや、やっぱり山路さんだ。あなたが出演してるテレビを何度も拝見してるんですよ」

「違うと言ってるじゃありませんかっ」

知佐子が激した口調で言い、斜めに足を踏み出そうとした。丹治は行く手を阻《はば》んだ。

「失礼じゃありませんか！　どいてください」

「夜中にマンションの非常階段を降りてくる女性がいたもんだから、ちょっと気になったんですよ。いったい何をしようとしてたんです？」

「あなたには関係のないことでしょ！」

「なんか怪しいな。このマンションには、確かニュースキャスターの諏訪麻沙美が住んでたはずだ」

「それがどうしたって言うんですっ」

「あなたがキャスターを逆恨《さかうら》みしてるって噂を耳にしたことがあるんでね」

「何者なの⁉」

知佐子が薄気味悪そうに言って、丹治の顔を振り仰《あお》いだ。目が険《けわ》しかった。

「友人が『オフィスK』にいるんですよ。あなたは諏訪麻沙美の反対で、『ニュースオムニバス』のレギュラー出演者に起用されなかったとか？」

「そんな噂、事実無根です。どいてください。どかないと大声をあげますよ！」

「勇ましいんだな」

丹治は苦笑して、路《みち》をあけた。

ちょうどそのとき、マンションの地下駐車場から白いクラウンが飛び出してきた。かなりのスピードだった。クラウンはタイヤを軋《きし》ませながら、闇の奥に紛《まぎ》れた。運転者は男だった。

知佐子が駆け出しはじめた。
五、六メートル先で、急に前のめりに倒れた。どうやら足を縺《もつ》れさせてしまったらしい。トレンチコートの裾《すそ》が跳《は》ね上がった。

知佐子は素早く身を起こした。

そのとき、トレンチコートのポケットから何か転げ落ちた。小さな壜《びん》だ。

「大丈夫か？　何か落としたよ」

丹治は声をかけ、知佐子に近づこうとした。

すると、知佐子が全速力で走りはじめた。落とした物は拾わなかった。そのまま彼女は、逃げ去った。

丹治は数歩進んで、路上の小壜を拾い上げた。茶色だった。

中身は薬品のようだ。暗くて、ラベルは読めない。

丹治はマンションの表玄関の前まで走った。

そのあたりは明るかった。立ち止まって、ラベルの文字を目で追う。中身は稀《き》硫《りゅう》酸《さん》だった。

小壜は、しっかりと栓《せん》がしてあった。未開封であることは間違いない。

おそらく知佐子は非常階段を使って、麻沙美の部屋に行く気だったのだろう。そして、人気キャスターの顔面に稀硫酸をぶっかけるつもりだったにちがいない。

しかし、どの階の非常扉も外からは開けられなかった。それで、やむなく引き揚げるところだったのだろう。

なぜ、知佐子は執拗に麻沙美を狙っているのか。

『ニュースオムニバス』に起用されなかったことだけで、麻沙美を恨んでいるのではなさそうだ。二人の女の間に、他人には言えないような確執《かくしつ》があったのではないか。

丹治は稀硫酸の小壜を上着のポケットに突っ込み、集合インターフォンに近寄った。麻沙美の部屋番号を押す。

応答はなかった。しばらく待ってみた。それでも返事はない。

手洗いにでも入っているのか。

丹治は、麻沙美の部屋に電話をかけてみた。しかし、コールサインが虚《むな》しく鳴りつづけるばかりだった。

厭《いや》な予感が生まれた。

丹治はマンションの表玄関に戻り、居住者か来訪者がやってくるのを待った。五分ほど経つと、銀髪の紳士がインターフォンに歩み寄ってきた。足の運びが心許ない。

老紳士は酔っていた。銀座で深酒をして、娘夫婦の部屋に泊めてもらうことになったという話だった。

丹治は理由を話し、老紳士と一緒にオートロック・ドアを潜《くぐ》らせてもらった。

老紳士は五階でエレベーターを降りた。丹治は九階まで昇り、人気ニュースキャスターの自宅に急いだ。

ほどなく部屋に着いた。

インターフォンを勢いよく鳴らす。スピーカーは沈黙したままだった。またもや禍々《まがまが》しい予感が胸を掠《かす》めた。

丹治は何かに急《せ》きたてられ、ノブを摑《つか》んだ。なんの抵抗もなく回転した。

「わたしです」

丹治は言いながら、玄関に躍《おど》り込んだ。

人の動く気配はしない。何気なく下を見ると、玄関マットが歪《ゆが》んでいた。スリッパラックも傾いている。誰かが慌てて部屋から出ていったようだ。

丹治はそう直感し、靴を脱いだ。

居間に走り入ると、ソファに坐った麻沙美の後ろ姿が目に映《えい》じた。右肩が、やや下がっている。

身じろぎもしない。髪の毛の下に、肌色の布きれが見えた。パンティーストッキングだった。それは、麻沙美の首に深く巻きついていた。

「諏訪さん！」

丹治は叫んで、麻沙美の前に回った。

人気ニュースキャスターは顎《あご》をのけ反らせ、彫像のように動かない。

丹治は麻沙美の手首を取った。まだ温《ぬく》もりはあったが、脈動《みゃくどう》は伝わってこなかった。

パンティーストッキングは二重になっていた。どうやら部屋の主は、不意に後ろから首を絞められたようだ。

右手の指が二本、パンティーストッキングに掛かっていた。眉《まゆ》が歪み、半開きの口から舌が覗《のぞ》いている。およそ美人には似つかわしくない死にざまだった。

丹治はパンティーストッキングをほどいてやりたかったが、そのままにしておいた。死体を動かすことによって、捜査当局が手がかりを失う恐れがあったからだ。

尾行や張り込みには、丹治はそれなりに自信を持っていた。だが、科学捜査では警察に太刀打《たちう》ちできるものではない。

犯人の遺留品が見つかるかもしれない。

ふと丹治は思い立って、2LDKの室内をくまなく検《しら》べてみた。

どの部屋も物色されてはいなかった。遺留品と思われる物は、何も落ちていない。

丹治は居間に戻り、改めてリビングセットの周囲を観察した。不審な物は見当たらなかった。争った痕跡《こんせき》もない。

麻沙美はソファに腰かけた状態で、絞殺されている。犯人は、気心の知れた人物にちがいない。

いったい誰の犯行なのか。

丹治はそう思いながら、テーブルの灰皿を覗き込んだ。

うっすらと口紅の付着したパーラメントの吸殻が五本あった。麻沙美が愛煙していたアメリカ煙草だ。

客の吸殻は一本も残されていない。コーヒーも酒も出された様子はなかった。

何か見落としてるかもしれない。

丹治はダイニングキッチンに移った。

食堂テーブルの上に、飲みかけのコーラと食べかけのシュリンプピザが残されていた。ピザは、二十五、六センチ四方の平べったい箱に入ったままだった。三分の二ほど消えている。麻沙美が食べたのだろう。

丹治は中腰になって、コーラの入ったゴブレットの縁《ふち》を仔細《しさい》に眺めた。

口紅は付いていなかった。ゴブレットのすぐ横に、油の染《し》みたペーパーナプキンが丸めてあった。それには、ルージュが付着していた。

——口紅って、そんなにきれいに拭《ぬぐ》えるもんだろうか。

丹治は訝《いぶか》しく思いながら、居間に戻った。

死体の顔を見ると、口紅はくっきりと引かれていた。ピザを食べている途中で来客があったのだろう。麻沙美は急いでルージュを塗ったようだ。

——岩をボディーガードにつけてやったが、無駄になっちまったな。もっと早くおれが犯人を割り出してれば……。

丹治は、胸に何かが重くのしかかってくるのを感じた。

麻沙美に大きな借りをつくってしまったという意識も湧《わ》いてきた。それも、取り返しのつかない借りだった。

丹治は金銭抜きで、犯人を突きとめる気になりはじめていた。それが、自分にできる唯一の償《つぐな》いだろう。

「勘弁してくれ」

丹治は、そっと合掌した。

手を離したとき、サイドテーブルの上の固定電話が目に留《と》まった。一瞬、一一〇番したい衝動に駆られた。

だが、思い留《とど》まった。警察に通報して、痛くもない腹を探《さぐ》られたくなかった。過去に何度か、丹治は調査中に死体の第一発見者になったことがある。

そのつど、執拗な事情聴取に悩まされた。

捜査員の中には、丹治を殺人者と疑う者さえいた。そういう不愉快な思いは、もうたくさんだ。それに、いま第一発見者になったら、今後の調査がやりにくくもなる。

丹治は玄関に足を向けた。

部屋を出るとき、ドア・ノブの自分の指紋が気になった。しかし、拭《ぬぐ》わなかった。

別段、前科歴があるわけではない。ハンカチでノブを拭ってしまったら、犯人の指紋も消える恐れがあった。

丹治は妙な細工はせずに、エレベーターに乗り込んだ。一階のオートロック・ドアは内側からは自由に開く。

丹治は表玄関から堂々と表に出て、四輪駆動車に乗り込んだ。

何か悪い夢を見ているような気分だった。

麻沙美の死体を目にしたくせに、およそ現実感がなかった。彼女とエレベーターの中で交《か》わした短いくちづけの情景が、ありありと脳裏に蘇《よみがえ》った。麻沙美の唇と舌の温《あたた》かさは、まだ忘れていない。

丹治は追憶を断《た》ち切るような気持ちで、手荒くイグニッションキーを捻った。

桜田通りに出て、未樹のマンションに向かう。目黒通りをしばらく走ると、JR目黒駅の手前に屋台が出ていた。

おでんの屋台だった。たち昇る湯気に誘われ、丹治は屋台のそばに車を駐めた。

パジェロを降り、屋台に駆け寄る。

客はいなかった。七十五、六歳の老女が、おでんの煮え具合を確かめていた。痩《や》せて皺《しわ》が目立つ。苦労を重ねてきたのだろう。

「熱い酒を頼むよ。おでんは、適当に見繕《みつくろ》って」

丹治は屋台の女主《おんなあるじ》に言って、冷たい木のベンチに腰かけた。

コップ酒一杯では腰を上げられそうもなかった。

# 4

登り坂になった。

丹治はアクセルを深く踏み込んだ。

横浜の山手通りだ。車の量は少ない。

ついいましがた、外国人墓地と元町公園の脇を通り抜けてきたところだった。午後九時を回っていた。丹治は助手席に未樹を乗せ、死んだ麻沙美の生家に向かっていた。

二人とも、地味な服装だった。

「もう諏訪麻沙美の遺体は、実家に運び込まれてるんだろう？」

丹治は運転しながら、未樹に問いかけた。

「ええ。司法解剖が終わったのは夕方だから、もうとっくにね。わたし、電話で妹の夕希《ゆき》さんに確かめたの」

「諏訪麻沙美には妹がいたのか」

「お姉さんによく似た顔をしてるわ。二十五、六のはずよ」

「そう」

「もう何年も前の話だけど、夕希さんは『文芸座』の公演をよく観《み》に来てくれたの」

「その夕希って妹は、何をやってるんだ?」

「照明デザイナーよ。ホテルや橋のライトアップを手がけてるみたい」

「姉妹の父親は建築家だっけ?」

「ええ、そう。ロマンスグレイで、とっても素敵なおじさまよ」

「おまえさんは年寄り好きだからな。それにしても、通夜も告別式もやらないとは潔《いさぎよ》いね。なかなかそこまでは思いきれないいんじゃないのか、ふつうはさ」

「そうかな? 諏訪さんは無宗教だったんだから、むしろ当然なんじゃない?」

未樹がいったん言葉を切り、少し語調を変えた。

「拳さんって、案外、薄情なのね。諏訪さんのマンションを出てから、すぐに匿名で一一〇番できたのに」

「頭が混乱して、そこまで思いつかなかったんだ。あんまり責めないでくれ」

丹治は、胸のどこかに鈍い痛みを感じた。

警察に通報したのは、未樹に経過を話し終えてからだった。もう朝になりかけていた。それまで屋台で、コップ酒を重ねていたのである。

「次の信号を左よ」

未樹が言った。

丹治はフェリス女学院の手前で、車を左折させた。あたりは閑静な住宅街だった。

どの家も敷地が広く、庭木も多い。

百メートルほど先に人が群れていた。

報道陣だった。ざっと数えても、五十人はいそうだ。テレビ局の中継車も見える。

まさにカメラの放列だった。

丹治は車の速度を緩《ゆる》めた。広い道の両側には、マスコミ関係者の車がびっしりと連《つら》なっている。先に進んでも、車を駐められそうもなかった。

丹治は、麻沙美の実家のだいぶ手前で車を停止させた。

二重駐車だった。交通整理の警官に見咎《みとが》められる前に、丹治と未樹は車を降りた。

夜気は尖《とが》っていた。吐く息が白い。

丹治たち二人は、麻沙美の家に向かった。

宏大《こうだい》な洋館だった。新しくはなかった。門扉《もんぴ》の前には、岩城や『オフィスK』のスタッフたちが立ちはだかっていた。彼らの前には、テレビ局や雑誌社の者たちがひしめき合っていた。

元プロレスラーの大男が丹治に気づき、すぐさま駆け寄ってきた。黒っぽい背広姿だった。

ワイシャツのカラーから、太い首が覗いている。見るからに窮屈《きゅうくつ》そうだ。

「岩、ご苦労さん！」

丹治は犒《ねぎら》った。

「旦那《だんな》、すまねえ。おれが三田のマンションの前でガードしてりゃ、こんなことには……」

「おまえが責任を感じることはないさ。諏訪麻沙美は運が悪かったんだよ」

「だけど、なんかそんなふうに割り切れねえんだよな」

岩城が苦しげに呟《つぶや》き、腫《は》れた細い目をしばたたかせた。さんざん泣いたらしい。もともと彼は、涙脆《もろ》かった。

「拳さんの言う通りよ。岩さんのせいなんかじゃないわ」

未樹が口を挟《はさ》んだ。慰め口調だった。

「う、うん」

「きのうの夜、岩さんはちゃんと諏訪さんを部屋まで送り届けたんでしょ？」

「ああ。彼女がドアの内錠を掛ける音も聞いたよ」

「送り届けたのは、何時ごろだった？」

丹治は未樹が口を開く前に、先に訊いた。

「十一時半ごろだよ。きのうは特に予定が入ってなかったんで、東都テレビから、まっすぐ家に送ったんだ」

「そのとき、麻沙美はおまえに何か言ってなかったか？　たとえば、部屋に誰かが訪ねてくるなんてことを」

「特に何も言ってなかったな」

「そうか。昨夜《ゆうべ》、マネージャーの三浦律子は麻沙美の部屋には入らなかったのか？」

「ああ、彼女は車の中で待ってたんだ。おれはマネージャーを自宅に送り届けて、自分の家《ヤサ》に戻ったんだよ。明け方、旦那に電話で麻沙美が死んだと教えられたときは、まさかと思ったけど、やっぱり、彼女は……」

「警察の事情聴取は受けたよな？」

「ああ。刑事たちは最初、おれが犯人だと疑ってたんだ。前科《ホシ》しょってるからって、それはねえよ。マネージャーの証言で、じきに容疑は晴れたけどさ」

「岩、この家は表門しかないのか？」

「裏門があるよ。マスコミの連中がうるせえから、そっちから入ったほうがいいな」

岩城が案内に立った。

諏訪家の広い庭は、脇道に面していた。その道をたどって、屋敷の裏側に回る。脇道には、数人のカメラマンしかいなかった。

丹治たち三人が裏門に近づくと、急にストロボが閃《ひらめ》いた。

どうやらカメラマンたちは、元新劇女優の未樹を現役の芸能人と間違えたようだ。カメラマンのレンズは、もっぱら未樹に向けられていた。

「ばかやろう！　撮《と》るんじゃねえ。てめえら、ぶっ殺されてえのかっ」

岩城がカメラマンたちを怒鳴《どな》りつけ、素早く白い鉄扉《てっぴ》を押し開けた。

丹治は最初に諏訪邸に足を踏み入れた。

その後は、未樹、岩城の順だった。三人は建物に沿って歩き、中庭から家の中に入った。

変わり果てた依頼人は、暖炉《だんろ》のある三十畳ほどの洋間に安置されていた。

室内は弔問客でごった返している。知った顔はない。故人と親しかった三善の姿は見当たらなかった。

柩《ひつぎ》は、白い花に取り囲まれていた。花の匂いが濃密だった。遺影も花の中に埋まっていた。

むろん、僧侶《そうりょ》も神父もいない。

ビリー・ホリディの歌がCDから流れている。曲は『奇妙な果実』だった。故人が愛聴していたナンバーなのだろう。

大きな遺影の前には、麻沙美の両親と妹が坐っていた。

両親は、ともに気品があった。妹の夕希は、はっとするほど美しかった。死んだ姉と面差《おもざ》しがそっくりだ。

東都テレビや『オフィスK』のスタッフたちが弔《とむら》い客の世話をしていた。長谷川の顔も混じっていた。

女マネージャーは、献花台のそばに立っていた。目が赤い。

丹治は未樹とともに、遺族にお悔やみの言葉を述べた。故人の父母は悲しみに打ちひしがれ、無言で会釈《えしゃく》するのがやっとという感じだった。

両親に代わって、夕希が型通りの挨拶《あいさつ》を返してきた。

必死で悲しみを堪《こら》えている風情《ふぜい》だった。なんとも痛ましかった。丹治は献花台の前に立ち、死者に白いカトレアを手向《たむ》けた。

合掌はしなかった。ただ黙って頭を下げた。

顔を上げると、黒いワンピース姿の夕希が近づいてきた。

姉よりも、いくらか小柄だった。色白で、清楚《せいそ》な印象を与える。

「いま、高梨さんから丹治さんのことをうかがいました。姉は、あなたに調査をお願いしていたようですね」

「そうなんですよ。お姉さんのことで少し訊《き》きたいことがあるんですが、時間をいただけますか？」

「はい。ここではなんですから、別の部屋でお話を……」

夕希に導《みちび》かれ、隣の部屋に移る。二十畳ほどの洋間だった。

二人はクラシック調のソファに腰かけた。

向き合う恰好《かっこう》だった。飾り棚には、絵皿や模型の帆船が載《の》っていた。白壁には、大きなタペストリーが掲《かか》げられている。年代物らしかった。

丹治は、麻沙美に依頼された調査の内容をかいつまんで話した。

「そういう厭《いや》がらせを受けていたことは、姉から聞いておりました」

「そうでしたか。丸星商事の松永直人氏とお姉さんが交際してたことは、ご存じですよね？」

「ええ。松永さんには二、三度、お目にかかったことがあります」

夕希は丁寧《ていねい》な喋り方を崩さなかった。

「お姉さんの番組は観《み》てらっしゃったのかな？」

「毎回、母が番組を録画しておりましたので、たいてい観ております」

「それなら、話が早い。調査の結果、丸星商事が日栄交易の米沢社長をダミーにして、ロシアン・マフィアから旧ソ連製の核ミサイルを入手し、それを政情不安定な国々に転売してるようなんですよ。そればかりじゃなく、核研究者を外国に亡命させてる疑いもあるんです」

「まさか⁉」

「核ミサイルの件については、米沢がはっきりと認めてます。そして、松永氏が米沢と接触してることは、ほぼ間違いないと思う」

丹治は瞑想《めいそう》サロンで目撃したことをつぶさに語った。

「まだ信じられません。丸星商事はロシアから闇ルートで、魚介類を仕入れただけなのではないでしょうか？　ロシア漁業公団の民営化がスムーズに運んでいないという新聞記事を読んだことがあります。それで、魚や蟹《かに》の輸出量が未《いま》だに制限されているとか」

「魚介の密輸入だけでは、たいした儲けにはならない。少なくとも、危険を冒《おか》してまでやるビジネスじゃありません」

丹治は言った。

「そうおっしゃられると、そんな気もしてきました」

「核ミサイルの闇取引なら、大きな利益をあげられます。それに、ロシアをはじめとする独立国家共同体の国々は、どこも余った武器を外国に売りたがってる」

「そのことは知っております。しかし、日本で屈指《くっし》の巨大商社がそんなダーティーなビジネスに手を染《そ》めるものでしょうか？」

「組織が巨大だからこそ、その屋台骨《やたいぼね》を支えるのが大変なんじゃないのかな。気取ってたら、生き残れない」

「そうかもしれませんね」

夕希がゆっくりと言った。

「現に、どの商社も儲けるためには、かなり汚い裏工作をしてますよ。それが商社の体質とも言えるんじゃないのかな」

「お話は、よくわかりました。姉が番組で日栄交易のことをほじくったので、丸星商事が口封じのために……」

「そう考えられます。ひょっとしたら、お姉さんは松永直人と交際中に丸星商事のダーティーな面をいろいろ聞いてたんじゃないだろうか」

「それは、あり得るかもしれませんね。ただ二人が別れたのは何年も前ですから、今度の告発のことで姉が松永さんから情報を得たとは思えません」

「それは、そうでしょうね」

丹治は相槌《あいづち》を打った。

その直後、ドアにノックがあった。五十年配の女が二人分の茶を運んできた。親類の者らしかった。茶は玉露《ぎょくろ》だった。色と香りで、すぐにわかった。

女が出ていくと、夕希が口を開いた。

「粗茶ですが、どうぞ」

「ええ、いただきます。お姉さんは松永のことで、最近、あなたに何か話しませんでした？」

「別に何も聞いておりません」

「そう。あなたは、お姉さんがフリーアナウンサーの山路知佐子に逆恨《さかうら》みされてたことを知ってました？」

丹治は畳みかけた。

「詳《くわ》しいことはわかりませんけど、そのような話を聞いた憶《おぼ》えはあります」

「どうも麻沙美さんと山路知佐子の間に個人的な何かがあったように感じられるんだが、そのあたりのことは？」

「特に聞いておりません。もしかしたら、姉はその方の生き方が嫌いだったのかも知れませんね」

夕希が言葉を選びながら、慎重に答えた。若いながらも、充分に分別《ふんべつ》を弁《わきま》えているようだ。

丹治は茶をひと口飲んでから、夕希に顔を向けた。

「もう少し具体的に話してもらえると、ありがたいんだがな」

「あるテレビ関係者から聞いた話なんですけれど、山路知佐子さんは上昇志向がとても強いらしいんです」

「フリーなんだから、ある程度の野心や営業センスは必要なんじゃないのかな」

「おっしゃる通りですね。でも、彼女の場合、売り込み方が度を越しているというんです。レギュラーの仕事を摑《つか》むためには女の武器を使ってでも、テレビ局の偉い方や番組提供企業の広報担当者に気に入られようとしていたらしいんです」

「要するに、肉体を提供してたってことだね？」

「は、はい」

夕希が答えにくそうに言い、そのまま下を向いた。頰が赤い。

「その話、誰から聞いたんです？」

「『オフィスK』にいた五十嵐さんからです」

「あなた、殺された五十嵐氏と知り合いだったのか」

「はい。一年ほど前に、姉のマンションで偶然に一緒になったことがあるんです。それから、何度かお目にかかっています」

「そうだったのか。その話が事実だとしたら、何かが……」

丹治は、知佐子がレギュラー出演しているバラエティー番組と食べ歩き番組のスポンサーを思い出してみた。

後者の番組のメインスポンサーは、丸星商事だった。これは単なる偶然なのか。あるいは、知佐子と松永には何か接点があるのだろうか。

「どうされました？」

夕希が遠慮がちに訊いた。

「松永は昔、広報部にいなかったかな？」

「姉とおつき合いする前に、一年ほど広報部にいたことがあるはずです」

「そのころ、局アナだった知佐子と松永は接触があったんじゃないだろうか」

「ええ、あったかもしれませんね。丸星商事は、東都テレビで昔から多くＣＦを流していましたから」

「知佐子と松永が恋愛関係にあったとも考えられなくはないな。知佐子とお姉さんは松永直人を巡《めぐ》って、何かあったんじゃないだろうか」

丹治はそう言い、上着のポケットから煙草とライターを取り出した。

夕希が青銅の灰皿を丹治の前に置いた。

丹治は断ってから、セブンスターに火を点けた。

夕希はコーヒーテーブルの一点を凝視していた。ほとんど化粧はしていなかったが、その美しさは輝いていた。

「わたしの推測について、どう思われます？」

「三角関係の縺《もつ》れがあったとは考えにくいですね。仮に山路さんが松永さんの以前の恋人だったとしても、姉はそのことを根に持つような人間ではないと思います」

「お姉さんはそうでも、山路知佐子のほうは松永を麻沙美さんに奪われたことで逆恨みするとも考えられるんじゃないかな？」

「さあ、それはなんとも申し上げられません」

「話を変えます。あなたは、お姉さんと三善豊氏との仲も知ってたんでしょ?」

「はい、一応」

「三善氏について、知ってることを教えてください」

丹治は煙草の灰を落として、早口で促《うなが》した。

「三善さんは、とても優秀な方です。東大の法学部に在学中に司法試験にパスしたはずです」

「そいつは凄《すご》いな」

「司法研修を終えると、三善さんは高名な弁護士の下でしばらく働いて、わずか二十八歳で独立したんです」

「彼の奥さんのことも教えてくれないか」

「はい。独立前に世話になっていた著名な弁護士のお嬢さんだそうです。奥さんの実家の後押しがあったんで、三善さんは若くして独立できたという話でした」

夕希が淡々と語った。

「当然、養父が条件のいい仕事を回してくれたんだろうな」

「そうでしょうね。三善さんはみるみる頭角を現わして、三十代前半で一流企業の顧問弁護士になるまでに出世なさったんです」

「そういう話は、お姉さんから直《じか》に聞いたのかな?」

「そうです」

「三善氏は、三田のマンションの合鍵《あいかぎ》を持ってたんでしょ？」

「ええ、多分」

「ほかに合鍵を持ってたのは？」

「母がスペアキーを作りましたが、そのほかは誰も持っていないと思います」

「そうですか。実はお姉さんの死体を最初に発見したのは、わたしなんですよ」

丹治は煙草の火を消して、打ち明けた。

「警察の方が、男性の声で通報があったと言っていましたが、丹治さんでしたの」

「ええ。考えがあって、わざと名乗らなかったんです」

「そうでしたの」

「きょうの夕刊には絞殺による窒息死と書かれてたが、死亡推定時刻についてはまだ触れてなかったな」

「そうですか。わたしは新聞を読むゆとりもなくて」

「でしょうね。司法解剖の結果は、警察で知らされたんでしょ？」

「はい。姉の死亡推定時刻は、今朝《けさ》の一時半から三時の間だそうです」

「それは、おかしいな。昨夜《ゆうべ》、わたしは午前零時三十五分ごろ、お姉さんの死体を発見してるんです」

「ほんとですか⁉」

夕希が驚きの声をあげた。

「もちろんです。ちゃんと時刻を確認したから、間違いありませんよ」

「それじゃ、警察の死亡推定時刻が間違ってるんですね？」

「そういうことになりますね。なぜ、解剖医はそんな推定の仕方をしたんだろう？」

丹治は腕を組んだ。

「姉の胃の中には、ピザが入っていたそうです。ピザの消化具合から、死亡推定時刻を弾《はじ》き出したようですよ」

「死体を発見したとき、確かに食べかけのシュリンプピザがダイニングテーブルの上にあったな」

「姉の胃からも、シュリンプが検出されたそうです。部屋でシュリンプピザを食べているときに、部屋に犯人がやって来て……」

夕希がうつむいた。すぐに細い肩が小さく震えはじめた。嗚咽《おえつ》を嚙み殺す姿が痛々しかった。

丹治は、またセブンスターをくわえた。

少しでも夕希に時間を与えてやりたかったのだ。ふた口ほど喫《す》ったとき、夕希が涙声で詫《わ》びた。

「取り乱してしまって、申し訳ありません」

「身内の死は重いものです。気にしなくてもいいんだ」

「ええ、でも……」

「お姉さんの体に触れたとき、まだ体温が残ってた。だから、わたしが訪ねる直前に絞殺されたと考えられます。おそらく犯行時刻は、午前零時三十五分前後だろう」

「そうだとしたら、ちょっと腑《ふ》に落ちないことがあります。刑事さんの話によると、ピザはだいぶ消化されていたというんですよ」

「ということは、お姉さんは部屋にあったピザを食べたんじゃないのかもしれないな。警察は、あのピザをどこから出前してもらったか、もう調べたと思うんだが」

「姉は、よく近くのピザハウスから出前《デリバリー》してもらっていました。でも、部屋にあったピザは、その店のものではありませんでした」

「別の店のピザというと、持ち帰り《テイク・アウト》だったんだろうか」

丹治は言いながら、短くなった煙草の火を揉《も》み消した。

「ええ、そうです。青山の持ち帰り専門のピザ屋さんのものだったという話でした」

「岩城の話だと、お姉さん、きのうは局から三田のマンションにまっすぐ戻ったらしいんだ。部屋にあったシュリンプピザは、犯人の手土産《てみやげ》だったのかもしれないな」

「多分、そうなんでしょう。姉はピザには目がなかったんです」

「ピザが好物と知ってて、合鍵を持ってた人物となると、かなり絞り込めるな」

「そうですね」

「最も疑わしいのは、三善氏ってことになる。しかし、氏に殺害の動機があるのかどうか……」

「誰かが三善さんを陥《おとしい》れようとしているんじゃありませんか？　いくらなんでも、三善さんが姉を殺すなんてことは考えられません」

夕希がきっぱりと言った。

「三善氏に罪をおっ被《かぶ》せようと考えてる人物に心当たりは？」

「それはありません」

「なら、少し調べてみましょう」

「丹治さんは、まだ調査をおつづけになるおつもりなんですか⁉」

「ええ、そのつもりです。何かを途中で投げ出すのが嫌いな性分《しょうぶん》なんでね」

「危険なことはなさらないでくださいね」

「命を捨ててもいいと思うほど、まだ人生に退屈してませんよ。また、協力してもらうことがあるかもしれないが、そのときはよろしく！」

丹治は夕希に名刺を渡して、勢いよく立ち上がった。

遺影の飾られた部屋に戻ると、未樹と岩城が歩み寄ってきた。丹治は二人に目配せして、中庭に出た。

三人は噴水のそばにたたずんだ。

丹治は夕希と交わした話を伝え、岩城に問いかけた。

「昨夜《ゆうべ》、麻沙美は外でシュリンプピザを喰《く》ってると思うんだが……」

「いや、喰ってないと思うよ」

「局の帰りに、持ち帰りのピザも買ってないか？」

「ああ」

「それじゃ部屋にあったピザは、やっぱり犯人が持ち込んだものだな。おそらく麻沙美は、そのピザは喰ってないんだろう」

「でもさ、ピザはそっくり残ってたわけじゃねえんだろ？」

「消えたピザは、おおかた犯人が喰ったんだろう。解剖所見によると、麻沙美の胃のピザはだいぶ消化されてたらしいんだ。つまり、帰宅前に麻沙美はどこかでピザを喰ってるんだよ」

「旦那、ちょっと待ってくれねえか。犯人は、なんでピザを持ち込まなきゃならなかったんだい？」

「おおかた麻沙美が部屋でピザを喰ったと見せかけたかったんだろう」

「なんのために、そんなことを？　わけがわかんねえな」

岩城が首を捻《ひね》った。

「捜査員たちは部屋のピザを見たら、反射的に麻沙美の食べ残したものと思うはずだ。犯人は、その思い込みに賭けたんだろう」

「なんかよく話がわからねえな」

「喰いものは硬さや噛み方によって、同じピザでも消化時間が異《こと》なる。逆に言えば、消化の具合だけじゃ、正確な死亡推定時刻は割り出せないってことだよ」

「ますます頭の中がこんがらかっちまったよ」

「腰の運動ばかりじゃなく、少しは頭の体操もやるんだな」

丹治は笑顔で、元プロレスラーを茶化した。そのとき、未樹が口を開いた。

「拳さんが言うように、犯人は盲点を衝《つ》いたのかもしれないわね。岩さん、諏訪さんは番組が開始する前にスタジオを出なかった？」

「午後九時ごろ、番組のチーフプロデューサーと局の外に食事に行ったな。そのときに、ピザを喰ったのかね？」

「そのプロデューサーは、ここに来てる？」

「まだ来てねえんだ。でも、今夜中には顔を出すはずだよ。マネージャーの三浦律子が、そう言ってたから」

「その人が現われたら、諏訪さんがそのときにピザを食べたかどうか訊いてみてくれる？」

「いいよ」

「岩、頼んだぞ。おれたちは先に失礼する。彼女、仕事で明日は午前四時起きらしいんだ」

丹治は未樹を見ながら、そう言った。

「それじゃ、早く帰らねえとな。おれは朝まで遺体のそばにいてやるよ。せめてもの罪滅《ほろ》ぼしさ」

「いい心がけだ。そのうち、ギャンブル運も向いてくるだろう」

「だといいんだがね」

岩城が言って、片目をつぶった。

武骨な大男のウインクなど、見られたものではなかった。丹治は未樹の肩を軽く押し、裏の通用門に向かった。

カメラマンたちの姿はなかった。路上に出ると、暗がりに白いクラウンが駐まっていた。昨夜、麻沙美のマンションの地下駐車場から出てきた車と同型だった。

「ここにいてくれ」

丹治は未樹に言い置き、無灯火のクラウンに歩《ほ》を進めた。

すると、急にクラウンが猛スピードでバックしはじめた。ヘッドライトは消えたままだった。

なぜ逃げるのか。やはり、怪しい。

丹治は走りだした。

五、六メートル駆けると、クラウンが急停止した。次の瞬間、車は丹治に向かって猛進してきた。轢《ひ》く気らしい。

丹治は道の端に逃げた。

そのとき、ヘッドライトが短く灯《とも》った。丹治は目が眩《くら》んで、棒立ちになった。

エンジン音が高くなった。

灯火を消したクラウンは眼前に迫っていた。

「拳さん、危ない！」

未樹の叫び声がした。

とっさに丹治は諏訪邸の白いフェンスを飛び越え、庭に舞い降りた。靴の下で、灌《かん》木《ぼく》の小枝が折れた。

クラウンはドアミラーで鉄柵《てっさく》を擦《こす》りながら、走り抜けていった。ドライバーの顔は、よく見えなかった。

丹治はフェンスを跨《また》ぎ、路上に飛び降りた。

すでにクラウンは、闇に紛《まぎ》れかけていた。

「怪我はない？」

未樹が駆け寄ってきて、開口一番に訊いた。

「ああ、無傷だよ。未樹、運転してる奴を見たか？」

「ハンチングを目深《まぶか》に被ってたから、顔はよくわからなかったわ。三十代ぐらいに見えたけど、正確には……」

「筋者みたいだったのか？」

「ううん、堅気に見えたわ。割にハンサムだった気がするけど、心当たりは？」

「丸星商事の松永直人かもしれない。ちょっと揺《ゆ》さぶってみよう」

丹治はそう言い、体の泥を両手ではたきはじめた。

# 第四章　殺意の輪舞

## 1

邸宅街に入った。

世田谷区の奥沢《おくさわ》である。松永の自宅が近くにあるはずだ。

丹治はパジェロの速度を落とした。

徐行運転しながら、一軒一軒、門柱の表札を確かめていく。白いクラウンに轢《ひ》かれそうになったのは昨夜だ。

きょうは土曜日だった。運がよければ、松永は家で寛《くつろ》いでいるだろう。丹治は言葉巧《たく》みに松永を家の外に連れ出し、どこかで痛めつけようと考えていた。

ほどなく目的の家が見つかった。

豪邸だった。おおかた岳父《がくふ》の援助を得て、建てた家だろう。

丹治は車を石塀《いしべい》に寄せた。あたりに、人影はない。

車を降り、松永邸の門まで歩く。鉄扉《てっぴ》の隙間《すきま》から、ガレージが見えた。

ＢＭＷとクラウンが駐《と》めてあった。二台ともオフホワイトだった。

丹治はパーカのポケットから高倍率の双眼鏡を摑《つか》み出し、レンズに目を当てた。

レンズが、クラウンのドアミラーを捉えた。塗料が剝《は》げ落ちていた。昨夜、諏訪邸のフェンスを擦《こす》ったときの名残《なごり》だろう。

丹治は双眼鏡をポケットに戻し、インターフォンに近づいた。

ボタンを押す。ややあって、若い女の声がスピーカーから流れてきた。松永の妻だろう。

「丸星商事の者です。専務の使いで、書類をお持ちしました。ご主人はご在宅ですね？」

丹治は、もっともらしく問いかけた。

「主人はけさ早く、香港《ホンコン》に出張しましたけど」

「ええっ」

「きょう、松永は自宅で書類を受け取ることになっていたのでしょうか？」

相手が狼狽《ろうばい》気味に問いかけてきた。

「ええ、そうです。専務は、松永さんの出張のことを知らなかったようですね」

「わたくしが代わりにお預かりしてもかまいませんけど」

「それは困ります。専務は直《じか》に書類をご主人に渡すようにと申してましたんでね。それで、ご主人の宿泊先は？」

「マンダリンホテルです。月曜日の夜か、火曜日の午前中には帰国すると申しておりました」

「そうですか」

「わざわざご足労いただいたのに、申し訳ございません。失礼ですが、お名前は？」

「中村《なかむら》です。書類は専務に返すことにしましょう。それでは、これで失礼します」

丹治はありふれた姓を騙《かた》り、急ぎ足で車に戻った。

松永の妻が嘘《うそ》をついている様子は窺えなかった。松永が香港に出張したことは事実だろう。

こんなことになるのだったら、きのうのうちにロシアン・クラブの支配人に米沢の入院先を訊《き》いておくべきだった。

丹治は歯嚙《はが》みして、エンジンを始動させた。

ほとんど同時に、携帯電話が鳴った。発信者は岩城だった。

「連絡が遅くなっちまって、済まねえ。なんだかんだと忙しかったもんでさ」

「で、東都テレビのプロデューサーは弔《とむら》いに現われたのか？」

「ああ、来たよ。それで、例のことを訊いてみたんだ」

「どうだって？」

「やっぱり、麻沙美は殺された夜の九時過ぎに局の近くのピザハウスで、シュリンプピザを喰《く》ったらしいよ。飲みものは、コーラだったたってさ」

「シュリンプピザとコーラか」

丹治は低く唸《うな》った。事件当夜、麻沙美の部屋に両方とも残されていた。犯人が何かトリックを使ったにちがいない。

「そのピザハウスには、麻沙美、よく行ってたんだよ。おれも何度か、つき合わされたな」

「そこが彼女の行きつけの店だってことを知ってる人間は？」

「番組のスタッフはみんな知ってたし、週刊誌の記者連中も知ってるんじゃねえのかな」

「となると、彼女と個人的に親しかった奴らも……」

「当然、知ってたと思うよ」

「店のどこかに、麻沙美の個人的な知り合いがいたのかもしれないな」

「さあ、どうなのかね。ただ、麻沙美はピザを頬張《ほおば》りながら、店の外の車を気にしてる様子だったらしいんだよ」

岩城が言った。

「店の外の車？」

「ああ。ピザハウスの斜め前あたりに、白いクラウンが駐《と》まってたらしいんだ」

「ドライバーは、車の中にいたのか？」

「白いマスクをした男が乗ってたってさ」

「その店の中は、外から見えるのか？」

「丸見えだよ。窓は、総ガラス張りになってんだ。えーと、なんて言ったっけ？」

「嵌《は》め殺《ごろ》し窓だろ？」

「そう、そいつだよ。だから、店の中からも外の様子がよくわかるんだ。なんか落ち着かねえ店だけど、若い奴らは別に平気みてえだな」

「麻沙美は店で、プロデューサーにクラウンのことで何か言わなかったんだろうか」

「別に何も言わなかったらしいよ」

「そうか。怪しい車は麻沙美たちが店にいる間、ずっと同じ場所にいたのかな？」

丹治は訊いた。

「いや、二人がピザを喰い終わる前に走り去ったってさ」

「岩、サンキュー！　いろいろ参考になったよ」

「クラウンに乗ってた奴が麻沙美を絞殺したの？」

「その可能性はあるな。おおかた、その男はシュリンプピザとコーラを手土産《てみやげ》にして、麻沙美の部屋を午前零時三十分ごろに訪ねたんだろう」

「なんでピザとコーラなんか部屋に？」

「犯行時刻をごまかすためさ。司法解剖の結果、麻沙美の死亡推定時刻は午前一時半から三時の間とされた」

「そうだったな」

「しかし、麻沙美は実際には午前零時三十五分ごろには殺されてた」

「要するに、解剖医の推定は間違ってるわけだな。なんだって、そんなことになっちまったのかね？」

岩城は合点《がてん》がいかなそうだ。

「事件当夜、麻沙美がシュリンプピザを食べ、コーラを飲んだことは確かだ。同じものが彼女の部屋に残されてたんで、警察はなんの疑いも抱かずに胃の内容物の消化具合から、死亡推定時刻を割り出したんだろう」

「だから、実際の犯行時刻とずれができたってわけかい？」

「そういうことだ」

「で、犯人は誰なんだい？」

「丸星商事の松永直人が臭《くさ》いな。事件当夜、おれは麻沙美のマンションの地下駐車場から白いクラウンが飛び出してくるのを見てるんだ。それからな、きのう、諏訪邸の裏門を出たとき、無灯火のクラウンに轢《ひ》き殺されそうにもなったんだよ」

丹治は昨夜の出来事を詳《くわ》しく話し、松永邸を訪ねたことも語った。

「クラウンのドアミラーの塗料が剝《は》がれてたんなら、旦那《だんな》を轢こうとしたのは松永に間違いねえよ。それから、麻沙美殺しもな」

「おそらく、そうなんだろう。ただな、ちょっと気になることがあるんだ」

「なんなんだい?」

岩城が関心を示した。

「松永と麻沙美が別れたのは、もう何年も前なんだよ。いまも松永が三田のマンションの合鍵《あいかぎ》を持ってるとは思えないんだ」

「そうだね」

「それに犯人が部屋を訪れた時刻は、午前零時三十分前後だ。松永が昔の恋人だったとしても、麻沙美がすんなり部屋に通すもんだろうか。どうもそのへんが引っかかってな」

「たとえ憎み合って別れた二人でも、かつては惚《ほ》れ合ってた仲なんだぜ。麻沙美だって、すげなく追い返したりできねえんじゃねえの?」

「そうだったのかもしれない」

「旦那から聞いた話を総合するとさ、やっぱ、松永が臭《くせ》えな。その野郎が香港から戻ってきたら、徹底的に痛めつけてみなよ」

「そうしよう。それはそうと、麻沙美はきょう、骨になるんだったな?」

「ああ。おれ、火葬場まで行ってやるつもりなんだ」

「そうしてやってくれ。そういえば、きのうの晩、三善弁護士は現われた？」

「明け方に来て、いまも遺体のそばにいるよ。柩《ひつぎ》を抱きかかえて、男泣きに泣いてる。あの先生、よっぽど麻沙美に惚れてたんだな」

「麻沙美は三善のことで、おまえに何か洩《も》らしてなかったか？」

　丹治は訊いた。

「いや、別に何も言ってなかったね。どうして、そんなことを訊くんだい？」

「殺される直前に、麻沙美は三善のことで話したいことがあると言ってたんだ。おれは、そのことも気になってるんだよ。彼女は、いったい何を話したかったのか。そいつが、ちょっとな」

「なんなら、弁護士先生のことを調べてやってもいいぜ。日当三万円で、どうだい？」

「おまえに無駄金《むだがね》を払うほど、いまのおれはリッチじゃない」

「無駄金とは言ってくれるな。そうだ、おれの謝礼はさっき夕希さんが払ってくれたよ。貰《もら》う気はなかったんだけどさ、突き返すのも失礼だと思ったんでね」

「結局、貰ったわけだ？」

「まずかった？」

　岩城が問いかけてきた。

「正当な報酬なんだから、気にしないで貰っとけよ」

「そうすらあ」

「岩、あとのことは頼んだぞ」

丹治は先に電話を切った。

時計を見ると、午後一時半だった。丹治は、六本木の米沢のマンションに行ってみる気になった。もしかしたら、米沢の入院先がわかるかもしれないと考えたのである。

車を走らせはじめた。

丹治は奥沢から緑《みどり》が丘《おか》を抜け、中根《なかね》町の外れから目黒通りに入る。都心に向かう車は、それほど多くなかった。

二十分そこそこで、六本木に着いた。

マンションの前に、運送会社のトラックが駐《と》めてあった。居住者の誰かが引っ越すらしい。

丹治はトラックの少し後ろに自分の車を駐め、すぐに外に出た。表玄関からマンションに入り、エレベーターに乗り込んだ。

七階で降り、米沢の部屋に向かった。運送会社の者が米沢の部屋からＯＡ機器を運び出していた。

丹治は引っ越し業者に声をかけそうになったが、すぐに思い留まった。トラックを尾行する気になったのだ。それでも念のため、開け放たれたドアから室内を覗《のぞ》いてみた。運送会社の従業員しかいなかった。

丹治は階下に降り、自分の車に戻った。

セブンスターを吹かしながら、時間を遣《や》り過ごす。荷物の搬出《はんしゅつ》が終わったのは、およそ三十分後だった。四トン車の荷台は、半分も埋まっていなかった。

荷物は少なかったが、応接セットやベッドまで積み込まれていた。米沢が部屋を引き払う気でいることは間違いなかった。どこに身を隠すつもりなのか。

トラックが走りはじめた。

丹治は少し間《ま》を取ってから、車を発進させた。運送会社の四トン車は霞《かすみ》が関《せき》と日比《ひび》谷《や》の官庁街を走り抜け、江戸橋《えどばし》ICで高速道路に上がった。

高速七号小松川《こまつがわ》線を進み、そのまま京葉《けいよう》道路に入った。行先の見当はつかなかった。

トラックは原木《ばらき》ICで一般道路に下り、船橋市方面に向かった。市街地を走り抜け、閑静な住宅街に入った。

停止したのは純和風の家の前だった。総檜《ひのき》造りのようだ。庭木も多い。

丹治は減速し、その家の表札を見た。

児玉治雄と記《しる》されていた。豊和水産の社長の自宅にちがいない。

丹治は車をトラックの前に回し、しばらく様子を見ることにした。四十分ほどで、荷物は児玉邸に運び込まれた。

トラックが走り去った。

丹治は車を降りた。ごく自然な足取りで歩き、邸内を窺う。生垣《いけがき》が巡《めぐ》らされていて、邸《やしき》の中はよく見えない。

丹治は生垣に両手をこじ入れ、隙間《すきま》をこしらえた。

覗き込みかけたとたん、番犬に吼《ほ》えられた。土佐犬が猛然と走ってきて、狂ったように吼えたてた。

家の者に姿を見られるのは、避けたほうがよさそうだ。

丹治は生垣から素早く離れ、大股《おおまた》で車に引き返しはじめた。犬の鳴き声が鎮《しず》まった。

──暗くなるまで待とう。土佐犬がうるさく吼えたてたら、〝稲妻ハイキック〟で始末すればいい。

丹治はそう思いながら、運転席のドアの把手《とって》に手を掛けた。

そのとき、一台の車が近くに停止した。

丹治は反射的に振り向いた。グレイのベンツには、二人の男が乗っていた。ともに、堅気には見えなかった。二人とも三十歳前後だ。

助手席の男には見覚えがあるような気がした。いつか麻沙美のマンションの前の路上で、散弾銃をぶっ放した男に似ていなくもない。考え過ぎか。

パワーウインドーが下げられ、運転席の男が話しかけてきた。

「京葉道路の原木ICには、どういけばいいんだい？　教えてくれや」

「Uターンして、表通りに出たら、右に折れて……」

説明しはじめて間もなく、丹治は左の腹部に衝撃を覚えた。何かを撃ち込まれたのだ。

男は筒状《つつじょう》の物を握っていた。いわゆる拳銃《けんじゅう》ではなかった。改造銃か、特殊な密造銃かもしれない。

「何をしやがったんだっ」

丹治は腹を押さえながら、男の顔面に左のショートストレートを放った。

相手の頬骨が鳴った。男は上体を大きく傾けたが、すぐに体勢を整《ととの》えた。

丹治はベンツのドア・ロックを解除し、男たちを外に引きずり出す気になった。

しかし、遅かった。手を伸ばしたとき、ベンツが急発進した。

「くそったれ！」

丹治は自分の車に乗り込んだ。すぐさまベンツを追った。

ベンツは市街地から遠ざかり、新興住宅街を走り抜け、さらに畑や雑木林の点在する地域に入っていった。

丹治は罠の気配を感じ取った。

むろん尻尾《しっぽ》を巻く気はなかった。逃げた男たちを追いつめ、とことんぶちのめすつもりだ。

しかし、次第に全身の筋肉が強張《こわば》りはじめた。

丹治はステアリングを操《あやつ》りながら、腹に手を当ててみた。

セーターとデニムシャツが血で濡《ぬ》れていたが、その量はそれほど多くなかった。傷口も、たいして大きくはない。

体内に撃ち込まれたものは何なのか。それが不気味だった。

拳銃弾ではなさそうだ。痛みと熱感は撃たれたときよりも、明らかに薄らいでいる。目が霞み、手脚《てあし》が痺《しび》れはじめた。

血の流れが止まってしまったような感じだ。どうやら麻酔弾を撃たれたらしい。特殊な弾丸の中には、キンラジンか何かが含まれているのだろう。

目に映るものが不安定に揺れ、時々、視界が翳《かげ》った。このまま走るのは、いくらなんでも危険だ。

丹治は追跡を諦《あきら》め、車を道の端に駐めた。ベンツも停止した。

——奴らはおれが意識を失ったら、何かする気だな。その前に、何とかしなければ……。

丹治は車から降りて、ひとまず近くの雑木林の中に逃げ込みたかった。

しかし、足腰の力が萎《な》えて動かない。まるで他人の体のようだ。もどかしかった。少し経つと、急に何かに強く引きずり込まれた。

瞼《まぶた》が重く垂れてくる。丹治は必死に目を開けようと努力した。塞《ふさ》がりかけた瞼の向こうに、逆走してくるベンツが見えた。数秒後、意識が混濁《こんだく》した。

それから、どれほどの時間が流れたのか。

丹治はエンジン音で、われに返った。両手を後ろ手に麻縄《あさなわ》で縛られ、パジェロの運転席と助手席に寝かされていた。横向きだった。

アクセルの上には、コンクリートの塊《かたまり》が載《の》せてあった。車内がガソリン臭《くさ》い。床にガソリンを撒《ま》かれたらしかった。

車は坂道を下《くだ》っているようだ。

丹治は懸命に身を捩《よじ》って、上体をようやく起こした。

窓の外は暗かった。車は宅地造成中の分譲地内の道路をかなりの速度で走行中だった。

坂の下は、丁字路になっていた。

コンクリートの土留《どど》めが正面にある。車がそこに激突した瞬間、火に包まれるだろう。

もう五、六十メートルしかない。

運転席側のドアは細く開いていた。だが、頭から飛び降りるのは危険すぎる。といって、キーを抜く時間もハンドブレーキを引く余裕もない。背筋が凍った。丹治は助手席に斜めに坐り直し、ドア・ロックを外した。肩でドアを押して、足でフロアを思い切り蹴《け》った。

体が宙で回転した。丹治は、できるだけ身を丸めた。道は未舗装だった。落下したとき、頭を打ったが、それほど痛くはなかった。

丹治は坂の下まで転がり落ちた。

パジェロは思った通り、コンクリートの土留めにぶち当たった。ほとんど同時に、鈍い発火音がした。

数回、小さな爆発音が響き、四輪駆動車は炎に呑《の》まれた。

あたりが明るんだ。立て看板には、『茂原《もばら》ドリームタウン分譲地』という文字が見えた。茂原は、房総半島の付け根にある市だった。

市街地から、だいぶ遠いようだ。

付近には、民家の灯《ひ》はまったく見えない。山の中だった。

——ベンツの奴らが、どこかにいるはずだ。このままじゃ、闘えない。

丹治は肘《ひじ》を使って、なんとか身を起こした。

姿勢を低くしながら、暗がりまで走る。一分ほど待つと、坂の上からベンツが滑り降りてきた。

丹治は息を詰めた。

ベンツは丁字路を右に曲がり、ほどなく停まった。二人の男が車を降りる音が聞こえた。

「派手に燃えてますぜ」

「あの野郎は、もう炭みてえになってるだろう」

「一応、くたばってるかどうか、調べてみましょうや」

「なあに、もうおっ死《ち》んでるさ。早いとこ逃《フ》げよう」

男たちが言い交《か》わし、慌《あわ》ただしく車に乗り込む気配が伝わってきた。すぐにベンツは走り去った。

丹治は土留めの角で、麻縄を擦《こす》りはじめた。

中古のパジェロは惜しくなかったが、グローブボックスに入れておいたヘッケラー&コッホP7は失いたくない気がした。だが、もはや手遅れだった。

麻縄が切れた。

丹治は縄目《なわめ》の刻《きざ》まれた手首をさすりながら、ゆっくりと歩きだした。

車の通る道までは、しばらく歩くことになりそうだ。頭上には、無数の星が瞬《また》いていた。

## 2

不意に単車のエンジン音が近づいてきた。

丹治は、児玉邸の生垣の陰に隠れた。そのまま、じっと動かなかった。

まだ夜は明けていない。午前五時前だった。

昨夜、丹治は千葉市内のビジネスホテルに泊まった。茂原でヒッチハイクしたライトバンの行先が、たまたま千葉市内だったからだ。

丹治は、まだ東京に戻るつもりはなかった。何がなんでも児玉を締め上げ、米沢仁の入院先を吐かせる気だった。

千葉市内の薬局で消毒液と化膿《かのう》止めを買い、丹治はビジネスホテルの一室で傷の手当てをした。手当てといっても、傷口を入念に消毒して、ペニシリン系の軟膏《なんこう》を塗りつけただけだった。

それが済むと、すぐに丹治はベッドに潜《もぐ》り込んだ。

そのまま眠り、午前四時ごろに目覚めた。ビジネスホテルを出て、タクシーでここにやってきたのだった。

新聞配達のバイクが走り抜けていった。

丹治は生垣の支柱に手を掛けた。支柱と支柱の間には、割に太い竹筒が差し渡されている。

その竹筒に足を掛け、生垣を跨《また》ごうとしたときだった。

暗い庭の奥で、人の声と犬の鳴き声がした。丹治は竹筒に載《の》せた片足を下ろし、こころもち姿勢を低くした。

生垣の間から、邸内を窺う。

少しすると、庭園灯の光の中に五十歳前後の小太りの男が浮かび上がった。豊和水産の児玉社長だった。

預かった資料の中に、児玉の顔写真も入っていた。写真よりも実物のほうが老《ふ》けている。

児玉は青っぽいジョギングウェアの上に、白い綿ブルゾンを羽織《はお》っていた。

彼の足許には、二頭の大型犬がいた。片方は、昨夜の土佐犬だ。

もう一頭はシベリアン・ハスキーだった。狼の血を引くハスキー犬の瞳《ひとみ》は、青みがかっていた。顔面には、歌舞伎《かぶき》の隈取《くまど》りに似た模様が入っている。いかにも精悍《せいかん》そうだ。

児玉は犬を散歩させるつもりらしい。

丹治は、にんまりした。家に侵入する手間が省《はぶ》けた。児玉を痛めつけるのは、表の方が何かと都合がいい。

　児玉が二頭の犬に引かれながら、邸《やしき》から出てきた。二本の引き綱《リード》は短めに持っていた。

　丹治は、すぐには尾行しなかった。

　犬の嗅覚《きゅうかく》は、きわめて鋭い。不用意に近寄ったら、吼《ほ》えたてられることになる。三、

四十メートルの距離をとってから、静かに足を踏み出した。

　幸運にも、風は前から吹いてくる。

　これが追い風だったら、丹治の体臭は犬に嗅《か》ぎ取られてしまう。一定の距離を保《たも》ち

ながら、慎重に追尾《ついび》していく。

　児玉は住宅街をのんびりと歩き、丘陵地に向かった。

　次第に民家が疎《まば》らになり、畑や雑木林が目立つようになった。

　誰とも行き会わなかった。まだ人々は、眠りを貪《むさぼ》っているのだろう。

　児玉は丘の中腹で、犬のリードを解《と》いた。

　土佐犬とシベリアン・ハスキーはじゃれ合いながら、勢いよく丘を駆け上がってい

った。児玉が小走りに二頭の愛犬を追いはじめた。

　――犬を放しやがったか。早く片《かた》をつけるには、何か獲物《えもの》があったほうがいいな。

　丹治は、少し先の林の中に分け入った。

地べたには、枯れ枝《えだ》の類《たぐい》しかなかった。そんなものでは武器にはならない。ふと頭上を仰《あお》ぐと、樫《かし》の太い枝が横に張り出していた。

枝はほぼ真っすぐで、割に太さもあった。

丹治は、その枝に両手で飛びついた。体重で、枝が幹から折れた。

着地するなり、丹治は握った枝を強く引いた。生木《なまき》が裂け、枝が幹から剝《は》がれた。

丹治は樹木の匂《にお》いに噎《む》せながら、手早く小枝と葉を払い落とした。

枝の細い部分も折って、足許に捨てた。それでも一メートル数十センチの長さはあった。ちょうど握れるほどの太さだった。

丹治は手づくりの武器を持って、すぐさま道に戻った。

児玉や二頭の犬の姿はもう見えない。丹治は丘を一気に駆け上がった。児玉は反対側の斜面を下《くだ》りはじめていた。

二頭の大型犬は、児玉の少し先を歩いていた。道の両側は、うっそうとした林だった。

ここで締め上げよう。

丹治は丘の斜面を駆け降りはじめた。

少し走ると、児玉が立ち止まった。丹治は児玉に駆け寄るなり、樫の枝を横に薙《な》いだ。

児玉が声をあげながら、横倒しに転がった。

「日栄交易の米沢は、どこにいる？　どこかの病院に入院してるはずだ」

丹治は言った。児玉が左の肩口を押さえながら、気色《けしき》ばんだ。

「いきなり棒を振り回したりして、なんのつもりなんだっ。ふざけるな！」

「あんた、米沢からおれのことを聞いてるだろうが」

「きさまのことなど、おれは知らん！」

「きのう、米沢の六本木のマンションから荷物が運び出されたのを見てるんだ」

「米沢？　荷物だって⁉」

「そこまで白を切る気なら、あんたの頭をぶっ叩《たた》くしかねえな」

「きさまは狂ってる！」

児玉は大声を張り上げ、指笛を吹いた。すると、二頭の番犬が翔《か》けるように駆けてきた。

丹治は樫の枝を中段に構え、やや腰を落とした。

「こいつをやっつけろ！」

児玉が起き上がって、二頭の飼い犬に命じた。

土佐犬とシベリアン・ハスキーが無気味な唸《うな》り声を発しながら、這《は》うような感じで間合《まあ》いを詰めてくる。ハスキー犬の面構《つらがま》えは、狼そのものだ。両耳が鋭く立っている。

先に跳躍《ちょうやく》したのは、土佐犬だった。

後ろ肢《あし》を発条《ばね》にした大きな跳躍だ。二メートル近い高さまで舞い上がった。

丹治は土佐犬を充分に引き寄せてから、手にした武器を水平に泳がせた。

確かな手応えがあった。肉と骨が鋭く鳴った。

土佐犬が短く鳴き、地面にどさりと落ちた。地響きがした。

すかさず丹治は前に跳《と》び、土佐犬を蹴り上げた。

大型犬が宙に舞った。丹治は太い枝で、土佐犬をぶっ叩いた。上段からの一撃だった。

狙《ねら》いは外さなかった。土佐犬の頭蓋骨《ずがいこつ》が砕《くだ》け、両耳から血の粒《つぶ》が飛んだ。

土佐犬が息絶えたとき、シベリアン・ハスキーが躍《おど》りかかってきた。

丹治は右の足を飛ばした。空気が縺《もつ》れた。

前蹴りはハスキー犬の脇腹《わきばら》を掠《かす》めただけだった。犬は小さな声をあげたが、丹治の腿《もも》に組みついて離れない。

丹治は、腿の筋肉に歯を立てられた。スラックスが破れ、尖《とが》った牙《きば》が肉に埋まった。

激痛を覚えた。思わず呻《うめ》いてしまった。

丹治は体を左右に振った。しかし、ハスキー犬は腿にしがみついたままだった。肉を噛み千切らんばかりに、顔を激しく横に振っている。

尖鋭《せんえい》な歯が肉を抉《えぐ》る。気が遠くなりそうだった。

丹治は樫の枝を垂直にし、ぎざぎざに尖《とが》った底の部分でシベリアン・ハスキーの首筋や肩を突いた。そのたびに、毛の下から血が噴《ふ》いた。

だが、獰猛《どうもう》な犬は丹治の体から離れなかった。

肉を喰い千切られるかもしれないが、仕方がない。

丹治は覚悟をし、回し蹴りの要領で体を思うさま旋回させた。

一度では、シベリアン・ハスキー犬を振り落とせなかった。三度目で、ようやく大型犬が吹っ飛んだ。丹治は脳天まで痛みを覚えたが、幸いにも筋肉は嚙み千切られなかった。

狼に似た犬が敏捷《びんしょう》に跳《は》ね起き、ふたたび高く舞った。

丹治は口の中で三《さん》まで数え、左の足を飛ばした。空気が躍《おど》った。スラックスの裾《すそ》がはためいた。

前蹴りは犬の腹に決まった。爪先《つまさき》は、肉の中にめり込んでいた。

シベリアン・ハスキーが悲鳴を放ち、すぐに体を丸めた。

落下した瞬間、丹治は喉《のど》を蹴りつけた。犬が血の塊《かたまり》を吐きながら、転がり回った。

楽にさせてやろう。

丹治は、シベリアン・ハスキーの頭を樫の太い枝で強打した。

頭が潰《つぶ》れ、鼻や耳から鮮血が飛散《ひさん》した。大型犬は、そのまま死んだ。

「おれの愛犬を殺しやがって！　きさまも殺してやるっ」

児玉が逆上し、そばに落ちていた石塊《いしくれ》を拾い上げた。子供の頭ほどの石だった。

「やめとけ」

丹治は言った。

しかし、児玉は冷静さを取り戻さなかった。石を掴《つか》んで、やみくもに挑みかかってきた。丹治は握っている樫の枝を前に突き出した。先端が児玉の鳩尾《みぞおち》に沈んだ。

児玉が喉を軋《きし》ませ、体をくの字に折った。その姿勢で、尻《しり》から地面に落ちた。手から、石ころが零《こぼ》れ落ちた。

丹治は素早く枝で、児玉の肩口を押さえつけた。

「もう観念したら、どうだ」

「若《わけ》えの、おれを甘く見るなよ。これでも昔は河岸《かし》一番の暴《あば》れん坊だったんだぞ」

児玉が言いながら、立ち上がろうとした。

丹治は薄く笑って、枝で児玉の肩を打ち据《す》えた。肩の骨が折れたらしく、児玉がうずくまった。唸り声は太かった。

「反対側の肩の骨も折られたいか？」

「やりたきゃ、やれ！」

「そうかい」

丹治は枝の切れ端を少し浮かせ、今度は児玉の側頭部を強打した。児玉が雄叫《おたけ》びめいた声をあげ、横に転がった。

丹治は走り寄って、児玉の脇腹をキックした。

児玉が野太く唸り、俯《うつぶ》せになった。丹治は、児玉の首に樫の枝の尖《とが》った部分を押し当てた。

「おれの質問に答えなきゃ、あんたは犬と同じ目に遭《あ》うんだぜ」

「な、何が知りたいんだ？」

児玉が弱々しく言った。やっと観念する気になったらしい。

「米沢の居所を教えろ」

「飯田橋《いいだばし》の病院にいるよ」

「病院の名は？」

「友愛会《ゆうあいかい》病院だ。外科病棟に入院してる。きさまなんだな、米沢さんをリンチしたのは。何者なんだ？」

「察しはついてるだろうが」

「知らんよ、おれたちは。米沢さんも、おたくの正体がわからないと言ってた」

「まあ、いいさ。あんたは米沢に頼まれて、ロシアからの密輸品や出稼ぎ女たちを運んでるな！」

　丹治は声を高めた。目には凄《すご》みを溜《た》めた。

　返事はなかった。

「仕方ない。あんたには死んでもらおう」

「やめろ、やめてくれ！　ああ、運んでるよ」

「核ミサイルも運んだことがあるなっ」

「そんなものは一度も運んだことがない。運んだのはロシアの女たち、魚、毛皮、旧ソ連軍の拳銃や自動小銃なんかだ」

「米沢は核ミサイルを五十基ばかりロシアン・マフィアから買ったとおれに喋《しゃべ》ったんだ」

「そういう話を聞いたことはあるが、うちの会社は無関係だよ」

「そうかい。米沢に協力してやれって言ったのは、丸星商事の人間だな？」

「ええと、それは……」

「あんまり苛《いら》つかせないほうが利口だぜ。おれは、あまり気が長いほうじゃないんでな」

「そうだよ。おたくの言う通りだ」

　児玉が捨《す》て鉢《ばち》に答えた。

「丸星商事の誰に言われた?」

「水産部の松永直人って男だよ」

「松永が米沢を使って、やらせてることは?」

「魚介の密輸入も少しはさせてるようだが、主に兵器の買い付けを……」

「ロシアの核研究者の亡命の手助けもしてるんだろ?」

「そのあたりのことは、よく知らない」

「兵器の密輸には、丸星商事の誰と誰が関わってるんだ?」

「それについても、よく知らないんだよ。荷の受け渡しを指示してくるのは、いつも水産部の松永氏なんだ。彼は、会社ぐるみで密輸をやってると言ってたが、それが事実かどうかはわからない」

「東都テレビの『ニュースオムニバス』が、米沢のことを番組で取り上げたことは知ってるな?」

丹治は訊いた。

「ああ、知ってる」

「そのことで、松永は何か言ってなかったか?」

「日栄交易と丸星商事の関係が明るみに出ることを恐れてるようだったよ」

「で、松永はニュースキャスターの諏訪麻沙美の車に爆破装置を仕掛け、番組スタッフの若いディレクターを誰かに始末させたんじゃないのか？」

「まさか⁉」

「いや、それだけじゃない。松永は、かつて恋人だった諏訪麻沙美を絞殺した疑いもあるんだ」

「おたく、何か勘違いしてるんじゃないのか？」

児玉がおずおずと言った。

「どう勘違いしてるって言うんだっ」

「商社マンが人殺しをするなんて、とても考えられないよ」

「確かに常識じゃ、ちょっと考えにくいよな。しかし、丸星商事は米沢やあんたを使って、ロシアン・マフィアどもから、いろんなものを不正に輸入してる。それだって、常識じゃ考えられないことだろうが」

「それはそうだが、殺人となると……」

「そうそう、きのうの夕方、おれも危《あや》うく車ごとバーベキューにされそうになったんだ」

丹治は昨夕のことを詳しく話した。話し終えると、児玉が即座に言った。

「やくざ風の二人組を雇ったのは、断じておれじゃない！」

「なら、米沢か？」

「彼でもないと思うよ」

「まあ、いいさ。おれが、そのうち二人組の雇い主を自分の手で暴《あば》いてやる。それはそうと、松永が香港に出張したことは知ってるか？」

「いや、知らない。いつ行ったのかね？」

「松永の女房の話だと、きのうだ。月曜日の夜か、火曜日の午前中に帰国予定らしい」

「その出張のことは、まったく知らなかったよ」

「松永の私生活のことを少し教えてくれ。奴の女房は、いい家の娘らしいな」

「ああ、そんな話だったな。松永氏はあれでなかなかの野心家だから、計算ずくで奥さんと結婚したんだろう」

「松永と女房の仲は、どうなんだ？」

丹治はたずねた。

「表向きはともかく、それほど仲睦《むつ》まじいとは思えないね」

「あんた、何か知ってるな。話してくれ」

「米沢さんから聞いた話だが、松永氏には愛人がいるらしいんだよ」

「銀座のクラブホステスでも囲ってるのか？」

「いや、そうじゃない。相手は、そこそこ名の売れたアナウンサーらしいよ。名前は忘れてしまったがね」

「山路知佐子って名じゃないのか？」

「そんな名だったかもしれないな」

児玉が記憶の糸を手繰《たぐ》る顔つきで、呟《つぶや》くように言った。

松永の愛人は山路知佐子にちがいない。根拠があるわけではなかったが、丹治は確信を深めた。

「もう何もかも話したんだ。早く消えてくれ」

「あんたに餞別《せんべつ》をやろう」

丹治は樫の枝で児玉の腰をしたたかに打ち、ゆっくりと離れた。

児玉が四肢《しし》を縮め、のたうち回りはじめた。丹治は手製の武器を繁みに投げ捨て、来た道を引き返しはじめた。犬に嚙まれた腿《もも》が脈打つように疼《うず》いている。

東京に戻ったら、飯田橋の病院に行くつもりだった。米沢から探《さぐ》り出したいことが、まだ残っていた。

3

傷口に湯が沁《し》みた。

腿《もも》には、シベリアン・ハスキー犬の歯形がくっきりと彫《ほ》り込まれている。腹の銃《じゅう》創《そう》は塞《ふさ》がりかけていた。

丹治は代々木上原の自宅マンションで、シャワーを浴びていた。すでに陽《ひ》は落ちていた。

船橋から飯田橋の友愛会病院に回ったのは、午前十時ごろだった。

米沢は昨夜のうちに、無断退院していた。行先はわからなかった。

丹治は歯噛みしながら、自宅に戻った。

ひどく疲れていた。血で汚れた衣服を脱ぎ、そのまま寝てしまった。そして、十分ほど前に目覚めたのである。

体を洗い終えた。

丹治は浴室を出た。黒いバスローブを引っ掛けて、居間で缶ビールを呷《あお》りはじめた。

半分ほどビールを空《あ》けたとき、インターフォンが鳴った。丹治は長椅子《ながいす》から立ち上がって、壁に走り寄った。

受話器を取ると、男の低い声が流れてきた。

「千葉の茂原署の者です」

「ご用件は?」

「あなたのお車のことで、ちょっと伺いたいことがありましてね」

「少し待ってください。いま、風呂《ふろ》から出たばかりなんですよ」

丹治はインターフォンを切って、寝室に駆け込んだ。

大急ぎで着替えをし、玄関ホールに走る。ドアを開けると、二人の刑事が立っていた。ひとりは四十二、三歳で、もうひとりは三十歳前後だった。

「わたし、長嶋《ながしま》といいます。こっちは渡辺《わたなべ》です」

年嵩《としかさ》の刑事が名乗り、若い同僚に顔を向けた。丹治は会釈《えしゃく》し、二人に言った。

「どうぞ上がってください」

「いや、ここで結構です」

長嶋がいったん言葉を切り、すぐに言い継《つ》いだ。

「丹治さん、あなたは97年型のパジェロをお持ちですね？」

「ええ。しかし、きのうの午後、中山競馬場の近くで盗《ぬす》まれてしまったんですよ」

丹治は澱《よど》みなく答えた。着替え中に思いついた嘘だった。

「そうですか」

「わたしの車が茂原署管内で発見されたんですね？」

「発見されたことは発見されたんですがね、焼かれて使いものにならなくなってたんですよ」

「焼かれてた？」

「ええ」

若い刑事が詳しく説明した。丹治は、ことさら驚いて見せた。

「まいったなあ」

「おたくの車、何か犯罪に使われた可能性もあるんですよ」

渡辺が言った。厳しい顔つきだった。

「犯罪？」

「ええ。グローブボックスに、ドイツ製の自動拳銃が入ってたんです。もちろん、焼け爛《ただ》れてましたがね」

「わたしの車に拳銃が入ってたなんて、パジェロを盗《と》った奴は、組関係の者なんですか？」

「それは、まだわかりません。しかし、その可能性もありますね」

「車を盗られたことも癪《しゃく》だが、妙な疑いをかけられたんじゃたまらないな」

「別に、われわれは丹治さんを疑ってるわけじゃありませんよ」

長嶋刑事が宥《なだ》めるような口調で言った。

「わざわざ刑事さんたちがここまで訪ねてきたわけだから、少しは……」

「最初は、ちょっと疑いました。焼けたヘッケラー＆コッホＰ７は丹治さんのものじゃないかってね。でも、その疑いはすぐに消えました」

「どうしてです？」

「運転席のフロアに、コンクリートの塊《かたまり》が転がってたんですよ。それで犯人が誰かを車内に閉じ込めて、わざと車を炎上させたことがわかったんです。車の所有者が、そんな間の抜けたことをするわけありません。ナンバーから、すぐに持ち主がわかってしまいますからね」

「それで、車ごと焼き殺されたのは何者なんです？」

丹治は空とぼけて、長嶋に訊《き》いた。

「それがですね、焼死体は発見されなかったんですよ。おそらく炎上する前に、車から這《は》い出したんでしょう」

「かもしれませんね」

「われわれは、たまたま丹治さんの車が盗まれたのか、それとも犯人があなたを陥《おとしい》れたかったのか、そのへんのことを調べたくて伺《うかが》ったんです」

「運悪くパジェロをかっぱらわれただけだと思いますよ。特に誰かに恨まれてるということはありませんからね」

「お仕事は？」

「フリーの調査員です」

「そういうご職業なら、調査対象者から逆恨みされることもあるんじゃないですか？」

長嶋の目つきが鋭くなった。

「誰かに逆恨みされてるかもしれないが、それを自覚したことは一度もありません」

「そうですか。わかりました。どうもお邪魔しました」

長嶋は若い刑事に目配せして、先に廊下に出た。

刑事たちが辞去すると、丹治は居間のソファに腰かけた。グローブボックスに拳銃を入れておいたのは、不覚だった。少しの間、刑事たちにまつわりつかれるだろう。だからといって、調査を中断するわけにはいかなかった。

山路知佐子の家には変装して行こう。

丹治は立ち上がって、ベランダ側に歩いた。

机の横の資料棚の前に立つ。棚には事件や事故のスクラップのほかに、各種の人名録が揃《そろ》っている。

丹治はタレント名鑑を引き抜き、山路知佐子の自宅の住所を調べた。知佐子は世田谷区代田にあるマンションに住んでいた。電話番号も載《の》っていた。

それらをメモして、丹治はベランダに出た。暗がりまで歩き、そこから眼下を見下ろした。

茂原署の刑事たちは、マンションの斜め前あたりに立っていた。

——やっぱり、張り込まれたな。

丹治は居間に戻り、寝室に入った。

クローゼットの中には、変装用のウィッグや付け髭《ひげ》などが納《おさ》まっている。丹治は肩まで届く長髪の鬘《かつら》を被《かぶ》り、鏡を覗いた。

ハードロックのミュージシャンのような印象になった。これなら、刑事たちの目をごまかすことができるだろう。

丹治はそう思いながら、キャビネットの引き出しを開けた。その中には、調査に必要な七つ道具が入っている。丹治は盗聴器を納めた仕切りに手を伸ばした。

盗聴器と総称されているものは、三種類に区別できる。一つは、ワイヤレス・マイクと同じ原理の隠しマイク型盗聴器だ。二つ目は、電話機に仕掛ける電話盗聴器である。そして、壁などに装着して隣室の会話を盗み聴きする特殊マイク型のものだ。

キャビネットには、三種の盗聴器が入っている。いずれも盗聴器専門メーカーであるサーベイヤ社の製品だった。

丹治は、高性能の電話盗聴器を抓《つま》み上げた。小指の先ほどの大きさだ。

これを引き込み線部分のヒューズ管に直結させれば、ＦＭラジオで電話の内容を盗聴することができる。

国内用ＦＭラジオの周波数帯でキャッチすると、一般のＦＭ聴取者も受信してしまう恐れがあった。

そんなことから、丹治はもっぱら輸出用FMラジオを利用していた。周波数を八十八メガヘルツから百八メガヘルツ帯に合わせれば、ほぼ確実に盗聴ができる。

丹治は電話盗聴器と輸出用FMラジオを紙袋に入れ、外出の仕度に取りかかった。

といっても、薄手のセーターの上にレザーブルゾンを羽織ったにすぎない。

ほどなく部屋を出た。むろん、盗聴器やFMラジオの入った紙袋も持った。

エレベーターで一階に降り、表玄関から外に出た。

二人の刑事が視線を向けてきた。だが、丹治であることは見抜けなかったようだ。どちらも、すぐに視線を逸《そ》らした。

変装に気づかなかったな。これで、自由に動き回れる。

丹治はほくそ笑《え》んで、近くの井の頭通りに向かった。

その通りに、レンタカーの営業所がある。歩いて四、五分の距離だった。

丹治は営業所で運転免許証を呈示して、オフブラックのプリウスを借りた。まだ割に新しかった。

レンタカーを発進させる。ステアリングに妙な癖《くせ》はついていなかった。

井の頭通りを大原《おおはら》二丁目交差点まで進み、左に折れた。環七通りだ。少し走ると、左手に行きつけのレストランが見えてきた。

丹治は店の駐車場にプリウスを入れた。

腹ごしらえをする気になったのだ。店内に入り、三百グラムのステーキを注文した。ステーキが運ばれてくる前に、丹治は山路知佐子の自宅に電話をしてみた。しかし、部屋の主は留守だった。録音された声が一方的に喋って、メッセージを促《うなが》す発信音が響いてきた。

丹治は無言で電話を切った。

セブンスターを二本喫《す》い終えると、ステーキが届けられた。

ミディアムだった。丹治は、ゆっくりとステーキを食べた。時間稼ぎだった。ステーキを平らげ、コーヒーを啜《すす》る。

それから丹治は、ふたたび知佐子のマンションに電話をかけた。今度は、当の本人が受話器を取った。

「すみません、間違えました」

丹治は作り声で詫《わ》び、通話を切り上げた。

そのとき、ふと彼は自宅のベランダに知佐子が隠し持っていた稀硫酸《きりゅうさん》を放置してあることを思い出した。あの小壜《こびん》をちらつかせれば、知佐子は何も言えなくなるだろう。

しかし、自宅に引き返すのは面倒な気がした。

丹治はプリウスに乗り込むと、まっすぐ代田に向かった。目的地は数キロ先だった。

知佐子の住むマンションは、すぐに見つかった。南欧風の洒落《しゃれ》た建物だった。

丹治は車をマンションの前に駐《と》め、エントランスに急いだ。集合インターフォンに近づき、六〇六号室のボタンを押す。

ややあって、知佐子の声がスピーカーから流れてきた。

「どなたでしょう?」

「宅配便です」

丹治は、わざと高い声を出した。知佐子は少しも怪しまなかった。

オートロック・ドアを抜け、エレベーターで六階に上がった。六〇六号室は、エレベーターホールから少し離れていた。

丹治は部屋のインターフォンを鳴らし、持っている紙袋で顔を隠した。知佐子がドア・スコープで、来訪者の顔を確かめることが予想できたからだ。

しかし、長髪のウィッグを被《かぶ》っている。おそらく勘づかれないだろう。

丹治は不安を打ち消した。

ドアが開けられた。丹治は玄関に飛び込み、手早くシリンダー錠を掛けた。

「何よ、あなた!」

知佐子が詰《なじ》った。丹治は鬘《かつら》をひっ剝《ば》がして、紙袋の中に突っ込んだ。

「あっ、あなたは⁉」

知佐子が驚き、口に手を当てた。

「こないだ、きみが三田の諏訪麻沙美のマンションの前に落としていったのは、稀硫酸だったんだな」

「なによ、何しに来たのっ」

「きみはあの晩、麻沙美の顔に稀硫酸をぶっかけるつもりだったんだろ？」

「おかしな言いがかりはやめて！」

「きみは、それ以前に麻沙美に黒のカラースプレーを噴《ふ》きかけてる」

「なんで、そんなことまで知ってるの⁉」

「カラースプレーの一件が表沙汰《おもてざた》になったら、きみはレギュラーの仕事を失うことになるだろうな」

「何が狙いなの？」

「きみに訊きたいことがあるんだ。ちょっと入らせてもらうぜ」

丹治は靴を脱いで、玄関ホールに上がった。

知佐子は迷惑そうな顔をしたが、何も言わなかった。丹治は知佐子とともに、リビングルームに入った。

二十畳ほどの広さだった。リビングセットも、ボードも安物ではなかった。

丹治は、知佐子をロータイプのソファに坐らせた。知佐子は、剝《む》き出しになった膝《ひざ》小僧を両腕で抱え込んだ。

彼女は、黒革のミニスカートを穿《は》いていた。上は、ベージュのタートルネック・セーターだ。瑪瑙《めのう》のペンダントをぶら下げている。紅、緑、白の三色が混じり合って、不思議な模様を描いていた。

「きみは、殺された麻沙美を憎んでたな？」

丹治は立ったまま、知佐子に問いかけた。

「答えたくないわ」

「それじゃ、おれが喋ってやろう。きみは麻沙美に強く反対され『ニュースオムニバス』のレギュラー出演者になれなかった。それで、麻沙美を逆恨みするようになったんだろう？」

「………」

「で、カラースプレーを麻沙美に噴きかける気になった。それでも気が晴れなくて、次に稀硫酸をぶっかけようとした。違うか？」

「その通りよっ。わたしは、あの女のためにビッグ・チャンスを摑《つか》み損《そこ》なったの！恨んで、当然でしょ？」

知佐子が挑《いど》むような語調で言った。

「そのことはわかるが、なぜ、丸星商事の松永直人に接近したんだ？　一種の厭《いや》がらせのつもりだったのか？」

「厭がらせって、どういうことなの⁉」

「麻沙美は昔、松永に棄《す》てられた女なんだ。そのこと、知らなかったのか？」

「知ってたわよ。でも、諏訪麻沙美に厭がらせする気で松永さんと親しくなったわけじゃないわ。ある所で彼とたまたま再会して、気持ちが燃え上がっただけよ」

「一応、信じておこう」

「松永さんは昔、丸星商事の広報部にいたのよ。そんな関係で、東都テレビのパーティーなんかによく顔を出してたの。その当時、わたしは局アナだったんで、自然に顔見知りになってたわけ」

「なるほど。ところで、松永から何か聞いてないか？」

丹治は核心に触《ふ》れた。

「何かって？」

「松永は麻沙美を快《こころよ》く思ってなかったはずだ。『ニュースオムニバス』が、米沢という怪しげなブローカーのことを告発シリーズで取り上げたからな。米沢と丸星商事がつながってることを番組の取材スタッフが探《さぐ》り出してた。それが表沙汰になることを恐れ、丸星商事は米沢を使って、麻沙美に威しをかけた」

「………」

「しかし、麻沙美は怯《ひる》まなかった。そこで丸星商事は麻沙美のアウディを爆破し、『オフィスK』の五十嵐ディレクターを葬《ほうむ》り、とどめに麻沙美も始末しちまった。どの事件にも、松永が絡《から》んでるな！」

「わたしは何も知らないわ。松永さん、仕事のことはいっさい話さないタイプなのよ」

知佐子が言い張った。

嘘をついているかどうかは読み取れなかった。丹治は、電話の引き込み線に盗聴器を仕掛ける気になった。しかし、相手に気づかれるのはまずい。

「おれと取引しないか」

「どういう意味？」

「きみを抱きたくなったんだ」

「ベッドでお相手をすれば、カラースプレーや稀硫酸のことは忘れてくれるの？」

「ああ、忘れてやろう。きみにとって、損な取引じゃないと思うがな」

「いいわ」

「それじゃ、先にシャワーを浴びててくれ。後から、浴室に行くよ」

丹治は言った。知佐子が立ち上がって、居間を出ようとした。

「ちょっと待って。ここで着てるものを脱いでくれ」

「えっ」

「浴室に入る振りをして逃げられたんじゃ、目も当てられないからな」

「疑《うたが》い深い男《ひと》ね」

知佐子が苦笑して、衣服を脱ぎはじめた。

裸になると、意外に肉づきがよかった。着痩《きや》せするタイプなのだろう。

肌の色も白い。恥毛はオイルをまぶしたように黒々と輝いている。量も多かった。

「待ってるわ」

知佐子が艶《なま》めかしく笑い、浴室に足を向けた。

丹治は耳を澄ませた。

少し経つと、湯の音がかすかに響いてきた。

丹治は電話の引き込み線を探し出し、ヒューズ管に盗聴器をセットした。これで、盗聴の準備はできた。

丹治はＦＭラジオの入った紙袋を玄関の傘入れに隠し、脱衣室のドアを開けた。浴室でシャワーを浴びている知佐子の姿が透《す》けて見えた。煽情《せんじょう》的な眺めだった。

丹治の欲望が目覚めた。行きがけの駄賃に知佐子を抱く気持ちになっていた。

素早く裸になり、浴室に入った。知佐子が濡れた柔肌を密着させてきた。

丹治は知佐子を抱き寄せ、唇を貪った。

知佐子が吸い返してくる。舌を絡ませると、にわかに昂《たか》まりが雄々《おお》しくなった。

「逞《たくま》しいのね」

知佐子がキスを中断させ、洗い場にひざまずいた。

丹治は下腹を突き出した。知佐子が、唇で丹治の分身を捉えた。丹治は両手で知佐子の頭を引き寄せ、腰を躍《おど》らせはじめた。

## 4

欠伸《あくび》が止まらない。

頭も重かった。明らかに、寝不足だった。

丹治はナイトテーブルの上の腕時計を見た。あと数十分で、正午になる。自宅だ。

腹這《はらば》いになって、セブンスターをくわえる。

指先に、知佐子の体の匂いがうっすらと残っていた。昨夜、丹治は浴室で慌ただしく欲望を満たしてから、寝室でも知佐子を抱いた。

二度目の交わりには、たっぷりと時間をかけた。

知佐子は本気で燃え上がり、幾度もエクスタシーに達した。そのつど、淫蕩《いんとう》な声を響かせた。裸身を震わせながら、露骨な卑語《ひご》も口走った。

丹治はそれに煽《あお》られ、本能のおもむくままに振る舞った。口や性器だけではなく、知佐子のアヌスも嬲《なぶ》った。

知佐子のA感覚は、すでに別の男によって開発されていた。

陰茎を押し入れると、彼女は狂おしげに白桃のような尻を打ち振った。

凄まじい乱れようだった。丹治は、かすかなたじろぎさえ覚えた。

濃厚な情事が終わると、知佐子はそのまま寝入ってしまった。

丹治は静かに知佐子の部屋を出て、プリウスに戻った。輸出向けのFMラジオのレシーバーを耳に当て、長い時間を遣り過ごした。

知佐子が香港にいる松永に国際電話をかけるかもしれないと考えたのである。しかし、いくら待っても、電話の遣り取りは流れてこなかった。

午前五時になったとき、丹治はレシーバーを外した。盗聴を諦め、自分のマンションに帰る気になったのだ。

帰宅したのは、五時二十分ごろだった。

丹治はベッドに直行した。ほんの数分で、眠りに引きずり込まれた。街頭宣伝車の拡声器に眠りを妨《さまた》げられ、ついさきほど目覚めたのだ。

一服すると、丹治はベッドを離れた。

玄関に足を向け、ドア・ポストから朝刊を引き抜く。

居間のソファに凭《もた》れて、朝刊を拡《ひろ》げた。

何気なく社会面を開いた瞬間、丹治は声をあげそうになった。米沢仁が転落死したという記事が載っていたからだ。

なんてことだ。丹治は二段抜きの記事を目で追いはじめた。

事件のあらましは、次の通りだった。

昨夜七時半ごろ、夜釣りをしていた老人が芝浦埠頭《ふとう》の岸壁近くで米沢の水死体を発見した。

水上署の調べによると、米沢の遺体には何も外傷はなかった。着衣《ちゃくい》に乱れはなく、靴も履《は》いていた。

所持金を奪われた形跡はなかった。遺書の類《たぐい》もない。そんなことから、警察は米沢が誤って岸壁から海に転落したという見方を強めている——。

おそらく転落に見せかけた殺人だろう。

丹治は新聞から顔を上げた。

きっと犯人は言葉巧《たく》みに米沢を岸壁に誘い出し、不意に背中を押したにちがいない。

そこまで考え、丹治は米沢がかつて漁師だったことを思い出した。

元漁師なら、泳げないわけはないだろう。北海の荒海ならともかく、東京湾の岸壁近くで溺《おぼ》れ死ぬはずはない。

おおかた米沢は犯人にクロロホルム液かエーテル液を嗅《か》がされたあと、運河か海に投げ込まれたのだろう。そう考えれば、外傷のないことや水死したことの説明がつく。松永が誰かに命じて、米沢の口を封じたのか。直《じか》に手を汚したのは、犯罪のプロと思われる。

丹治は朝刊を長椅子に投げ落とし、携帯電話を手に取った。すぐに丸星商事の水産部に電話をかける。受話器を取ったのは、若い女だった。

丹治は松永の学生時代の友人を装って、相手に訊いた。

「松永君は香港から、いつ戻るんです？　実は、ゼミでお世話になった教授が急死されたんですよ」

「松永は今夜八時過ぎには帰国する予定です」

「成田から会社に回ることになってるんですか？」

「いいえ、そのまま自宅に戻ることになっています。遅くとも十一時前後には帰宅すると思います」

「それじゃ、そのころ、彼の世田谷の家に電話してみましょう」

「あのう、空港から松永が会社に電話をしてくるかもしれませんので、一応、お名前をお教えください」

相手が遠慮がちに言った。

丹治は一方的に電話を切った。今夜こそ、松永を締め上げてやる。

そう思ったとき、携帯電話が着信した。丹治は携帯電話を耳に当てた。

「米沢ってブローカーが死んだこと、知ってる？」

未樹が、のっけから訊いた。

「たったいま、朝刊で知ったとこだよ」

「そう。ひょっとしたら、丸星商事の人間が米沢を始末したんじゃない？　酔っ払いなら別だけど、大の大人が素面《しらふ》で足を滑らせるなんてことは考えられないわ」

「ああ、まず考えられないな」

丹治は自分の推測を話した。

「多分、そうなんでしょうね」

「一連の事件は、すべて松永がシナリオを練ったにちがいない」

「だけど、松永個人の考えでやったことじゃないわよね？」

「おそらく会社の上司も絡《から》んでるんだろう。そいつが個人的にロシアン・マフィアから核兵器を買って他国に転売する気になったのかどうかは、まだはっきりしないがね」

「準中距離ミサイルとなると、中古でも一基数千万円はするだろうから、とても個人の力では買い集められないじゃない？」

「確かにな。会社ぐるみの密輸と考えたほうがいいかもしれない」

「わたしは、会社ぐるみだと思うな。アウディの爆破、五十嵐ディレクターの惨殺、米沢の転落死はプロの犯行だと思うけど、諏訪さんを殺したのは松永個人なんじゃない？」

　未樹が言った。

「おれも、そう思いはじめてるんだ。諏訪麻沙美は無防備な姿勢で絞殺されてたわけだから、絶対に顔見知りの犯行だよ。ただ、松永を犯人断定するだけの材料がないんだよな」

「事件当夜の松永のアリバイは、どうなってるの？」

「そいつは、まだ調べてないんだ。次々に身の回りに厄介《やっかい》な事件が起こったんで、調査をする時間がなかったんだよ」

　丹治は弁解した。

　松永の事件当夜のアリバイを調べる気になれば、できなくはなかった。しかし、そうすることが何かまどろっこしく思え、つい先送りにしてきたのだ。

　いちいち調べなくても、松永を痛めつければ、犯行を認めるだろうという自信もあった。

「高輪《たかなわ》署に誰か知り合いの刑事はいないの？」

「残念ながら、ひとりもいないな」

「水上署には何人も親しい人がいるから、高輪署の刑事を誰か紹介してもらってあげましょうか？」

「せっかくだが、今回は遠慮しておこう。おれも一応、プロの調べ屋だからな」

「拳さんのプライド、傷つけちゃった？」

「いや、そんなことはないさ。気にしないでくれ。おまえさんのアドバイス、参考になったよ。皮肉じゃなくな。松永のアリバイ、さっそく調べてみるよ」

丹治はいったん終了キーを押し、『オフィスK』に電話をかけた。電話に出たのは、長谷川ディレクターだった。

丹治は短い挨拶《あいさつ》をし、用件を切り出した。

「実は頼みがあるんです。諏訪麻沙美が殺された夜の松永直人のアリバイを調べてもらいたいんだ」

「松永が怪しいんですね？」

「うん、まあ。あなた自身が調べるのは大変だろうから、東都テレビの事件記者に頼んでもらえると、ありがたいんだがな」

「いいですよ。親しくしてる放送記者に調べてもらいましょう」

「よろしく！　ところで、今後、『ニュースオムニバス』はどうなるんです？」

「五月末まで現状のままで番組をつづけ、キャスターを一新して再スタートすることになりました。うちの会社は、そのまま制作に関《かか》われることになったんですよ」

「それは、よかったね。そうだ、もうひとつ、教えてくれないか」

「なんでしょう？」

電話の向こうで、長谷川が緊張する気配が伝わってきた。

「殺された五十嵐ディレクターに、恋人に近い女性はいなかった？　いつか遺族に会ったときは、そういう女はいなかったという話だったんだが」

「五十嵐は、夕希さんとつき合ってたようですよ」

「夕希さんって、諏訪麻沙美の妹の？」

「ええ、そうです。時々、夕希さんから五十嵐に電話があったんですよ。そういうときは、どこかでデートしてたんじゃないのかな」

「そう。五十嵐氏が、告発シリーズの証拠ビデオの類《たぐい》を夕希さんに預けたということは考えられないだろうか」

「それは、ちょっと。五十嵐は公私のけじめはつける男でしたから、好きな女性を仕事に巻き込むようなことはしないと思いますよ」

「そうだろうね」

丹治は短く応じた。

「仮に証拠のビデオや写真を預けたとしたら、夕希さんは黙ってないでしょ？　交際中の男が惨《むご》い殺され方をしたわけですからね」

「何か考えがあって、あなたたちや警察にはわざと黙ってるとも考えられるんじゃないのかな?」

「ご質問の意味が、よくわからないんですが……」

「たとえば、夕希さんが個人的に五十嵐氏殺しの犯人を追いつめるとか、あるいは恋人の復讐《ふくしゅう》を考えてるとか」

「夕希さんはお姉さんと同じように、とても冷静な女性です。ですから、そういったことを考えるとは思えませんね」

「そう」

「頼まれた件、引き受けました。これから会議があるんで、申し訳ありませんが、失礼させてもらいます」

長谷川が先に電話を切った。

丹治は携帯電話を折り畳むと、洗面所に足を向けた。

洗顔を済ませ、レトルト食品を電子レンジに突っ込む。丹治はコーヒーを沸《わ》かし、手早く野菜サラダとスクランブルエッグをこしらえた。いくらも手間はかからなかった。

遅い朝食を摂《と》ると、丹治は部屋を出た。

エレベーターで地下駐車場に降り、借りたプリウスに乗り込む。ＦＭラジオやレシーバーの入った紙袋は、助手席の上に置いたままだった。

丹治は、レンタカーの営業所に向かった。

営業所でプリウスを返し、新たにスカイラインを借りる。新車に近かった。走行距離は二千数百キロだった。

丹治は、スカイラインを知佐子のマンションに走らせた。

知佐子は、きょうは仕事が休みのはずだ。情事の前に、彼女はそう言っていた。それで、あれほど乱れたのだろう。

二十分弱で、マンションに着いた。

丹治はレンタカーを建物の裏に駐めた。裏通りは人影が疎《まば》らだった。車も、あまり通りかからない。

路上駐車したスカイラインの中で、丹治はＦＭラジオのレシーバーを耳に当てた。

通行人の目をごまかすために、スポーツ新聞を読みはじめる。ラジオでスポーツの実況放送を聴いているように映るだろう。

午後二時ごろ、知佐子がどこかに電話をかけた。

丹治は耳をそばだてた。知佐子が電話をしたのは、女友達だった。二人は長いつき合いらしかった。

遠慮のない口調で、雑談を交わしはじめた。

長電話だった。小一時間が経《た》ったころ、ようやく知佐子が電話を切った。

――女どもは、くだらねえ話が好きだな。

丹治は苦笑して、セブンスターに火を点けた。

そのとき、知佐子の部屋に電話がかかってきた。発信者は中年の男だった。テレビ局の者らしかった。男は仕事の話をビジネスライクに喋り、ほどなく電話を切った。

丹治は短くなった煙草の火を消し、シートを倒した。

瞼《まぶた》が重くなってきたのだ。目をつぶる。レシーバーは外さなかった。

丹治はラジオの音量を高めてから、ひと眠りすることにした。知佐子の部屋の電話機が使われれば、いやでも目を覚ます。

丹治は夕方まで眠った。空腹感が鋭かった。

受信可能範囲にある持ち帰り弁当屋まで車を走らせ、幕の内弁当を買った。ついでに近くの自動販売機で缶入りの緑茶を求め、元の場所に戻った。

侘《わび》しい夕食を摂《と》りながら、ひたすらレシーバーを嵌《は》めた耳に神経を集めた。

しかし、徒労だった。夜が深まっても、松永は知佐子に電話をしてこなかった。知佐子も松永には連絡をしなかった。二人は携帯電話で連絡をとり合っているようだ。

丹治は十時半にスカイラインを発進させた。

奥沢にある松永の自宅に向かう。十一時五分ごろ、松永の家に着いた。

門の前に、三台のパトカーと二台の警察車が駐まっていた。何かあったらしい。制服警官が野次馬を追い払っている。

丹治は車を道の端に駐め、急いで外に出た。十五、六人の男女が路上に固まって、ひそひそと何か言い交わしている。

丹治は彼らに近づき、中年の男の肩を軽く叩いた。

「何があったんですか？」

「松永さんのご主人が帰宅そうそうに、暴力団員ふうの二人組に拳銃を突きつけられて、どこかに連れ去られたみたいですよ」

「そうですか」

「ご主人が拉致《らち》されるとこを奥さんが見てたらしいんだ」

男はそう言うと、前に向き直った。

どうも狂言《きょうげん》臭い。松永は警察や丹治の目をくらますため、ひと芝居打ったのだろう。

丹治はパトカーの赤い回転灯を見ながら、確信を深めた。

# 第五章　冷血の背徳

## 1

コーヒーカップが空《から》になった。

丹治は二本目の煙草の火を揉《も》み消した。

東都テレビの喫茶室である。丹治は『オフィスK』の長谷川ディレクターを待っていた。

松永が何者かに連れ去られてから、三日が経過していた。

夕方だった。近くのテーブルには、関西のお笑いタレントがいた。テレビでは見せたことのない深刻そうな表情で、台本を覗《のぞ》き込んでいる。

隅では、時代劇の扮装《ふんそう》をした男女が四人ほど談笑していた。全員、町人の身なりだった。いずれも、馴染《なじ》みのない顔だ。駆け出しの役者たちなのだろう。

丹治はコップの水を飲んだ。

そのとき、長谷川が喫茶室に駆け込んできた。ラフな恰好《かっこう》をしていた。靴はスニーカーだった。

「お待たせしちゃって、すみません！」

長谷川は丹治の前に坐《すわ》り、ウェイトレスにアメリカンを注文した。

ウェイトレスが遠ざかってから、丹治は低く問いかけた。

「松永のアリバイは、どうでした？」

「事件当夜、松永は会社の同僚三人と午後七時過ぎから銀座で飲みはじめて、午前二時ごろまでハシゴをしてます」

「その話は確かなんですね？」

「ええ。三人の同僚が同じ証言をしてるそうですし、飲み屋の女たちも同じことを言ったらしいから」

長谷川が言った。

「松永のアリバイが成立するとなると、あの白いクラウンは誰が運転してたんだろう？」

「白いクラウンって？」

「事件当夜、諏訪麻沙美のマンションの地下駐車場から怪しいクラウンが飛び出してきたんですよ。それから、それと同じ車と思われるクラウンに、諏訪邸の裏で轢《ひ》かれそうになったんです」

丹治は詳しい話をした。

「マンションから出てきたクラウンを運転してたのは、松永直人じゃないでしょ？　その晩、彼にはちゃんとしたアリバイがありますから」

「そういうことになるね。しかし、おれを横浜で轢こうとしたのは松永にちがいない。奴の家のガレージにあった白いクラウンのドアミラーの塗料が剝《は》げ落ちてたんだ」

「それじゃ、松永は自分のアリバイを用意しておいて、誰かに諏訪麻沙美を絞殺させたんでしょうか？」

長谷川がそう言って、上体を後ろに引いた。ウェイトレスが飲みものを運んできたからだ。

丹治は煙草に火を点けた。

ウェイトレスが下がると、長谷川が口を開いた。

「いまの話、丹治さんはどう思われます？」

「その推測には、ちょっと無理があるんじゃないかな？　麻沙美は無防備な姿勢で絞殺されてた。そのことを考えると、やっぱり彼女とかなり親しい者の犯行だと思うね」

「そうか、そうですね。となると、やはり松永の犯行なんだろうか。松永は同僚やホステスたちに金でも渡して、偽証させたんですかね？」

「それ、考えられるな。事件当夜、松永は酒場から抜け出し、三田のマンションに行った。そして犯行後、飲み屋に戻り、同僚たちと午前二時ごろまで飲みつづけた

──」

「銀座と三田の間なら、犯行時間を含めても一時間ぐらいあれば……」

「そうだね」

丹治はセブンスターの灰を落とし、腕を組んだ。

「松永が同僚やホステスたちに頼んで嘘《うそ》をつかせたとしたら、犯行は充分に可能ですね？」

「うん、まあ」

「そうそう、松永はひところ派手に株の売り買いをしてたそうですよ」

「大手商社の社員が高給取りだということはわかるが、派手に株なんか動かせるのかな？」

「放送記者の話によると、松永は奥さん名義の定期預金を解約したり、勝手に土地を処分して、株の運用資金を捻出《ねんしゅつ》してたらしいんです」

長谷川がそう言い、アメリカンを啜《すす》った。

丹治は煙草の火を消し、すぐに問いかけた。

「松永は株で儲《もう》けたんですか？」

「いいえ。結局、三億数千万円損したようですよ。松永はその穴埋めをしたくて、米沢を使ってロシアン・マフィアから五十基の核ミサイルを入手したんじゃないですかね？」

「考えられなくはないな。しかし、個人で核兵器の密売はできない。そこで松永は、重役の誰かを抱き込んだ可能性があるな」

「きっとそうなんですよ。重役とつるんでれば、核ミサイルの転売もできなくはないでしょ？」

「そうだね。その重役が誰なのか……」

「それを記者に突きとめてもらいましょうか？」

長谷川が言った。

丹治は、申し出に甘えることにした。フリーの身では、大手商社の人間にたやすく接触できないと判断したからだ。

数分後、二人は喫茶室を出た。

長谷川は第五スタジオに向かった。丹治は局の来客用駐車場に急いだ。そこに、レンタカーのスカイラインを駐《と》めてあった。

三十分ほどで、知佐子の代田に走らせた。

丹治は車を世田谷の代田に走らせた。

三十分ほどで、知佐子のマンションに着いた。部屋は暗かった。知佐子は、まだ帰宅していないようだ。

そのうち、身を隠した松永から何か連絡があるかもしれない。辛抱強く粘《ねば》ってみよう。

丹治は裏通りに車を駐め、知佐子の部屋を十分ごとに見上げた。

明かりが灯《とも》ったのは、午後八時五十分ごろだった。丹治は紙袋から、輸出用のＦＭラジオを取り出した。レシーバーはラジオに取りつけたままだった。

丹治はシートに深く凭《もた》れ、レシーバーを耳に当てた。

知佐子の部屋に電話がかかってきたのは、ちょうど九時半だった。丹治はチューナーを回し、かすかな雑音《ノイズ》を消した。

「わたしだ」

男の声がした。聞き覚えのある声だったが、松永ではなかった。

「ああ、あなたね。会いたいわ。こっちにいらっしゃいよ」

「妙な奴と鉢合《はちあ》わせしたくないからな」

「何を言ってるの。あれ以来、松永さんは近づかなくなったわ」

「ほかの男をくわえ込んでるんじゃないのか？　きみは、男なしでは生きられない女だからな」

「そんなふうにしたのは、あなたでしょ？」

「そうだったかな」

「いやな男《ひと》……」

知佐子の声には、媚《こび》が含まれていた。会話から察して、二人が特別な関係であることは間違いない。

「久しぶりにホテルで会うか」

「いいわよ」

「それじゃ、赤坂のエメラルドホテルに部屋をとろう」

「いまから？　部屋、空《あ》いてるかしら？」

「こっちは、あのホテルの顧問弁護士なんだ。少々の無理は通るさ。部屋番号はフロントで訊《き》いてくれ」

「一時間以内には伺えると思うわ」

「それじゃ、後で！」

男の声が途絶《とだ》えた。

丹治は、頭を撲《なぐ》られたような衝撃を覚えていた。あろうことか、電話の男は三善豊だった。麻沙美の愛人だった弁護士だ。

知佐子が受話器を置く音が響き、ＦＭラジオは沈黙した。

丹治は耳からレシーバーを外し、ポケットの煙草を探《さぐ》った。

頭の芯《しん》が、むやみに火照《ほて》っていた。

三善は、死んだ麻沙美と知佐子の二人を愛人にしていたようだ。そして、知佐子は松永と三善の二人と情を通じてきた。また、麻沙美と松永は、かつて恋人同士だった。この相関図《そうかんず》に、何か謎《なぞ》を解《と》く鍵《かぎ》があるのかもしれない。愛情の縺《もつ》れから、麻沙美は絞殺されたのか。

そんなことはあるまい。五十嵐ディレクターや日栄交易の米沢社長が殺されている。やはり、事件の根っ子は『ニュースオムニバス』の告発シリーズだろう。

丹治は自問自答しながら、車をマンションの玄関の方に移動させた。

表玄関から四、五十メートル離れた路上に車を駐め、ミラーを注視する。知佐子の運転する赤いローバーミニが地下駐車場から現われたのは、およそ十五分後だった。

丹治は車をUターンさせ、知佐子の車を追尾《ついび》しはじめた。

ローバーミニは環七通りを少し南下し、宮前橋《みやまえばし》の交差点を左折した。渋谷方面に走り、青山通りに入った。

エメラルドホテルは山王下《さんのうした》にある。外堀《そとぼり》通りに面していた。割に格式の高いシティホテルだった。

赤い小型英国車は、二十数分でホテルに着いた。地下駐車場のスロープをゆっくりと下《くだ》っていった。

丹治はローバーミニが完全に見えなくなってから、駐車場に車ごと潜《もぐ》った。空いているスペースを探しながら、遠くに視線を放った。

赤い小型車は、エレベーターに近い場所に停まりかけていた。

丹治は、レンタカーを中ほどのスペースに入れた。

エンジンを切ったとき、知佐子が車を降りた。色の濃いサングラスをかけていた。男と密会するところを他人《ひと》に見られたくないのだろう。

丹治は素早くスカイラインから出て、走路を駆けた。

靴音が、やけに高く響く。知佐子が短く振り返った。だが、丹治の顔をよく見なかったらしい。表情に変化は生まれなかった。

同じ歩度《ほど》でエレベーターホールに向かった。あたりに人の姿はなかった。

丹治は一気にホールまで走り、エレベーターを待っている知佐子に声をかけた。

「やっぱり、きみだったな」

「あら」

振り返った知佐子は、すぐ困惑顔になった。

「こないだは、いい思いをさせてもらったよ」

「わたしも最高だったわ」

「そんなサングラスをかけて、お忍びデートかい？」

「ううん、ちょっと仕事の打ち合わせがあるの」

「弁護士先生とベッドの中で打ち合わせってわけか」

丹治は口許《くちもと》を歪《ゆが》めた。知佐子がうろたえながら、不自然に笑った。

「あなた、何を言ってるの⁉」

「三善の部屋に行くんだろ？　電話、盗聴させてもらったんだ」

「えっ」

「きみがシャワーを浴びてる間に、電話の引き込み線にちょっと細工をしたのさ」

「なんで⁉　あなたを告訴してやるわ。プライバシーの侵害だわっ」

「残念ながら、きみは告訴はできない」

「なぜよっ」

「きみと愉《たの》しんだ晩、おれはベッドに高性能マイクを内蔵した超小型録音機を仕掛けておいたんだよ」

丹治は、もっともらしく言った。知佐子の顔が、みるみる蒼《あお》ざめた。

「きみの喘《あえ》ぎ声やクライマックスの唸《うな》り声が鮮明に録音されてたよ。きみの口走った卑語も収録されてたな」

「ひどい、ひどいわ。あなたを信じたから、取引に応じる気になったのに」

「きみがおれに協力してくれりゃ、淫《みだ》らな音声は第三者に渡したりしない」

「何を知りたいの？」

「ここじゃ、人目につく。きみの車の中で話をしよう」

丹治は知佐子の腕を摑《つか》んだ。知佐子は逆《さか》らわなかった。

二人は赤い小型車の中に入った。

丹治は助手席に坐った。長身の彼には、ひどく車内が狭く感じられた。膝頭《ひざがしら》がダッシュボードにぶつかりそうだ。

知佐子は、サングラスを外そうとしなかった。片手をステアリングに預け、下唇をきつく嚙《か》んでいた。

「三善とは、どのくらいの仲なんだ？」

「もう二年半のつき合いよ」

「ということは、きみのほうが諏訪麻沙美よりも先に三善と……」

「そうよ。あの女が、彼を横奪《よこど》りしたの。諏訪麻沙美は最低だわ！」

「三善は、きみと松永の関係も知ってるんだな？」

「ええ、知ってるわ。わたしの部屋で、松永さんと三善先生が運悪く鉢合わせしてしまったことがあるわ」

「それは、いつのことなんだ？」

丹治は矢継《やつ》ぎ早《ばや》に訊いた。

「七、八カ月前だったわ」

「その後も、きみは両方の男とうまくつき合ってきたわけか。たいした女だな」

「だって、わたしには二人とも必要な男性だもの」

「三善と松永は鉢合わせするまで、面識はなかったんだな？」

「ううん、それが会ってたの」

知佐子が答えた。意外な展開になった。

「二人には面識があったって⁉」

「ええ。三善さんは、松永さんの結婚式に出席したらしいの。彼は、松永夫人の父親の会社の顧問弁護士なのよ。そんな関係で、招待されたって話だったわ」

「世間は狭いな。三善と松永は互いの弱みを晒《さら》し合ったわけだ」

「そうね」

「なんとか兄弟になった二人は、その後、どうなったんだ？」

「悪趣味な質問ね。どちらにも確かめたわけじゃないけど、お互いに避け合ってる感じだったわ」

「どちらもタイプが似てるから、お互いに避ける気持ちが強かったんだろう。どっちも鏡の中の自分を見てるようで、なんとなく疎《うと》ましかったんだろうな」

丹治は薄く笑った。

「タイプが似てるって、どういうことなの？」

「二人とも女房の実家のバックアップを当てにしてるタイプってことさ」

「どちらも、ただの〝マスオさん〟じゃないわ。松永さんは株取引をしてたし、三善さんは本業のかたわら、いろいろな事業を手がけてるの」

「三善は事業家でもあったのか」

「そうよ。マリンスポーツ関係や衣料関係の会社を経営してるし、ロシアから毛皮や貴金属も輸入してるの」

知佐子が三善を庇《かば》うように言った。

丹治は顔には出さなかったが、何か引っ掛かりを覚えていた。丸星商事の密輸と三善のビジネスに何か繋がりがあるような気がしてきたのだ。

もしかしたら、三善は松永が妻名義の預金を解約したり、勝手に土地を処分した事実を知ったのではないのか。その弱みを脅しの材料にし、松永にロシアから核兵器を入手させ、南米やアフリカの国々に転売したのではないか。

もちろん、三善個人で核兵器の密売はできないだろう。となると、三善は丸星商事の弱点を何か握った可能性がある。

どんな大企業にも、ウィークポイントや機密があるものだ。弁護士である三善が、それらを嗅《か》ぎつけることはできなくもないだろう。

一連の事件に三善が絡《から》んでいるとも思えて仕方がない。仮に三善が首謀者だとしたら、松永が姿をくらましたのは狂言などではないはずだ。三善が筋者《すじもの》らしい二人組を雇って、松永を拉致《らち》させたのだろう。

三善は不都合な人間を次々に殺させ、自らの手で麻沙美の首にパンティーストッキングを巻きつけたのか。

そうだったとしたら、事件当夜、三田のマンションの地下駐車場から飛び出してきた白いクラウンを運転していたのは三善自身にちがいない。

三善は松永が白いクラウンに乗っていたことを知っていて、彼を犯人に仕立てる気だったのか。

その推測が正しければ、東都テレビの近くに駐《と》まっていた不審な車に乗っていたのは三善だろう。無灯火のクラウンで丹治を轢《ひ》き殺そうとしたのは、三善か松永のどちらかだ。松永だとしたら、三善に強《し》いられたにちがいない。

「もう三善さんの部屋に行かせて」

知佐子が言った。

その声で、丹治は自分が長く黙り込んでいたことに気づいた。

「きみに頼みがある。麻沙美が殺された夜の三善のアリバイをこっそり調べてくれ」

「アリバイ⁉　あなた、三善さんがあの女を殺したと疑ってるの？」

「その可能性もあるんだよ」

「ばかげてるわ。三善さんは遣《や》り手《て》の弁護士なのよ。いわば、法の番人でしょうが。

そんな人が罪を犯すわけないじゃないのっ」

知佐子がサングラスを外し、強い口調で言った。

「弁護士だって、人の子だ。保身のためには法も破るだろう」

「三善さんが、いったい何をしたというのよ！　それに、彼は諏訪麻沙美を本気で愛してたわ。悔《くや》しいけど、わたしにはわかったの」

「いくら惚《ほ》れた女でも、自分を破滅に追い込む危険性のある人間は生かしちゃおけないと考える奴もいるもんさ」

「ね、教えて！　三善さんは何か法に触《ふ》れることをしてるの？」

「そいつは、まだ答えようがないな。とにかく、さっき頼んだことをやってくれ」

「………」

「きみは断れない立場にいるんだぜ。それとも、いかがわしいテープが世間に流れても、へっちゃらなのか？」

「そのテープ、譲って！　お願いよ。あなたの言い値で引き取るわ。いくらなら、譲ってもらえるの？」

「あの録音音声は売れない。おれときみの記念だからな」

「そ、そんな」

「きみが三善のアリバイをうまく調べてくれたら、おれが責任を持って焼却してやるよ」

丹治は、さすがに気が咎《とが》めた。しかし、テープがないことを明かす気になるほど甘くはなかった。

「いいわ。彼のアリバイ、調べてみるわよ」

「うまくやってくれ。一両日中に、こっちから連絡する」

「わかったわ」

知佐子が、ふたたびサングラスをかけた。

丹治は先に車を降りた。無理な恰好《かっこう》をしていたせいか、少し体の筋肉が強張《こわば》っていた。

知佐子がローバーミニのドアをロックし、エレベーターホールに向かって歩き出した。

「三善におれのことを喋《しゃべ》ったら、きみはスキャンダルの主になるんだぜ。そのことを忘れるな」

丹治は脅して、知佐子に背を向けた。

## 2

「山路知佐子さんは、どのスタジオにいるのかな？」

丹治は、受付嬢に訊いた。

赤坂にある関東テレビのロビーだ。翌日の夕方である。

「山路さんは、第一ビデオ編集室にいると思います」

「そこは、どこにあるんだい？」

「二階です」

受付嬢が詳しい場所を教えてくれた。

丹治は礼を言って、テレビ局の奥に進んだ。

知佐子の自宅に電話をかけたのは、朝の九時ごろだった。昨夜、彼女はベッドの中で事件当日のことを三善から探り出そうとしたようだ。しかし、三善に怪しまれ、何も訊き出せなかったらしい。

やむなく丹治は自分で調べる気になって、知佐子から三善の顔写真を借りることになったのである。聞き込みには、どうしても写真が必要だった。

第一ビデオ編集室は、二階の奥にあった。

丹治はスチール・ドアを開け、近くにいた録音技師《ミキサー》らしい若い男に声をかけた。

「申し訳ないが、山路知佐子さんを呼んでもらえないかな？」

「失礼ですが、アポは？」

「会う約束になってるんだ」

「そうですか。それじゃ、ここでお待ちください」

男はコンパクトなソファセットを手で示すと、奥の部屋に駆けていった。

丹治はソファに腰かけ、長い脚《あし》を組んだ。

待つほどもなく知佐子が現われた。華《はな》やかなスーツ姿だった。手には、セカンドバッグを握っていた。化粧がやや厚い。

「写真、持ってきてくれたか？」

丹治は低く問いかけた。知佐子が無言でうなずき、ソファに浅く腰かけた。

それから彼女は周《まわ》りに人がいないことを確かめ、セカンドバッグを開けた。丹治は、カラー写真を受け取った。旅先で撮《と》ったスナップ写真だった。

「彼の写真はそれしかないのよ。アルバムから剝《は》がしてきたの」

「しばらく借りるぜ」

「いいわよ。彼は、わたしが誰かに脅されてることを感じ取ったようだったわ」

「どんなふうに探《さぐ》りを入れたんだ？」

「諏訪麻沙美が殺された晩、あなた、どこにいたのって訊いたの」

知佐子が声をひそめて言った。

「そんなストレートな訊き方をしたら、誰だって、怪しむさ」

「でも、それとなく探るなんて、とてもできなかったもの」

「三善は、どう答えた？」

「顧客の接待を受けた後、代官山の自宅に午後十一時五十分ごろ帰ったと言ってたわ。それからお風呂に入って、寝たらしいわ。それ以上のことを訊こうとしたら……」

「訝《いぶか》しがられたんだな？」

丹治は相手の言葉を引き取った。

「そうなの。だから、それだけしか訊けなかったのよ。でも、わたし、精一杯やったわ。そのことはわかってね」

「努力は認めてやろう」

「ね、例の物、持ってきてくれた？」

「ちょっと気が変わったんだ」

「持ってきてくれなかったの!?」

「いずれテープは焼却してやるよ。それまでは一種の保険として、おれが預かっとく」

「それじゃ、話が違うじゃないのっ」

知佐子が目を尖《とが》らせた。

「安心しろ。録音音声をどうこうする気はない。あくまで保険だよ。きみが三善に余計なことを喋ったら、動きにくくなるからな」

「………」

「話は違うが、松永と最後に会ったのはいつごろなんだ？」

「もう一カ月近く会ってないわ」

「松永は何かに怯《おび》えてなかったか？」

丹治は小声で訊いた。

「別に、そんなふうには見えなかったわ」

「彼を拉致《らち》した二人組に心当たりは？」

「ないわ」

「三善は民事訴訟の弁護を多く手がけてるんだろうが、時には刑事事件の仕事もやってるんだろ？」

「よくわからないけど、たまに暴力団関係者から弁護依頼があるみたいよ」

「それは、鬼竜会あたりからの依頼なのか？」

「わたしが聞いたことのあるのは、誠仁会《せいじんかい》の話ばかりだったわ」

知佐子が言った。

誠仁会は、関東の三大広域暴力団の一つだ。構成員の数こそ鬼竜会より少ないが、武闘派集団として知られていた。鬼竜会とは友好関係を保っているが、水面下では小《こ》競《ぜ》り合《あ》いもあるのだろう。

五十嵐ディレクターの死体発見現場には、鬼竜会の坂尾が経営している商事会社名の入った創業記念ライターが落ちていた。

それは鬼竜会に罪を被《かぶ》せるために、誠仁会の者が細工したのではないのか。考えられないことではなかった。

「誠仁会の誰と三善が接触してたかわかるか？」

「ううん、わからないわ。わたし、まだビデオの編集に立ち会わなければならないのよ。ナレーションを入れる都合上ね」

「わかった。それじゃ、退散するよ」

丹治は立ち上がって、第一ビデオ編集室を出た。

局の建物の前に、広い駐車場がある。スカイラインは、そこに置いてあった。

丹治はレンタカーに乗り込むと、すぐにエンジンをかけた。

一ッ木通りを抜けて、外堀通りに出た。市ヶ谷駅の近くで靖国《やすくに》通りに入る。麴町《こうじまち》のピザハウスに着いたのは、およそ二十五分後だった。

すぐ近くに、東都テレビの巨大な建物がそびえている。

丹治は店の駐車場にスカイラインを入れた。店内に入り、コーヒーだけを注文した。客の大半は、東都テレビの局員のようだった。

少し待つと、コーヒーが運ばれてきた。

丹治はウェイトレスに、麻沙美が殺された夜に勤務していたかどうか訊いてみた。その日は遅番で、午後十時半まで店で働いていたという。

「午後九時ごろ、この店の外に白いクラウンが駐まってたと思うんだが……」

丹治はそう言って、二十一、二歳のウェイトレスの顔を窺った。

「お客さん、警察の方ですか？」

「うん、まあ。で、どうだったのかな？」

「確かに、あのあたりに白いクラウンが駐まってました」

ウェイトレスが嵌《は》め殺《ごろ》しのガラス窓越しに、外を指さした。店から二十メートルあまり離れた場所だった。

「そのクラウンは、どのくらい駐まってたんだい？」

「十分か、十五分くらいだったと思います」

「車の中にいたのは、この男じゃなかった？」

丹治は上着のポケットから、三善の写真を抓《つま》み出した。

ウェイトレスが写真を覗き込み、即座に言った。

「ええ、この男よ。クラウンの中は暗かったんだけど、通りかかる車のヘッドライトで何度か、運転席が照らされたんです。写真の男性、マスクをしてたわ」

「そう。どうもありがとう」

「あのクラウンの人、何をやったんですか？」

「その質問には、ちょっと答えられないんだ。気を悪くしないでくれ」

丹治は言った。ウェイトレスが曖昧《あいまい》にうなずき、ゆっくりと遠ざかっていった。

――これで、三善の疑いが濃くなったな。これから、青山の持ち帰り専門のピザ屋に行ってみよう。

丹治はコーヒーをひと口飲んだだけで、せっかちに腰を浮かせた。

スカイラインを青山に走らせる。

目的の店を探し当てたのは、数十分後だった。店は、青山通りから少し奥に入った場所にあった。

丹治は店の少し先に車を駐《と》め、徒歩で逆戻りした。

店には、二人の女店員がいた。間口《まぐち》は二間《けん》足らずだった。奥が調理室になっていた。

丹治は女店員のひとりに三善の写真を見せ、事件当夜のことを訊いた。

「さあ、わたしはよく憶《おぼ》えていません。ちょっとお待ちくださいね」

女店員はそう言い、同僚に声をかけた。もうひとりの女店員が店先まで出てきた。

「この写真に見覚えないかな？」

「あっ、この男《ひと》……」

「ピザを買いに来たことがあるんだね？」

丹治は、思わず早口になっていた。

「はい。二千三百円のシュリンプピザとコーラを買いました。中年男性のお客さんは少ないんで、よく憶えてるんです」

「それは何時ごろだった？」

「午後九時四十分ごろでした。あの晩、わたしは十時までの勤務だったんで、九時半になったとき、あと三十分で仕事が終わるなって腕時計を見たんです。それから十分ぐらい経《た》ってから、そのお客さんが見えたんです」

「写真の男は歩いてピザを買いに来たの？」

「いいえ、白いクラウンに乗って」

「そう。どうもありがとう」

丹治は笑顔で礼を述べた。

車に駆け戻り、今度は麻沙美の住んでいた三田のマンションに向かった。事件当夜のことを管理人に訊いてみる気になったのだ。

マンションに着いたのは、二十数分後だった。

初老の管理人が表玄関前のアプローチを掃《は》いていた。丹治はスカイラインを路上に駐め、管理人に近づいた。

声をかけると、管理人が振り返った。

丹治は身分を明かし、管理人に問いかけた。

「諏訪さんが殺された夜の午前零時二十分過ぎに、誰か来客はありませんでした?」

「さあ? わたしは管理人といっても、来客のチェックをしてるわけじゃないんですよ。このマンションは、オートロックドア・システムですからね。わたしはエレベーターやダストシュートの点検や共用スペースの掃除なんかをやってるだけなんです」

「そうでしたね。うっかりしてました」

「その時刻には、もう寝てましたよ。ですから、どんな来客があったのやら……」

管理人が済まなそうな表情になった。

「事件の翌日、いつもと変わったことはなかったですか?」

「特に何もありませんでした。ただ、地下駐車場のエレベーターホールに、ピザがひと欠片《かけら》落ちてましたがね」

「どんなピザでした?」

「小海老《こえび》の入ったピザだったな」

「やっぱり、そうだったか」

「ピザがどうかしたんですか？」

「いや、別に。ほかに何か落ちてませんでした？」

丹治は畳みかけた。

「そういえば、油の染みたペーパーナプキンが来客用のカースペースに落ちてましたね。このマンションを訪ねてきた者が歩きながら、ピザでも食べたんでしょう」

「そのペーパーナプキンには、店名が印刷されてませんでした？」

「何か横文字が印刷されてたけど、よく見なかったんですよ。店の電話番号は、青山界隈《かいわい》の局番だったと思うが」

管理人が答えた。

三善は青山のピザ屋で買ったシュリンプピザとコーラを持って、麻沙美の部屋を訪ねたのだろう。きっと部屋のスペアキーは、まだ麻沙美に返していなかったにちがいない。

三善は麻沙美を絞殺した後、彼女が自分の部屋でシュリンプピザを食べたように見せかけるために、いくつかのピザをペーパーナプキンに包んで持ち出したのだろう。

しかし、気が動転していて、地下駐車場でピザのひと欠片《かけら》とペーパーナプキンを落としたことには気づかなかったようだ。

あるいは、逃げる途中で気がついたのかもしれない。しかし、マンションに引き返し、誰かに顔を見られることを恐れたのか。

どちらにしろ、三善の目論《もくろ》んだ通りに警察は判断を誤った。事件当夜、麻沙美は自宅ではシュリンプピザを食べなかったと思われるが、捜査員たちは残されていたピザから部屋で食べたものと思い込んでしまった。

その初動捜査の報告が解剖医の頭にも〝予備知識〟として、インプットされてしまったのだろう。

麻沙美の胃の中のシュリンプピザは、東都テレビの近くのピザハウスで食べたものだったと思われる。その消化具合から、誤った死亡推定時刻が割り出されたにちがいない。

警察が他愛もないトリックを見抜けなかったとは、信じられない気持ちだ。丹念に地取り捜査をしていれば、事件当夜、麻沙美が局の近くのピザハウスでシュリンプピザを食べたことはわかったはずである。

捜査員の中には、当然、解剖所見に疑問を抱いた者もいただろう。しかし、解剖医に異論を唱《とな》えられない空気が警察内部にあるのかもしれない。

カラータイルを掃《は》く音で、ふと丹治はわれに返った。

いつの間《ま》にか、管理人は背を向けていた。丹治は微苦笑して、管理人の前に回りこんだ。

「諏訪さんの部屋は、どうなってます？」

「きのう、横浜からお母さんがいらして、部屋を引き払われましたよ」

「それじゃ、荷物は横浜の実家に運ばれたんですね？」

「ええ。あんなに潑溂《はつらつ》としてたスーパーレディーがもうこの世にいないだなんて、人間って儚《はかな》いもんですね」

「まったくね。どうも！」

丹治は軽く頭を下げ、レンタカーに走り寄った。

一連の事件の首謀者が三善豊であることは、もはや決定的だ。

しかし、三善をどう追いつめればいいのか。ピザのことだけでは、彼の犯行を裏づけることは難しい。

なんとか行方不明の松永直人を捜し出して、三善の悪事を吐かせてやろう。

丹治は車を自宅に向けて走らせはじめた。

表通りに出てから、カーラジオのスイッチを入れた。選局ボタンを幾度か押すと、ニュースが聴こえてきた。

イラク関係のニュースが終わり、事件の報道に移った。過激派による小包爆弾事件のニュースの後、男性アナウンサーが告げた。

「今夜七時五十分ごろ、箱根の山林で男性の死体が発見されました。この男性は、丸星商事水産部に勤務していた東京・世田谷区奥沢二丁目××番地の松永直人さん、三十四歳とわかりました。松永さんは六日ほど前に自宅から何者かに拉致されたまま、行方がわからなくなっていました」

「口を封じられたな」

丹治は声に出して呟《つぶや》き、少しスピードを落とした。

「松永さんは別の場所で撲殺《ぼくさつ》され、発見現場に運ばれた模様です。死後数日経《た》っているようですが、詳しいことはまだわかっていません」

アナウンサーが言葉を切り、中国系の男性三人組による強盗事件を報じはじめた。

丹治はラジオのスイッチを切った。

松永が殺されることは半《なか》ば予期していたが、大事な証言者を失ったショックは大きかった。だが、これで三善に対する疑惑が動かしがたくなったわけだ。

自分は検事でも裁判官でもない。物的証拠などなくても、その気になれば、悪党を裁《さば》く方法はあるではないか。

丹治は自分を力づけ、徐々にアクセルを踏み込んでいった。

3

先方の受話器が外れた。

丹治は携帯電話にハンカチを被《かぶ》せた。日比谷のオフィス街の一画だ。

丹治は路上に駐めたスカイラインの車体に凭《もた》れ、目の前にそびえる近代的なオフィスビルを見上げていた。松永の死体が発見された翌日だ。

ビルの十七階に、三善法律事務所がある。副業の三善エンタープライズのオフィスは、銀座三丁目にあった。

「三善法律事務所です」

女の声が応じた。秘書か、女性事務員だろう。

「先生に替わってくれませんか」

「失礼ですが、どなたさまでしょう？」

「誠仁会の者です」

丹治は声に凄《すご》みを利《き》かせた。

一か八かの賭《か》けだった。相手がすんなり電話を取《と》り次《つ》いでくれれば、三善と誠仁会は親密な関係にあるわけだ。

「あっ、どうも！　ただいま、先生に替わりますね」

女が馴《な》れ馴《な》れしく言って、内線に切り替えた。美しいメロディーが響いてきた。

勘は間違っていなかったようだ。

丹治はにんまりした。二十秒ほど流れたころ、三善が電話口に出た。

「木本《きもと》君かね？」

「あんた、諏訪麻沙美を殺《や》ったな！」

丹治は圧《お》し殺《ころ》した声で言った。

「誰なんだ、きみは⁉　ばかなことを言うんじゃないっ」

「あんたの犯罪計画を警察は見抜けなかったようだが、おれの目は節穴じゃないぜ」

「くだらん冗談につき合ってる暇はない。電話、切るぞ」

「あんたは、三田のマンションの地下駐車場にピザとペーパーナプキンを落としてる。

麻沙美を絞殺して逃げるときにな。そいつが命取りになったってわけだ」

「なんだって⁉」

三善が息を呑《の》んだ。狼狽《ろうばい》している気配が、ありありと伝わってきた。

「あんたは人間の思い込みってやつをうまく利用して、まんまと追及の手を躱《かわ》した。

殺された晩、麻沙美は部屋ではピザを喰《く》ってない。それだけ言えば、もう説明はいらないよなっ」

「…………」

「弁護士先生、黙秘権《もくひけん》を使うってわけかい？　あんたが事件当夜、麴町のピザハウスや青山の持ち帰り専門のピザ屋に行ったことはわかってるんだ。丸星商事の松永が乗ってた白いクラウンと同じ車をわざわざ選んだのは、万が一のときに、奴に罪をなすりつけるためだったんだろ？」

「お、おまえは……」

「最後まで喋《しゃべ》れよ。おれの正体はわかってるはずだ。おれは茂原の宅地造成地で、誠仁会の二人に車ごと焼き殺されそうになった男だよ」

「やっぱり、そうか」

「アウディの爆破からはじまった一連の事件の絵図《えず》を画《か》いたのは、あんただったんだな。最初は松永が日栄交易の米沢を使って、麻沙美の殺害を企《くわだ》てたと思ってたがね」

「どうやら頭がおかしいらしいな、きみは」

三善が急に電話を切った。その声は、明らかに震えていた。

これだけ強烈な揺さぶりをかければ、三善も落ち着いていられなくなるだろう。

丹治は携帯電話の終了キーをいったん押した。そして、すぐに岩城に電話をする。

岩城には新宿歌舞伎町《かぶきちょう》二丁目にある誠仁会の事務所の近くに張り込ませていた。日当三万円で雇ったのである。

コールサインが途切れ、岩城の声が聴こえてきた。

「旦那《だんな》だろ?」

「ああ。たったいま、悪徳弁護士に揺さぶりをかけ終えたとこだ」

「旦那の狙《ねら》い、当たるかね?」

「三善は十中八、九、誠仁会に救いを求めるだろう。多分、木本って奴が一連の殺しを引き受けたんだろう」

「そいつ、茂原で旦那をパジェロごとバーベキューにしようとした二人組のひとりなんじゃねえの?」

「そうかもしれない。いずれにしても、誠仁会の構成員の誰かが三善の事務所に来るか、おれのマンションに向かうだろう」

「おれはそいつらを尾行して、旦那に行先を教えりゃいいんだな?」

「そう。後のことは電話で指示するよ」

丹治は腕時計に目をやった。午後六時近かった。

「日当三万で、そんなにこき使う気⁉」

「場合によっちゃ、危険手当をつけてやるよ」

「どのくらい? 四、五万は貰《もら》えるんだろ?」

「いや、マロン・グラッセ十個だ」

「マジかよ⁉　旦那も、せこくなりやがったな」

「岩、浪費や贅沢《ぜいたく》は精神を荒廃させるぜ。甘いものを摂《と》りすぎるのも、体によくない。少し糖分を控えるんだな」

「お説教はやめてくれ。チョコレートやケーキとおさらばするくらいだったら、いっそ、おれはこの世とおさらばすらあ」

岩城が先に電話を切った。

丹治は携帯電話の終了キーを押した。スカイラインに乗り込み、ビルの地下駐車場の近くまで退《さ》がる。

ミラーを少し動かすと、地下駐車場のスロープがよく見えるようになった。出入りする車を見逃すことはないだろう。

丹治は煙草に火を点けた。

岩城から連絡が入ったのは、およそ十五分後だった。誠仁会の事務所から二人の男が慌ただしく飛び出してきて、ベンツで日比谷方向に走行中だという。

「岩、そのまま尾行してくれ」

丹治は電話を切った。

三善は誠仁会の者を事務所に呼びつけ、直《じか》に殺しの依頼をする気らしい。三十分前後で、ベンツはやってくるだろう。

丹治はサングラスをかけ、待ちつづけた。

見覚えのあるシルバーグレイのベンツがミラーに映ったのは、三十分後だった。丹治は目を凝らした。先日、船橋の児玉家の前で襲ってきた二人組だった。

ベンツの後ろに、岩城の車が見えた。

キャデラックは路肩《ろかた》に寄りかけていた。

ベンツが通行人を警笛で足止めさせ、地下駐車場のスロープを下《くだ》っていった。二人組が三善法律事務所に駆け込むことは間違いない。少なくとも、十分やそこらは出てこないだろう。

丹治は車を降り、岩城の派手な米国車に歩み寄った。

岩城が助手席のドアを開けた。丹治は素早く車内に入った。

「ベンツを運転してたのが関《せき》って野郎で、助手席にいたのが木本だよ」

岩城がキャラメルを舐《な》めながら、不明瞭《ふめいりょう》な声で言った。

「二人の名前をどうやって調べたんだ？」

「奴ら、ベンツに乗り込むとき、お互いの名を呼び合ったんだよ。木本って奴は関を呼び捨てにしてたから、兄貴分だろう」

「だろうな」

「これから、どうするんだい？」

「おれは二人のヤー公をどこかに誘い込んで、とことん締め上げる。おまえは三善を尾行して、おれに連絡してくれ」

　丹治は言った。

「特別手当てをはずんでくれりゃ、三善を痛めつけてやってもいいぜ。そのほうが早く片《かた》がつくんじゃねえの？」

「これは、おれの事件《ヤマ》だ。岩、余計なことをするなよ」

「わかった、わかった。おれだって、銭《ぜに》にならねえんなら、汗なんかかきたくねえさ」

「それじゃ、頼んだぞ」

「旦那、きょうの日当払ってくれよ」

　岩城がグローブのような手を差し出した。

「まだ仕事は終わっちゃいない」

「頼むよ、ちょっと懐《ふところ》が淋《さび》しいんだ」

「甘えるな」

　丹治は叱《しか》りつけながらも、日当の三万円を先に払ってやった。

　岩城が力士言葉で礼を言い、三枚の万札を押し戴《いただ》いた。丹治は小さく笑って、キャデラックから降りた。

　自分の車に戻る。運転席に入ると、丹治はグローブボックスから超小型ＩＣレコーダーを取り出した。煙草の箱ほどの大きさだった。

それをスエードジャケットの左ポケットに入れた。二人組が口を割ったときに使うつもりだった。
三、四分が過ぎたころ、マークしたベンツが地下駐車場から出てきた。
誠仁会の二人しか乗っていなかった。

丹治はベンツを遣《や》り過ごしてから、スカイラインを発進させた。

ベンツは日比谷通りに出てから、内堀通りに入った。警視庁の前を抜け、四谷見附の方に向かっている。

——代々木上原のおれのマンションに行く気らしいな。

丹治は、そう思った。

ベンツは新宿駅の先で、脇道《わきみち》に入った。丹治は加速し、強引にベンツを追い抜いた。

警笛を鳴らし、車の尻《しり》を振った。挑発だった。

ベンツが猛然と追ってくる。二人組は、前走の車のドライバーが丹治であることに気がついたようだ。

たちまちベンツが、すぐ背後に迫った。

丹治はアクセルをさらに深く踏み込んだ。といっても、狭い道では高速のままでは走れない。すぐにベンツに追いつかれた。

追突される寸前に、きわどく逃げる。

それを繰《く》り返《かえ》しながら、ひとまず井の頭通りに出た。車の量が多い。さすがにベンツは追突してくるような動きは見せなかった。

丹治は車をそのまま直進させ、武蔵野《むさしの》市を走り抜けた。さらに西武線の田無《たなし》駅の先まで進み、青梅《おうめ》街道に入った。

ベンツは追尾してくる。

丹治は小平《こだいら》市に入ると、スピードを上げた。敵を誘い込んだのは小平霊園《れいえん》だった。園内には人気《ひとけ》がなかった。

丹治はスカイラインを墓地の外周路に駐めると、墓石の間に身を潜《ひそ》めた。

数秒後、ベンツが急停止した。ドアが開き、二人の男が降りてきた。

丹治は墓地の中ほどまで走り、近くにあった三枚の卒塔婆《そとば》を引き抜いた。

どれも、板は割に新しかった。先端の部分は塔の形に尖《とが》っている。一枚だけでは板が撓《しな》ってしまうだろうが、二、三枚重ねれば充分に武器になりそうだ。

丹治は身を屈《かが》め、卒塔婆を重ね合わせた。

闇《やみ》は濃かった。それでも目を凝らせば、物は見分けられる。早くも丹治の両眼は、暗さに馴染《なじ》んでいた。もともと夜目《よめ》は利《き》くほうだ。

墓石の形や植え込みの量も識別できる。通路もよく見えた。

二人組の足音が近づいてきた。木本と関は、数メートル離れているようだ。

通路のコンクリートを打つ踵《かかと》の音が一段と高くなった。墓石の間に、動く人影が見え隠れしている。兄貴分の木本だった。

丹治は、木本を遣り過ごした。

木本は奥に走っていった。いくらも経《た》たないうちに、ベンツを運転していた男の姿が見えた。関だ。

丹治は、重ねた三枚の卒塔婆を両手でしっかりと握った。中腰で、通路に近づいた。

関が大声で問いながら、無防備に走ってくる。

「兄貴、野郎は？」

丹治は静かに二十センチほど体を浮かせた。

視界の端に、関の姿が入った。丹治は鎗《やり》を繰《く》り出《だ》す要領で、三枚重ねの卒塔婆を突き出した。

すぐに手応《てごた》えがあった。尖《とが》った先端は、関の脇腹に埋まっていた。卒塔婆は弓形にたわんだが、一枚も折れなかった。

「うっ」

関が呻《うめ》いて、横倒れに転がった。

丹治はすかさず駆け寄り、関の顔面と腹を蹴《け》った。われながら、鮮やかな連続蹴りだった。卒塔婆を背の後ろに捨てる。

関が体を丸めた。

丹治は片膝を落として、関を仰向《あおむ》けにさせた。ベルトの下に、白鞘《しらさや》を挟んでいる。素早く柄《つか》を握った。

丹治は匕首《あいくち》を引き抜いた。刃渡りは三十センチ近かった。よく磨き込まれていた。

「関！　どこにいるんでえ？」

木本が高く叫びながら、駆け戻ってきた。

「声を出したら、刺すぜ」

丹治は凄んだ。

しかし、関は大声で救いを求めた。丹治は、関の太腿《ふともも》に匕首を垂直に突き立てた。

関が獣じみた声を発した。丹治は刃物を抜き、跳《と》び退《の》いた。返り血は浴びなかった。

血臭が漂った。

斜め後ろの墓石に何かがぶち当たり、砕《くだ》けた石が礫《つぶて》のように四散《しさん》した。

銃声は聞こえなかったが、放たれたのは弾丸にちがいない。

丹治は身を低くして、横に走りはじめた。

銃弾と衝撃波が追ってきた。

だが、当たらなかった。少し経つと、人の動く気配がしなくなった。弾切れらしい。

木本はマガジンを交換しているのだろう。

反撃のチャンスだった。

丹治は匕首を手にして、通路に躍《おど》り出た。通路を二度折れると、木本が消音器を嚙《か》ませた自動拳銃《けんじゅう》の銃把に新しいマガジンを突っ込みかけていた。暗くて、拳銃の型《タイプ》まではわからなかった。

丹治は一気に走った。

木本が両手保持で、拳銃を構えた。銃口が上下に大きく揺れている。あれでは、標的《ターゲット》に命中はしないだろう。恐怖心は湧《わ》かなかった。

丹治は助走をつけて、高く跳《と》んだ。

木本が後ろに退《さ》がった。

拳銃を握っているが、撃ってこない。多分、弾倉は空なのだろう。丹治は匕首を斜めに振り下ろした。

空気が鋭く鳴った。

切っ先は木本の眉間《みけん》と頰《ほお》を撫《な》でた。木本が拳銃を落とし、両手で顔面を覆《おお》った。

丹治は着地と同時に、木本の急所を思うさま蹴った。

木本が体を二つに折りながら、後方に吹っ飛んだ。

丹治はしゃがみ込み、手探《てさぐ》りで落ちた拳銃を素早く拾い上げた。ワルサーＰＰＫ／

Sだった。やはり、マガジンは装塡《そうてん》されていなかった。

銃の全長は十六センチ弱だった。ゴムバッフル型の消音器も、ほぼ同じくらいの長さだ。

――どこか近くにスペアの弾倉が落ちてるはずだが……。

丹治はワルサーを遠くに投げ放って、木本に近寄った。刃物は捨てなかった。

ジャケットの左ポケットに手を入れ、超小型ICレコーダーの録音スイッチを押した。高性能マイクが内蔵されている。

ポケットの中でも二十メートル以内の話し声なら、完璧《かんぺき》に音を拾ってくれる。集音能力は抜群だった。

「おまえたちとは縁《えん》があるようだな。茂原では世話になったな。礼を言うぜ」

丹治は屈《かが》み込み、木本の右手をコンクリートの上に拡《ひろ》げさせた。

「てめえ、何する気なんだ⁉」

「三善豊に頼まれて、おれを消そうとしたなっ」

「………」

「おれを怒らせると、損だよ」

丹治は木本の手指《しゅし》に血塗れの匕首を押し当て、刃の背を靴の底で強く踏みつけた。

肉と骨を断《た》つ音がし、刃がコンクリートに達した。木本が絶叫を轟《とどろ》かせた。

「『オフィスK』の五十嵐ディレクターの恨みを晴らしてやったのさ」

丹治は言って、木本から一メートルほど離れた。

通路から、濃い血臭がたち昇ってくる。血溜《ちだ》まりの中に、四本の指が転がっていた。

「親指だけじゃ、箸《はし》は持てねえな。明日から、左手で箸を持つ練習をするんだな」

「て、てめえ、このままじゃ済まねえぞ」

木本が唸《うな》りながらも、弱々しく凄《すご》んだ。

「三善に頼まれたことを全部、吐いてもらおう」

「くそっ」

「くそは、てめえだ！」

丹治は、木本の肩に浅く匕首を突き入れた。

木本はひとしきり呻くと、ようやく口を割りはじめた。丹治の推測は、おおむね正しかった。

三善弁護士は株で大損した松永のことを愛人の知佐子から聞き、その運用資金の出所を調べ上げた。

松永は妻の預金や土地に無断で手をつけていた。その穴埋めをするために彼は日栄交易の米沢に巧《たく》みに近づき、ロシアン・マフィアから魚介類、貴金属、毛皮などを入手させ、中堅商社に転売していた。

ただ、重役の誰かと結託《けったく》している事実はなかった。また、ロシア人女性の密入国や旧ソ連軍の銃器を扱っていたのは、米沢個人だった。米沢が買い集めたトカレフ、マカロフ、ＡＫＳ74突撃銃を引き取っていたのは誠仁会だ。

誠仁会は、武器の闇市場を独占する野望を抱いていた。同時に、関西の最大組織と手を組んで、ライバルの鬼竜会を潰《つぶ》すことも考えていたらしい。

事業欲に燃えている三善は弱みだらけの松永に接近し、準中距離核ミサイルを五十基ほど入手させた。核兵器の転売については、現職の大臣や高級官僚たち数人の協力があった。核研究者の亡命の手引きは未遂に終わった。

三善は核兵器の密売で、約三十億円儲けた。その大半は、副業の事業に注ぎ込まれた。

順風満帆《じゅんぷうまんぱん》に思えた人生行路には、皮肉な運命が待ち受けていた。こともあろうに、愛人の諏訪麻沙美が番組で、米沢と丸星商事の黒い関係を突つきはじめたのだ。

三善は慌《あわ》てた。

松永と自分の繋がりが暴《あば》かれたら、それこそ身の破滅だ。三善は、裁判で便宜《べんぎ》を図ってやったことのある木本に邪魔者の始末を頼んだ。

恩義と報酬に引きずられて、木本は弟分の関と一緒に一連の事件を引き起こした。

『オフィスＫ』の五十嵐まで葬ったのは、彼が三善と松永の関係を嗅ぎ回っていたたからだ。

五十嵐の死体のそばに坂尾商事の創業記念ライターを落としたのは、もちろん鬼竜会の犯行に見せかけるための小細工だった。

三善は米沢や松永だけではなく、丹治も始末させる気だったらしい。麻沙美を絞殺したのは彼自身だった。

三善は自分の手を汚す前に松永に般若《はんにゃ》の面を被らせ、東都テレビの階段から麻沙美を突き落とさせようとした。

さらに、横浜で丹治を松永に轢き殺させようともした——。

木本は長々と白状すると、気を失ってしまった。出血が多く、貧血を起こしたのである。

丹治は超小型ICレコーダーの停止ボタンを押し、外周路に向かった。

歩きながら、血みどろの刃物を暗がりに投げ放つ。刃物は繁みに落ちた。

関の呻き声が聞こえてきた。涙混《ま》じりだった。

丹治は黙殺し、大股《おおまた》で墓地を出た。

## 4

運転席に乗り込んだときだった。

助手席の上で、携帯電話が着信音を奏《かな》ではじめた。音は小さかった。

丹治は携帯電話を摑《つか》み上げた。

「生きてたか。心配したぜ。さっきは応答がなかったんで、殺《や》られちまったかと……」

岩城が安堵《あんど》したような声で、一気に喋った。

「おれは、それほどやわな男じゃないさ。誠仁会の二人は小平霊園の中で唸《うな》ってるよ」

「で、奴らは吐いたの？」

「ああ、木本が吐いた。やっぱり、首謀者は三善だったよ。麻沙美を殺《や》ったのは奴自身だ」

「とんでもねえ悪党だな」

「岩、三善がどうかしたのか？」

丹治は訊いた。

「それがさ、三善の野郎、信じられねえ人間と赤坂のエメラルドホテルのラウンジバーで飲んでるんだ」

「早く相手の名を言え」

「夕希さんだよ」

「えっ」

「三善の野郎、妹のほうにも手をつけてたんじゃねえの？　なんか親密そうだったぜ、あの二人。ひょっとしたら、麻沙美殺しに妹の夕希も加担したんじゃねえのかな？」

「そうじゃないだろう。諏訪夕希は捨て身で、三善を追いつめる気になったのかもしれない」

「どういうこと？」

岩城が素《す》っ頓狂《とんきょう》な声をあげた。

「夕希と五十嵐ディレクターは恋仲だったらしいんだ。彼女は五十嵐から三善が松永を脅して何かさせてるようだという話を聞いてたにちがいない」

「で、夕希は恋人と姉貴の仇《かたき》を討《う》つ気になったわけ？」

「おそらく、そうなんだろう」

「夕希は、三善を殺《や》っちまう気なのかね？」

「それはしないだろう。二人っきりになったら、夕希はナイフか何かを三善に突きつけて、犯行を吐かせる気なんだと思うよ。それで、わざと三善に近づいたんだろう」

「なるほど。けど、三善はしたたかな男だぜ。夕希の企《たくら》みなんか、あっさりと見抜くんじゃねえの？」

「多分な。岩、二人から目を離すなよ」

丹治は叫んだ。

「了解！　三善たちがホテルの部屋かどこかにしけ込みそうになったら、夕希を救い出したほうがいいんだろ？」

「そうだな、そうしてくれ。夕希まで犠牲にさせたくないからな。とにかく、おれもそっちに行く」

「わかった。待ってるよ」

岩城の声が沈黙した。

丹治は携帯電話を懐に突っ込み、急いで車を発進させた。

青梅街道から小金井を抜け、調布《ちょうふ》ＩＣまで突っ走った。中央自動車道から高速四号新宿線をたどって、赤坂の街に入る。

エメラルドホテルの地下駐車場に潜《もぐ》ったのは、小《こ》一時間後だった。

丹治はエレベーターで最上階まで上がった。

ラウンジバーの前に岩城がいた。丹治は駆け寄って、低い声で確かめた。

「二人は、まだバーの中にいるんだな？」

「ああ。ドライ・マティーニを飲んでらあ」

「二人が出てきたら、おれは三善を押さえる。おまえは夕希を保護してくれ」

「オーケー」

岩城が指でサインを作った。

丹治は岩城の袖《そで》を引っ張り、死角になる場所まで導《みちび》いた。

十分ほど経過したころ、三善と夕希が現われた。

三善の顔が恐怖で歪《ゆが》んでいた。よく見ると、夕希がハンカチで隠したアイスピックを三善の脇腹に突きつけていた。

二人はエレベーターホールに向かった。

丹治は岩城に目配せして、抜き足で三善たちに接近しはじめた。三善と夕希がホールにたたずんだ。二人のほかに人影はない。

丹治は夕希の背後に回り、アイスピックを捥取《もぎと》った。

夕希が声をあげた。三善が振り返った。丹治は、素早くアイスピックを三善の腹に押し当てた。

「誠仁会の木本が何もかも吐いたぜ。奴と関って男は、小平霊園で血まみれになってる」

「………」

「前を向くんだ！」

「わ、わかった。乱暴なことはしないでくれ」

三善が正面を向いた。

そのとき、夕希が呟いた。

「なぜ、丹治さんがここに⁉」

「話は後《あと》だ。きみは、岩城のそばにいろ」

丹治は短く言った。夕希が黙ってうなずき、こころもち岩城の方に身を寄せた。

エレベーターの扉が左右に割れた。

丹治は三善の肩を押した。後から、夕希と岩城が函《ケージ》に乗り込んできた。

「あんたのことだ。このホテルに、部屋を取ってあるな。何階なんだ？」

丹治は、三善に問いかけた。

三善は口を閉じたままだった。

丹治は、三善の上着のポケットを探《さぐ》った。二一〇一号室のカードキーを持っていた。

それを岩城に渡す。岩城が目で笑って、二十一階のボタンを押した。扉が閉《し》まり、エレベーターが下降《かこう》しはじめた。

やがて、二一〇一号室に入った。

広い二間続き《スイート・ルーム》の部屋だった。控えの間には、大きな執務机《しつむづくえ》まであった。

「あんたは、このホテルの顧問もやってるらしいな。床に腹這《はらば》いになれ！」

「そんなみっともないことはできないっ」

「プライドなんか捨てちまわないと、血みどろになるぞ」

丹治は冷然と言い放ち、アイスピックを三善の背中に数センチ沈めた。

三善が呻いて、反射的に振り向いた。見開いた両眼に、恐怖の色が浮き立っていた。

「もたもたするな」

丹治は、三善の尾骶骨《びていこつ》を膝で蹴り上げた。

三善が息を詰まらせた。灰色の背広に、鮮血がにじみはじめていた。血の量は多くない。

「きみの言う通りにするから、もう刺さないでくれ」

三善が震え声で訴え、毛脚《けあし》の長い絨毯《じゅうたん》の上に腹這いになった。不様な恰好だった。

丹治は夕希と岩城をロココ調のソファに坐らせてから、スエードジャケットの左ポケットに手を滑り込ませた。超小型ICレコーダーを抓《つま》み出す。

ICレコーダーを飴色《あめいろ》のコーヒーテーブルの上に置き、すぐに再生ボタンを押した。

丹治の怒声が響き、木本の苦しげな声が流れはじめた。

三善が意味不明な言葉を洩《も》らした。丹治はセブンスターをくわえた。木本の告白は、長々とつづいた。哀れな声だった。

一服し終えても、録音音声は熄《や》まなかった。

「やっぱり、五十嵐さんと姉さんはあなたに……」

夕希が憤《いきどお》りと悲しみの混じった声で叫び、すっくと立ち上がった。殺気立っていた。

「気持ちを鎮《しず》めるんだ。こんな屑《くず》野郎に何かして、わざわざ犯罪者になることはない」

「でも、その男は、わたしが愛していた男性を虫けらのように殺させ、自分の恋人だった姉まで……」

「きみの気持ちはわかるが、あとのことはおれに任せてくれないか」

丹治は夕希を宥《なだ》め、岩城に顔を向けた。

「岩、彼女と地下駐車場で待っててくれ」

「旦那ひとりで大丈夫かい？　そいつ、抜け目がなさそうだから、どっかに拳銃《チャカ》か何か隠してるかもしれねえぜ」

「荒っぽいことには馴《な》れてるよ。心配するな」

「それじゃ、おれたちは車の中にいらあ」

岩城が巨体を浮かせて、夕希の腕を取った。

二人が部屋を出ていったとき、ちょうど木本の声が途絶《とだ》えた。丹治は超小型ＩＣレコーダーの停止ボタンを押し、三善に近寄った。

「これで、あんたも万事休すだな」

「き、きみは法律を知らんようだね、録音音声の証言など、裁判ではほとんど役に立たないんだ」

「それは知ってるさ。おれも一応、法学部出身だからな。おれは、あんたを法で裁《さば》く気なんかない」

「わ、わたしをどうするつもりなんだ⁉」

三善が顔だけを上げた。

「ここで殺してやってもいいな」

「やめろ、そんなことは。いや、やめてくれないか。頼む！」

「あんたを殺しても、一文の得にもならない」

「そうだよ。金なら、少しぐらいは用意できる。取引しようじゃないか」

「いくら出せる？」

「わたしがしたことを忘れてくれて、その音声を譲ってくれれば……」

「録音音声は裁判の証拠には使えないと言ったはずだぜ」

丹治は厭味《いやみ》たっぷりに言った。

「それはそうなんだが、やっぱり、落ち着かないからな。なんとか五千万円を用意する。それで手を打ってくれ」

「あんたのために、何人の人間が死んだと思ってるんだっ。マネージャーの森香苗、『オフィスK』の五十嵐僚、日栄交易の米沢仁、おれの依頼人の諏訪麻沙美、そして丸星商事の松永直人の五人だ。あんたは、おれも始末させようとした。おそらく夕希も殺すつもりだったんだろう。そうだなっ」

「仕方がなかったんだ」

「あんたは狂った殺人鬼だ。五千万円の口止め料だとっ。ふざけるな！」

「なら、一億円出そう」

三善が身を起こそうとした。

丹治は、三善の喉《のど》に鋭い蹴りを入れた。三善が、ひれ伏すように倒れた。次の瞬間、口から血の泡が飛び散った。

「預金小切手で三日以内に三億円用意しろ。口止め料と迷惑料だ」

「無理だよ、そんな大金は」

「だったら、録音音声をあんたの女房の父親に届ける。大物弁護士なら、少しは正義感が残ってるだろうからな」

「そんなことをされたら、わたしの人生はおしまいだ。何もかも失ってしまう」

「それが厭なら、銭《ぜに》の工面《くめん》をするんだな。おれは、どっちでもいいんだぜ」

「三日じゃ、とても都合《つごう》がつかない。せめて五日待ってくれないか。一生のお願いだ」

三善が両手を合わせ、拝む真似をした。

「いいだろう。ただし、妙な考えを起こしたら、あんたを地獄に送るぜ」

「約束は守るよ。きみのことは誰にも話さないし、誠仁会にも泣きつかない」

「おれは疑い深いんだ。何か担保《たんぽ》が欲しいな」

「担保？」

「ああ。女房に電話して、自宅の権利証を持ってこさせろ。三億円の預手《よて》と引き換えに返してやる」

「それじゃ、家内にわかってしまうじゃないか」

「夫婦は隠しごとがないほうが円満にいくらしいぜ。早く電話しろ！」

丹治は、三善の尻を思い切り蹴り上げた。

三善がよろよろと立ち上がり、電話機のある場所に向かった。丹治は超小型録音機をスエードジャケットのポケットに戻した。


五日後の午前三時過ぎである。

丹治は、異臭を放つごみの中に立っていた。

東京湾の最も新しい埋立地の突端だ。丹治は三善を待っていた。

この場所で、三億円の預金小切手を受け取ることになっていた。ここまで車は入ってこられない。狙撃《そげき》者が近づいてきても、足音でわかるだろう。

丹治はフード付きのパーカのポケットから、ユナーテル社製の暗視望遠鏡《ノクト・スコープ》を取り出した。

ひと昔前の製品と異《こと》なり、きわめてコンパクトな造りだ。少し大きめなポケットなら、すっぽりと納《おさ》まってしまう。

丹治は、ノクト・スコープを目に当てた。

闇が透《す》けて見える。赤外線が使われているせいで、やや風景が赤っぽい。

周囲には、ごみの山が連《つら》なっていた。生ごみは少ない。投棄《とうき》が禁じられているからだ。

あらゆる種類の不用品が捨てられている。まだ充分に使えそうな電化製品や家具が少なくなかった。首のないマネキン人形も数体、ごみの中に横たわっていた。

シュレッダーにかけられた書類の切れ端が頼りなげに風に揺れている。その近くには、大量の衣料品が投げ捨てられていた。

どれも新品だったが、鋭利な刃物で傷をつけられている。アパレルメーカーが値崩《ねくず》れを恐れ、涙を呑んで処分した洋品にちがいない。

二百メートルほど離れた場所に、ブルドーザーやロードローラーが点々と見える。むろん、作業員の姿はない。

人影がゆっくりと近づいてくる。

三善だった。丹治は暗視望遠鏡を左右に動かした。

不審な影は見当たらなかった。

丹治はノクト・スコープをポケットに入れ、三善に近寄りはじめた。ごみに足を取られて、ひどく歩きにくい。

数十メートル進むと、不意に一羽のユリカモメが足許から飛び立った。

近くに群れは見えなかった。どうやら、はぐれ鳥らしい。

丹治は歩きつづけた。

やがて、三善と向き合った。三善は息を弾ませていた。ツィードジャケットの上に、白っぽいコートを羽織っていた。

「妙なお供《とも》はいないようだな」

「少しは他人《ひと》を信じろ。約束のものは持ってきた。家の権利証とテープを出してくれ」

「先に三億円の預手《よて》を貰おう」

三善が預金小切手を差し出した。

丹治は受け取って、ライターの炎に近づけた。メガバンクの支店長振り出しの小切手に間違いなかった。額面も要求した通りだった。

「こんな紙っ切れに三億円の値打ちがあるのか。なんかありがたみが薄いな」

「早く権利証とテープを渡してくれ」

「いっけねえ。持ってくるのを忘れちまったよ、両方とも」

「きさま、騙《だま》したなっ。殺してやる！」

三善が懐《ふところ》を探《さぐ》って、登山ナイフを掴み出した。刃渡りは十数センチだった。

丹治は回し蹴りを浴びせた。

ミドルキックだった。三善が呻いて、横に転がる。登山ナイフも飛んだ。

三善が這《は》って、ナイフを取ろうとした。

丹治は三善の片方の足首を摑み、手前に引っ張った。三善の手は、登山ナイフには届かなかった。

丹治は、三善の右腕を背の後ろで捩《ねじ》り上げた。下から強く肘《ひじ》を押し上げると、肩の関節が外れた。厭な音だった。

三善が苦痛の声をあげながら、転げ回りはじめた。

丹治は登山ナイフを拾い上げ、三善の右のアキレス腱《けん》を切断した。

血がしぶいた。三善が悲鳴を轟かせ、ごみの上でのたうち回りはじめた。

丹治はナイフを捨て、ブルドーザーに駆け寄った。

鍵《キー》はついていなかった。丹治は手早く数本の配線を操作し、エンジンを始動させた。

ブルドーザーに乗り込み、三善の体の上に大量のごみを被せた。三善の体は、すぐに見えなくなた。

「腐《くさ》ったあんたにゃ、ここは似合いの墓場だよ」

丹治はブルドーザーを降りた。

そのとき、闇の一点が赤く染まった。

銃口炎《マズル・フラッシュ》だった。重い銃声の残響が聞こえ、耳許《みみもと》を銃弾が掠《かす》めた。衝撃波で耳鳴りがした。

丹治はブルドーザーの運転台に入った。

レバーを操《あやつ》って、アームを目の高さまで上げる。ブルドーザーを右旋回させ、狙撃者のいる方に車首を向けた。

速度を上げる。

ブルドーザーは右に左に揺れながら、突き進みはじめた。

また、銃声がした。放たれた弾丸はアームに当たり、火花を散らした。

──もっと撃ちやがれ！　てめえを撥《は》ね飛《と》ばして、ごみの中に埋めてやるっ。

丹治は、見えない敵に向かって前進した。

三発目が放たれた。それも、アームに弾《はじ》き返された。四発目はブルドーザーを掠《かす》りもしなかった。

急に銃声が熄《や》み、男の叫び声がした。

人の争う気配がする。狙撃者が誰かに襲われたようだ。

丹治はブルドーザーを走らせながら、アームを下げた。

小さな明かりが見えた。未樹が懐中電灯の光を自分の顔に当て、すぐにかたわらの岩城を照らした。

岩城はライフル銃の銃身で、狙撃者らしい男の喉を締め上げていた。

男は苦痛に顔をしかめていた。眼球が膨れ上がっている。

岩城と未樹だったのか。

丹治はブルドーザーを停止させ、二人に駆け寄った。

「旦那も甘いな。下手したら、こいつにシュートされてたぜ」

岩城が言った。

「そいつは誠仁会の者か？」

「いや、一匹狼のスナイパーだとよ。たいした腕じゃねえけどな」

「そうだな、確かに」

丹治は男の前に回り込んだ。三十歳前後の痩《や》せた男だった。黒ずくめだ。

「三善に、いくら貰うことになってた？」

「三百万だ」

「おれの命も安く値踏《ねぶ》みされたもんだな」

「前金の百五十万をあんたにやるよ。だから……」

「殺し屋が命乞《いのちご》いか。みっともねえな」

丹治は言うなり、男の顔面にストレートをぶち込んだ。

男の鼻柱が潰《つぶ》れた。しかし、倒れなかった。岩城が巨体で支えたからだ。

「この野郎、どうする？　三善みたいに、ごみの中で窒息死させちまうか。それなら、おれにブルドーザーを運転させてくれ」

「岩、おまえって奴は」

丹治は苦笑した。未樹が口を挟《はさ》んだ。

「こんな奴まで手にかけることないわよ。わたしに、いい考えがあるの」

「いい考え？」

「いいから、拳さん、ちょっとどいてて」

「何する気なんだ？」

丹治は言いながら、横に動いた。

未樹がにやついて、男の前に屈《かが》み込んだ。

ほとんど同時に、男が動物じみた声を迸《ほとばし》らせた。未樹は男の睾丸《こうがん》を強く握り締めていた。

男が頽《くずお》れた。白目《しろめ》を剝《む》いて、気絶していた。

岩城が口笛を吹きながら、狙撃者のウェザビー・マグナムの銃身を膝で折り曲げた。

「岩さんとわたしが命を拾ってやったんだから、拳さん、わたしたちにも分け前をくれるわよね？」

　未樹が言った。

「分け前って、なんのことだ？」

「狡《ずる》い、とぼけるなんて。五億ぐらい強請《ゆす》り取ったんでしょ？」

「そんなに多くないって。おれは、三億の預手を……」

　丹治は、思わず口走ってしまった。

「三億円⁉　それだけあれば、馬主になれるじゃないの」

「待てよ。おれは、犠牲になった森香苗、五十嵐僚、諏訪麻沙美の遺族に五千万円ずつ香典を包むつもりなんだ」

「それじゃ、残りの一億五千万円を使って、三人で大きな勝負をしようよ。岩さんも賛成よね？」

「賛成、大賛成！」

「おれの上前はねるんだから、おまえら、相当な悪党《ワル》だな」

　丹治は二人のギャンブル仲間を等分に見て、笑顔でぼやいた。

「とりあえず、どこかで祝杯をあげようや」

「いいわね」

未樹と岩城が両手を突き出し、掌《てのひら》をぶつけ合った。いい音がした。

丹治はセブンスターをくわえて、先に歩きはじめた。

埋立地の外れに差しかかったときだった。

前方から、地響きが伝わってきた。海鳴りに似た音だ。次第に近づいてくる。

丹治たち三人は立ち止まった。

闇の奥に光るものが見えた。ヘッドライトの光芒《こうぼう》だった。光輪《こうりん》は大きい。乗用車ではなさそうだ。

やがて、車の形がはっきりとしてきた。

大型のコンテナトラックだった。しかも、一台ではない。十数台のコンテナトラックが隊列を組んで、フルスピードで驀進《ばくしん》してくる。

「なんだい、あのコンボイは⁉」

岩城が驚きの声をあげた。すると、未樹が落ち着き払った声で応じた。

「きっと三善に雇われた連中よ」

「おそらく、そうだろう」

丹治は上着のポケットを探《さぐ》り、小型暗視望遠鏡を摑《つか》み出した。

レンズに目を当てると、ぐっと距離が縮まった。コンテナトラックは十三台だった。

四トン車が大半だが、十二トン車も混じっていた。

いずれも車体には、同じ運送会社の名が記《しる》されている。

その社名には、〝誠〟という字が盛り込まれていた。誠仁会の息のかかった会社のコンテナトラックらしい。

トラックコンボイの最後尾に、一台のタンクローリーが連《つら》なっている。その車は、コンボイの給油を引き受けるつもりなのだろう。

十三台のコンテナトラックが左右に分かれ、丹治たち三人を封じ込んだ。

左側の先頭のトラックの助手席には、誠仁会の関が乗り込んでいた。トラックドライバーたちは、誠仁会の企業舎弟の者だろう。

関が片脚《かたあし》を庇いながら、コンテナトラックから降りた。

ドラムマガジンの付いた軽機関銃を両腕で支えていた。旧ソ連製のＲＰＤだ。死んだ米沢がロシアン・マフィアから手に入れ、誠仁会に売り渡したものだろう。

「二人とも身を屈《かが》めろ！」

丹治は岩城と未樹に言って、姿勢を低くした。岩城と未樹が這《は》いつくばったとき、旧ソ連製の軽機関銃が轟然《ごうぜん》と唸《うな》りはじめた。

赤い銃口炎は切れ目なく噴《ふ》きつづけた。

全自動《フル・オート》だった。

三人の頭上を弾丸が駆け抜けていく。疾風《はやて》のような速《はや》さだった。

ＲＰＤの弾倉には、小口径弾がちょうど百発装弾できる。敵に弾幕を張られ、丹治たちは反撃の術《すべ》を失った。三人とも身動きすら、ままならない状態だった。

「旦那、どうするよ？　こんな所でじっとしてたら、そのうち三人とも蜂《はち》の巣にされちまうぞ」

岩城の声は少し震えていた。

「なんとかしなけりゃな」

「他人事《ひとごと》みてえに言うなよ。こんなことになるんだったら、さっき、ウェザビー・マグナムの銃身を折り曲げるんじゃなかったぜ」

「銃声が途切れたら、突っ走ろう」

丹治は提案した。と、未樹が即座に問いかけてきた。

「拳さん、どっちに逃げればいいのよ？　完全に袋の鼠《ねずみ》じゃないの」

「どっちに逃げれば安全かはわからないが、とにかく包囲の外に出よう」

「そんなこと言われたって」

「二人とも走るときは、できるだけ頭を低くするんだ」

丹治は言った。

ちょうどそのとき、銃声が沈黙した。どうやら軽機関銃の弾が尽《つ》きたらしい。

丹治は二人の仲間に声をかけ、そっと身を起こした。何事も起こらない。三人は中腰で、正面のコンテナトラックの方向に走り出した。

そのとたん、四方から銃弾が飛んできた。

ＡＫＳ74突撃銃の銃声だった。着弾音がたてつづけに響き、土塊《つちくれ》やごみが飛び散った。

「このままじゃ、ちょっと危《ヤバ》い！　撃たれた振りをしよう」

丹治は二人に言って、手本を示す気になった。ことさら高く呻《うめ》き、ごみの上に転がった。

岩城と未樹が丹治に倣《なら》って、銃弾に倒れた真似《まね》をした。

不意に銃声が熄《や》んだ。

十三台のコンテナトラックが次々に動き出し、少しずつ円陣を狭《せば》めはじめた。ヘッドライトの光が交錯《こうさく》し、あたりが一段と明るくなった。

「拳さん、敵は熊《くま》じゃないのよ。ずっと死んだ振りをしてても……」

未樹が心細そうな声で話しかけてきた。

「敵の誰かが必ず近づいてくるはずだ。そしたら、そいつの武器を奪おう」

「うまくいくかしら？」

「ここで殺されたくなきゃ、うまくやるほかない。もう喋るな」

丹治は未樹に言って、息を殺した。

コンテナトラックが次々に停《と》まった。丹治は耳に神経を集めた。

いくらも経《た》たないうちに、何人かがトラックから降りる気配がした。すぐに複数の足音が近づいてきた。

人影は三つだった。

先頭の男は軽機関銃を重そうに抱えていた。ＲＰＤだ。二番目の男は、ＡＫＳ74突撃銃を構えている。

しんがりの男は、右手に拳銃を握っていた。トカレフか、マカロフだろう。

「岩は突撃銃を持った奴、未樹は拳銃の男を押さえろ」

丹治は囁《ささや》き声で、二人に指示を与えた。

敵の三人がほぼ横一線に並び、無防備に近づいてくる。隙《すき》だらけだが、こちらは丸腰だ。迂闊《うかつ》には動けない。

さすがに丹治は、いくらか緊張した。だが、戦慄《せんりつ》には取り憑《つ》かれなかった。これまで幾度となく殺されかけてきた。そんな修羅場《しゅらば》を潜《くぐ》り抜けてきたからか、めったなことでは動じなかった。

「三人とも死人《マンジュウ》になったみてえだな」

ＲＰＤを抱えた男が、仲間たちに言った。

仲間の二人が残忍そうな笑い声をたてた。

ほどなく三つの影が静止した。すぐそばだった。

軽機関銃を持った男が足で、丹治の体を転がそうとした。

すかさず丹治は両腕を伸ばした。相手の足首を摑《つか》み、大きく両脚を掬《すく》う。男が尻餅《しりもち》をついた。

丹治は跳《は》ね起き、軽機関銃を抱き込む恰好《かっこう》になった。

全長百三センチ、重量七・四キロの軽機関銃には、銃弾の詰まったドラム型の弾倉が装着されていた。ずしりと重かった。

ＲＰＤを奪い取った。

ＲＰＤの銃口を男に向けたとき、すぐ近くで岩城がＡＫＳ74突撃銃を持った敵を分厚い肩で弾《はじ》き飛ばした。

弾《はず》みで、暴発した。

だが、弾は誰にも当たらなかった。

未樹は、マカロフを持った男の腹部に頭突きを見舞った。

岩城も未樹も、なんなく敵の武器を奪った。丹治は黙って見ているだけで、何も手は出さなかった。

「てめえら、ひざまずけ！」

岩城が突撃銃をちらつかせて、三人の男に命じた。

三人とも抵抗はしなかった。すでに関は軽機関銃のドラムマガジンを交換し終えていたが、引き金《トリガー》を絞る様子はない。

「あんたたち、仲間に大声で救《たす》けを求めなさいよ」

未樹がそう言い、三人の人質の後頭部をマカロフの銃口で小突いた。男たちはすっかり怯《おび》え、言われた通りにした。

丹治は軽機関銃のセレクトレバーを全自動《フルオート》から半自動《セミオート》に切り替え、十三台のコンテナトラックのヘッドライトを次々に撃ち砕《くだ》いた。

無駄弾は、ほとんど使わなかった。

明かりが消えると、敵の男たちはパニックに陥った。

その隙に丹治たち三人は、まんまと包囲網から抜け出した。岩城と未樹に三人の人質を見張らせ、丹治はタンクローリーまで突っ走った。

高い運転台には、チンピラ風の若い男だけしか乗っていなかった。

丹治はRPDで男を脅し、タンクの給油口のキャップを外させた。タンクローリーを発進させ、十三台のコンテナトラックの周《まわ》りを巡《めぐ》らせた。

給油口からガソリンが流れ出し、トラックコンボイは油の帯に取り巻かれる形になった。

丹治はチンピラ風の男を運転席から引きずり降ろし、得意の〝稲妻ハイキック〟で昏倒《こんとう》させた。それから彼は、タンクローリーに軽機関銃の残弾をぶち込んだ。タンクの給油口のあたりで発火音が湧き、炎は帯状に走りはじめた。炎はごみを燃やしながら、たちまち、火柱に変わった。

誠仁会の関やトラックドライバーたちが火の輪に封じられ、右往左往《うおうさおう》しはじめた。逃《に》げ惑《まど》う姿が滑稽《こっけい》だった。中には、泣き声に近い悲鳴をあげている者もいた。

丹治はＲＰＤを足許に捨てた。

「おれも、ひと暴《あば》れするぜ」

岩城が突撃銃を丹治に預け、三人の人質を順番に投げ飛ばした。

それだけではなかった。バックドロップやパワーボムで男たちを地面に叩《たた》きつけ、逆海老《ぎゃくえび》固めやコブラツイストまで披露した。

三人の男は痛みを訴え、やがて泣き喚《わめ》きはじめた。

「わたしだけ、おとなしくしてることはないわね」

未樹がにやりと笑って、マカロフを吼《ほ》えさせた。

銃弾は巨大な炎に吸い込まれ、金属音を響かせた。何発かが、コンテナトラックの荷台に着弾したようだ。

敵も、狂ったように撃ち返してきた。しかし、どの弾もいたずらに闇に呑まれるだけだった。

「おれもつき合おう」

丹治は未樹に言って、ＡＫＳ74突撃銃の金属製の銃床《ストック》を肩に固定した。引き金を絞った。

銃弾が赤い尾を曳《ひ》きながら、敵陣に駆けていった。

少し経つと、爆発音が轟いた。一台の四トン車が火を噴《ふ》きはじめた。数秒して、別のコンテナトラックが爆《は》ぜた。

敵の男たちの叫び声や悲鳴が一段と高くなった。

弾倉が空になった。丹治は突撃銃を火柱の中に放り込んだ。未樹が駆け寄ってきて、興奮した声で言った。

「拳銃をぶっ放すのって気持ちいいわね。なんか癖になりそう」

「女は生来、ピストルが好きなんだよ」

丹治は、きわどいジョークを飛ばした。

「え？　どういう意味なの？」

「カマトトぶる年齢《とし》じゃないだろうが」

「ピストルって、男のシンボルのこと？　いやねえ」

未樹が、くすぐったそうに身をくねらせた。色っぽかった。

「岩、そろそろ引き揚げよう」

丹治は元プロレスラーに声をかけ、未樹のくびれた腰を引き寄せた。

未樹が腕を絡《から》めてきた。

二人が歩き出すと、背後で岩城が言った。

「旦那と姐御《あねご》、おれがいることを忘れちまったんじゃねえの？」

「おまえ、撃ち殺されたんじゃなかったっけ？」

丹治は冗談を返し、足を速めた。

後ろで、岩城の陽気な罵声《ばせい》がした。

本書は二〇〇三年十二月に角川春樹事務所より刊行された『逆襲　裏調査員シリーズ』を改題し、大幅に加筆・修正した作品です。

なお本作品はフィクションであり、実在の個人・団体などとは一切関係がありません。

文芸社文庫

# 翻弄　闇刑事《デカ》

二〇一六年十月十五日　初版第一刷発行

著　者　南英男
発行者　瓜谷綱延
発行所　株式会社　文芸社
〒一六〇-〇〇二二
東京都新宿区新宿一-一〇-一
電話　〇三-五三六九-三〇六〇（代表）
〇三-五三六九-二二九九（販売）

印刷所　図書印刷株式会社

装幀者　三村淳


ISBN978-4-286-18038-0

[文芸社文庫　既刊本]

**トンデモ日本史の真相　史跡お宝編**
原田　実
日本史上の奇説・珍説・異端とされる説を徹底検証！　文庫化にあたり、お江をめぐる奇説を含む2項目を追加。墨俣一夜城／ペトログラフ、他

**トンデモ日本史の真相　人物伝承編**
原田　実
日本史上でまことしやかに語られてきた奇説・珍説・伝承等を徹底検証！　文庫化にあたり、「福澤諭吉は侵略主義者だった？」を追加（解説・芦辺拓）。

**戦国の世を生きた七人の女**
由良弥生
「お家」のために犠牲となり、人質や政治上の駆け引きの道具にされた乱世の妻妾。悲しみに耐え、懸命に生き抜いた「江姫」らの姿を描く。

**江戸暗殺史**
森川哲郎
徳川家康の毒殺多用説から、坂本竜馬暗殺事件の謎まで、権力争いによる謀略、暗殺事件の数々。闇へと葬り去られた歴史の真相に迫る。

**幕府検死官　玄庵　血闘**
加野厚志
慈姑頭に仕込杖、無外流抜刀術の遣い手は、人を救う蘭医にして人斬り。南町奉行所付の「検死官」が、連続女殺しの下手人を追い、お江戸を走る！